KB102609

# 민족의 길

– 예수와 함께

이기영 목사 설교집
**민족의 길 – 예수와 함께**

2014년 7월 1일 초판 1쇄 인쇄
2014년 7월 8일 초판 1쇄 발행

지은이    이기영
펴낸이    김영호
펴낸곳    도서출판 동연
등록      제1-1383호(1992. 6. 12)
주소      서울시 마포구 월드컵로 163-3
전화      (02)335-2630
전송      (02)335-2640
이메일    yh4321@gmail.com

Copyright ⓒ이기영, 2014

이 책은 저작권법에 따라 보호받는 저작물이므로
무단 전재와 복제를 금합니다.

ISBN 978-89-6447-251-4  03800

이기영 목사 설교집

# 민족의 길
## — 예수와 함께

이기영 지음

동연

# 책을 펴내며

한국 개신교가 선교 1세기여 만에 세계 선교역사에서 보기 드물게 대성장을 가져왔다는 것은 하나님의 특별한 은혜입니다. 세계에서 제일 큰 교회들이 여럿이 있고, 성장과 성숙을 동시에 이루어 큰 교세도 일구었고, 2013년에는 세계교회협의회(WCC) 제10차 부산 총회도 뜻있게 개최하여 한반도의 분단의 아픔과 평화의 통일을 이룩함에 참여한다는 의미도 갖게 했습니다. 회고하면 대단한 저력을 갖고 사회와 역사 참여에서 어떤 영역에서도 역할을 감당할 수 있게 되었다는 자위감을 갖게 되었습니다. 여기까지 오는 데는 수많은 교회 지도자들과 이름 없이 봉사·헌신해 오신 성도들의 충성과, 정치 문화사적으로 억압과 아픔의 시대였음에도 믿음으로 교회를 지켜오게 해 주신 하나님께 감사드릴 수밖에 없습니다.

그럼에도 한국교회는 많은 어려움과 부끄러운 점도 안고 있다는 것도 주지의 사실입니다. 너무나 많은 분파적인 교단분열의 아픔을 겪어야 했던 것은 부끄러운 일이고, 사회와 역사의 변화 속에서 시대착오적인 역사 인식과 특히 예언자적인 역할을 감당하지 못한 점도 지적하지 않을 수 없습니다. 중요한 문제는 한국교회가 양적 성장에 있어서는 수단과 방법을 가리지 않고 열성을 기울이면서도, 선교의 본질이라 할 수 있는 하나님의 선교의 중심 과제인 생명, 정의, 평화, 창조질서 보전과 분단 상황에서 통일 선교에는 지극히 게을리 했다는 점을 회개하지 않을 수 없습니다. 6·25전쟁과 4·19의거 당시에 하필이면 장로교단을 비롯해 한국 개신교단들은 분열의 부끄러움을 보였고, 솔직히 오늘의 우리의 교회들을 성찰하자면, 그 이후로도 바리새적 율법주의와 사두개적 교권주의에다 헤롯당의 정치 지원에 안주하고 농성하면서 맘몬 왕 노릇을 하는 자본주의 경제 성장 원리에 기초한 교회 성장 신화를 내세우면서 자기 몸 불리기에 여념이 없는 것이 아닙니까? 대교회주의, 개교회 이기주의, 사회관심의 둔화, 시대감각의 마비현상을 보이고 있고, 한국 기독교 2세기에 민족주체성과 역사의식이 없는 것은 아닙니까? 사회문제와 역사참여 문제에는 포기해 버린 채 예언자적 책임 있는 증인된 삶은 사그라지고 있음을 깊은 자리에서 회개하며 성찰해야 할 과제를 안고 있다고 생각합니다.

그럼에도 불구하고 남은 무리들, 신실한 성도들이 방방곳곳에 숨어서 진리를 추구하며, 그 삶의 자리에서 충실히 사는 분들을 기억하며, 앞으로도 한국교회에서 이런 '남은 자'들이 많아지기를 더욱 간절히 기다려집니다. 신학을 하며 평생 목회를 한 사람으로써 때로는 바울의 말마따나 마지못해서 했고, 고뇌와 방황을 하며 어떤 자책이 떠나지 않았음을 고백하지 않을 수 없는 죄인입니다. 그러한 와중에서 자주 변화하는 현대세계 속에서 순수한 그리스도교 진리와 성서가 가르치는 바의 본질이 무엇인가를 현장의 목회자 제현과 뜻을 같이 한다는 마음으로 배워 가며 무엇인가를 찾아보려는 마음으로 여기저기 다니면서 전했던 것을 감히 내놓게 되었습니다.

오늘의 그리스도교의 관심은 저 하늘이나 먼 훗날보다, 또 단순히 개인이나 영혼 문제만으로 교회의 책무와 해답을 주었다고만 할 수는 없습니다. 진정한 의미에서 예수님의 하나님 나라 운동이, 하늘의 뜻이 이 땅에 역사의 현장과 구조적으로 얽힌 삶의 현장에서 신음하며 아파하는 사람들과 함께하며 기도하며 함께 살아간다는 사명적 그리스도인이어야 한다는 것입니다. 저자 역시 국내 목회 30년, 미국장로교단에서 다문화가정 목회 10년을 하면서도 하나님 말씀의 메신저로서의 설교는 역시 어려운 것이고, 매번 새 마음으로 새로운 영감을 갖도록 기도하며 준비해야 한다는 생각에는 변함이 없습니다. 그럼에도 주제든 성서 본문이든《민족의 길 - 예수와 함께》에 포함되어 있는 내용들을 통해 무엇인가를 알고 깨달을 수 있다면 위로와 조금이라도 도움이 될 것이라고 믿으며 감히 내놓기로 하였습니다.

사실 여기 설교들은 귀국해서 2년여 동안 몇 곳의 부름으로 한 것과 '일심회(一心會)'와 '천우회(天友會)' 교우들 앞에서 설교한 것을 〈성서한국〉에 실었던 내용들입니다. 우선 미흡하나마 내놓기로 하였음을 양지해 주셨으면 합니다. 어쩐지 이 작은 책을 낸다는 것이 웬일인지 외람되고 무리한 일인 듯도 하고, 평생을 무명의 사람으로 교회와 이웃을 섬기는 분들께 누를 끼치는 일이 아니기를 바라며, 조금이나마 어려운 설교와 성서 말씀, 역사참여의 삶에 길잡이라도 되었으면 하는 바람입니다. 그동안에 말씀을 함께 나누었던 분들과, '추천의 글'을 써 주신 한신대 신학대학원장 연규홍 박사와 도서출판 동연 김영호 사장과 그 직원들에게 감사의 인사를 드립니다. 그리고 읽으시는 모든 분에게 바른 신앙의 삶을 정립함에 다소라도 도움이 되기를 진심으로 바라고 기도드립니다.

2014년 부활절 아침에

이기영 목사

# 추천의 글

글은 인격입니다. 옛 사람들은 사람의 됨됨이를 볼 때 몸과 말, 그리고 글을 보았습니다. 《민족의 길 - 예수와 함께》속에 담긴 이기영 목사님의 글은 그의 단아한 인격과 끊임없는 진리에 대한 열정, 그리고 예수 그리스도에 대한 사랑의 고백이 새겨져 있습니다. 화려한 수식이나 군더더기 없는 글 속에 한평생을 목회자로 살아오며 몸가짐 하나, 말 한 마디조차 흩어짐 없이 겸허하게 사신 목사님의 인격자적 모습이 배어납니다. 잔잔하고 평이하게 읽히는 글이면서도 이 책의 문장들 속에는 거친 파도를 넘고, 험한 능선을 넘어 삶의 진리를 찾는 목사님의 구도자적 모습이 보입니다.

그러나 그 무엇보다도 이 책의 곳곳에는 거짓과 불의의 시대를 살며 오직 예수 그리스도만이 길과 진리와 생명이란 것을 고백하는 목사님의 순례자적 모습이 실려 있습니다. 좋은 글을 만난다는 것은 축복입니다. 특별히 그리스도를 본받아 인생을 앞서 사신 이 목사님 같은 훌륭한 인격과 그의 아름다운 삶이 담긴 글을 읽는다는 것은 넘치는 기쁨입니다. "나의 진정 위대한 작품은 아직 그려지지 않았다"고 말한 파블로 피카소(Pablo Ruiz Picasso)처럼 이 책 이후에 나올 목사님의 글들에 큰 설렘과 기대를 가집니다. 바라기는 이 책이 믿음의 길 위에 있는 한국의 모든 그리스도인들에게, 지금 알고 있는 것보다 더 크고, 더 깊고, 더 넓은 하나님의 진리와 은총의 세계를 향한 이정표가 되었으면 합니다.

연규홍 교수(한신대 신학대학원장)

# 차 례

책을 펴내며 … 5
추천의 글 … 9

## |1부| 가이사의 제국과 하나님 나라

오늘, 우리의 기도 … 15

가이사의 제국과 예수의 하나님 나라 … 23

예수, 제자들을 부르다. "나를 따르라" … 35

나를 본받으라 … 48

복음과 교회는 전진한다 … 56

자유하는 그리스도인 … 65

주 안에서 자랑하라 … 79

길 위에 선 자의 여정과 희망 … 92

너희는 나를 누구라 하느냐 … 103

재물이 많은 사람과 예수 따름의 고민 … 116

욥기, 위기 속에서 새 지평을 여는 삶 - 절망에서 신앙으로 … 129

|2부| 십자가 신학과 민족의 길

(강림절) 은혜를 받은 자여 기뻐하라 ··· 147

(성탄절) 성탄절에 고난의 종의 노래를 되새기자 ··· 156

(송년주일) 부끄러움이 없는 사람 ··· 169

(새해 첫 주일) 믿음의 주, 예수를 바라보는 신앙 여정 ··· 178

(삼일절 기념주일) 3·1운동과 진리 운동 ··· 191

(사순절) 십자가의 신학과 숨어 계신 하나님 ··· 204

(사순절) 오직 성실함으로 ··· 223

(부활절) 그리스도의 부활과 신앙 ··· 234

(부활절) 부활을 누릴 수 있을까? ··· 248

(가정의 달) 산 돌과 믿음의 공동체 ··· 260

(성령강림절) 사귐을 창조하는 성령이여 오소서! ··· 269

(종교개혁 기념주일) 자기개혁의 의미 ··· 280

(추수감사절) 하나님의 은혜에 감사 ··· 291


|3부| 죽어서도 사는 믿음

장공 김재준 목사 27주기 추모사 ··· 305

장공 김재준 목사님에 대한 회상 ··· 312

사랑을 받은 의사 누가 ··· 317

주 안에 감추어진 생명 ··· 328

# 1부

## 가이사의 제국과
## 하나님 나라

# 오늘, 우리의 기도

마태복음 6:5-13

유한한 삶을 사는 인간이 뜻 깊고 중대한 순간에 할 수 있는 일이 무엇일까요? 성현이나 인생의 선배들은 기쁠 때와 슬플 때, 감격 할 때와 어려울 때, 어떤 용단이나 선택이 요청되는 때에 기도한다고 말합니다. 유한한 인간이 스스로의 힘으로는 더 이상 다른 길이 없음을 깨닫기에 하나님께 그의 깊은 소원을 아뢰고 의논합니다. 현대 철학과 신학 형성에 큰 영향을 준 키에르케고르는 기도란 인간의 최후 최고의 종교 행위라고 설파했습니다. 그는 '그리스도인이 되는 것'과 '개인적 실존을 실현하는 것'을 목표로 구도자적인 삶을 살았습니다. 그의 기도문 가운데, '주님의 위대하심, 나의 하찮음'이 있는데 이렇게 기도합니다. "하늘에 계신 하나님, 제가 진정으로 자신의 하찮음을 느끼게 해 주십시오. 그러나 그것 때문에 절망하는 것이 아니라 주님의 크신 선하심을 더욱 강하게 느끼게 해 주십시오." 성서와 히브리 기독교의 오랜 역사에서도 많은 훌륭한 인물이나 신앙의 선배들은 그들의 생애에서 참으로 어렵거나 기쁠 때, 심지어 사망의 문턱을 헤맬 때에도 하나님께 무릎 꿇고 기도했습니다. 성서의 기도문, 시편에 많은 기도문이 있고, 교회 역사에도 수많은 기도문이 전해 오고 있습니다.

많은 기도문이 있지만, 수없이 듣고 외우면서도 성 프란시스코의 '평화의 기도'는 오늘도 변함없이 우리 마음 깊은 곳에 새롭게 와 닿습니다.

'주여 나를 평화의 도구로 써 주소서.

미움이 있는 곳에 사랑을, 상처가 있는 곳에 용서를, 분열이 있는 곳에 일치를, 유혹이 있는 곳에 믿음을 심게 하소서.

오류가 있는 곳에 진리를, 절망이 있는 곳에 희망을, 어둠이 있는 곳에 광명을, 슬픔이 있는 곳에 기쁨을 심게 하소서.

위로 받기보다는 위로하며, 이해 받기보다는 이해하며, 사랑 받기보다는 사랑하며, 자기를 온전히 줌으로써 영생을 얻기 때문이니.

주여, 나를 평화의 도구로 써 주소서.'

유한하고 이기적이고 무엇이든 받기를 더 좋아하는 인간이기에, 그러면서도 마음 한구석엔 신앙인의 모습이 작게나마 자리하고 있기에 이런 기도가 우리의 심금을 울릴 것이라 생각합니다. 개인이든, 신앙공동체인 교회를 위해서든, 국가나 민족을 위해서도 인류가 큰 빚을 지며 살고 있는 이 지구를 위해서도, 할 수 있는 인간의 최고

행위는 역시 신앙인의 특권이랄 수 있는 기도라 하겠습니다.

이제 주님께서 가르쳐 주신 기도에 대한 말씀을 생각해 보겠습니다.

1) 하늘에 계신 아버지의 이름이 거룩히 여김을 받고, 그의 나라와 그의 뜻이 하늘에서와 같이 이 땅에서도 이루어지는 것입니다. 즉 하나님의 나라가 이 땅에 임하고 그 뜻이 이 땅에서 하늘에서와 같이 이루어져야 한다는 것은, 이 지상의 세계가 그만큼 소중하고 하나님 나라와 그 뜻이 바로 우리가 사는 이 세계에 이루어져야 한다는 것입니다. 그것은 하나님이 세상을 이처럼 사랑하사 독생자를 주시고(요 3:16), 하나님의 말씀이신 그리스도가 인간의 몸을 입고 이 세상에 예수로 탄생하신 사실과 상응합니다. 예수님은 가장 큰 계명을 하나님사랑과 이웃사랑이라 하시며 이것이 바로 율법과 선지자의 강령(마 22:37-40)이라 하셨습니다. 하나님 사랑이 바로 인간 사랑이요, 보이는 형제와 이 세상을 사랑하지 않으면서 하나님 사랑한다는 것은 있을 수 없습니다. 때문에 이 두 사랑은 언제나 상관관계를 갖습니다. 따라서 인간과 세상은 그리스도인의 최대 관심이 되어야 합니다. 하늘과 땅의 만남입니다. 하나님과 인간의 만남인데, 대화의 철학자, 마르틴 부버의 '나와 너(I and Thou)의 관계'이겠고, '나와 그것(I and It)의 관계는 아닙니다. 키에르케고르의 지고자이신 하나님 앞에 서있는 단독자로서의 인간의 경우와 같은 것입니다.

2) 주기도문에는 일용할 양식을 우리 모두 누구나 먹을 수 있도록 기도합니다. 온 누리에 모든 사람이 고루 먹게 해서 굶주린 자가

없어야 한다는 지상명제입니다. 이것은 그리스도와 그리스도교의 관심이 다만 영적이고 신비하여, 세상 물질적인 것에 초연한 것이 아님을 잘 시사합니다. 오늘 이 땅의 모든 인간이 다 같이 매일 먹을 양식을 간구합니다. 부요한 나라와 가난한 나라, 어떤 종교, 종족, 계층, 성, 차별 없이 다 포함됩니다. 이 세계의 특히 제3세계에선 지금도 식량이 부족합니다. 세계 인구 3분의 1이 기아선상에 있고 아프리카를 포함한 지구 남반부에선 식량의 절대량이 모자라 노약자와 어린이들은 희생자들인 셈입니다. 살 빼는 운동을 큰 과제로 삼는 많은 부요한 나라 사람들, 그리고 사랑과 자비를 내세우는 세계 종교와 그리스도인들의 과제란 이런 굶주리고 헐벗어 쓰러지며 죽어 가는 사람들이 있는 한 종교인은 그 누구도 자기의 도리를 다했다고 할 수 없습니다. 북한의 동포들 수백만 명이 기아선상에 있다는 사실입니다. 하나님의 선교는 결코 복음 증거나 교회 세우는 일, 정의와 평화를 이룩하는 일만이 아니라 일용할 양식을 온 지구촌 사람들이 다 함께 먹을 수 있게 하는 과제도 포함되어야 합니다.

3) 주기도문에는, 허물 많은 세상에서 우리는 먼저 주께로부터 용서를 받아야 할 존재임을 알게 합니다. 예수님은 일곱 번씩 일흔 번이라도 용서하라고 합니다. 이는 죄인 되고 허물 많은 인간들이 세상을 함께 살아가야 할 최선의 방법입니다. 용서를 하고 용서를 받아야 할 우리는 형제나 동족만이 아니라 어떤 종족, 국가, 종교, 남녀노소, 계층이나, 이념의 다른 사람도 포함합니다. 나아가 원수까지도 사랑하고 용서하는 것이 그리스도인의 삶이어야 합니다.

4) 끝으로 예수님은 우리 인간은 여러 가지 시험에 빠지고 넘어질 수밖에 없는 존재임을 알기에 항상 시험에 들지 말라고 기도할 것을 말씀합니다. 죄악과 무지로 가득 찬 세상에서 언제 어떤 사고를 당할지 모르기에 악에서 보호하고 구해 달라고 기도할 것을 가르칩니다. 인간의 욕심은 끝이 없어서 자신의 욕구 충족이나 명예와 이익을 위해 온갖 시험에 빠져 스스로 패망을 자초할 수 있음을 알기에, 예수님은 이를 경계하여 "시험에 들지 말게 해 달라"는 기도를 가르쳤습니다. 악은 세상에 편만하고 언제 어디서나 까닭 없이 우리를 엄습하기에 이 모든 악에서 보호하고 구해 달라고 기도하라는 것입니다.

5) 주기도문은 모든 나라와 권세와 영광이 아버지 하나님께 있기를 바라는 것으로 끝납니다. 오늘, 우리의 기도 역시 주기도문이 원하는 대로 이루어지기를 바랍니다. 하늘의 뜻이 땅에 이루어지는 것이 주님이 가르치신 기도의 대전제요, 그 중요 내용은 온 인류의 날마다의 양식과 어떤 종류의 인간이든 인간과 인간 사이의 화평이며, 탐욕과 이기적인 인간의 죄의 유혹에서, 그리고 모든 악에서의 해방과 구원이 주기도의 주제입니다.

기도할 때에는 외식하는 자와 같은 위선적인 기도나, 중언부언하지 말 것을 가르치시고, 은밀한 기도를 말씀하셨습니다. 하나님의 현존을 체험하는데 기도의 여러 유형이 있겠으나 침묵, 즉 내적 침묵의 기도를 권하고 싶습니다. 우리는 하나님을 찾아 만나고 싶어합니다. 그러나 소란하고 들뜬 마음으로는 하나님을 만날 수 없습니다. 하나님은 침묵의 벗입니다. 나무와 꽃, 풀과 자연을 살펴보십시오. 침묵 중에 자라고 있습니다. 태양과 달, 하늘의 별들을 보십시오. 역시 잠잠히 침묵 중에 움직이고 있습니다. 침묵 중에 내 자신을 텅 비워서 하나님께 자리를 드릴 때 하나님은 살아 계신 분으로 우리의 말이나 삶을 통해서 드러나는 것입니다. 내적 침묵은 우리 마음의 초점을 하나님께 맞추는 것입니다. 하나님 앞에서 자신을 가난한 자, 무력한 자, 스스로는 아무것도 할 수 없는 자로 자기를 인정하고 '하나님의 뜻이 내게 이루어지소서' 하고 하나님 앞에 자기를 완전히 승복하고 내맡기는 자세입니다.

안토니 블룸이 쓴 《기도의 체험》이란 책에 겸손을 배우라는 이야기가 나옵니다. 겸손(humilitas)이라는 단어는 본래 라틴어 땅(humus)에서 나왔으니, 겸손이란 곧 땅과 같은 것입니다. 땅은 더 이상 내려갈 수 없을 만큼 모든 것 아래에 있습니다. 세상의 모든 사람은 땅을 딛고 살지만 땅의 고마움을 모릅니다. 그뿐더러 땅에다 모든 더러운 것을 다 버립니다. 그러나 땅은 자신을 열고 이 모든 것을 받아들입니다. 동시에 하늘을 향하여 열려 있기 때문에 하늘에서 내리는 비와 빛을 받아, 그 썩은 데서 생명이 움트고 거기 뿌려진 씨에서 새로운 생명을 낳고 있습니다. 30배, 60배 그리고 100배의 열매를 맺고 있습니다. 너는 이 겸손을 배워라. 그리하여 네가 겪은 모든 것, 병고, 고독, 절망까지 다 받아들이라고 말합니다. 이 겸손은 예수님의 자기 비움입니다.

주기도는 단지 명상이나 필요한 무엇을 하나님께 달라고 요청하는 것이 아닙니다. 산이나 기도원이나 화려한 교회당에서만 할 수 있는 것도 아닙니다. 많은 인간들이 세상에 살면서 이기적이고 타락한 존재들이기에 자신만을 위하려는 탐욕을 넘어, 우리 인간 모두가 지고지선의 절대자이신 하나님의 사랑과 정의를 구하면서, 그런 하나님의 뜻이 땅에서도 이루어지기를 기도하며 그 뜻대로 사는 데 있습니다. 우리가 눈을 감고 기도하는 것도 욕심 많은 인간이기에 마음과 정신을 집중하고 그런 결의가 흔들리지 않고 날마다의 삶이 그러한 생이 되게 하려는 하나님 앞에서의 다짐이고 결의인 것입니다.

결코 기도와 일상의 삶은 별개일 수가 없습니다. 기도는 일상의 생활로 연결되어야 하고 삶 속에서 그 기도는 생동감이 있어야 합니다. 기도만 따로 있을 수 없습니다. 몇 날을 단식하며 기도한다면서 그 기도 자체가 목표가 되고, 그의 일상의 생활은 전혀 하나님의 사랑과 정의에, 평화를 이룩함에 상관도 없고, 상식에도 못 미치는 삶이라면 그런 기도는 잘못된 것입니다.

기도 없이 옳고 바르게 잘 살면 된다는 자세도 설득력이 없습니다. 타락하고 죄 많은 인간이 하나님의 도우심 없이 홀로 언제나 사랑과 정의의 뜻대로 산다는 것도 설득력이 없습니다. 계속하여 하나님 앞에서 자신의 언행심사를 철저히 점검하고 회개하며 새롭게 살지 않는다면 이기심과 타성에 빠지기 쉽습니다. 광야의 수도자 안토니에게 어느 날 하늘에서 음성이 있기를 "안토니야, 네 선행이 저 알렉산드리아 구두수선공보다 못하구나." 안토니는 구두수선공을 찾아가 일상의 생활을 알아봅니다. 구두수선공의 생활은 아침 일찍 자신과 도성을 위해 기도하고 종일 구두수선을 최선을 다해 살았습니다. 안토니는 크게 깨달았습니다. 성자가 따로 없습니다. 진실하고 겸손한 기도를 날마다 하나님께 드리며 그 기도에 부합하여 살고 있는가의 여부가 성자로 혹은 평범한 자나 악한 자로 나누이게 합니다. 진리와 사랑, 정의와 평화인 하나님과의 대화, 그의 뜻과 음성을 듣는 기도를 숨 쉬는 호흡에 비유합니다. 주님과의 이런 호흡이 계속되고, 그분과의 대화에서 부끄러움이 없고 떳떳할 때 그 기도와 삶은 살아 있는 증거가 됩니다.

신학 용어로 '코람데오'(Coram Deo)라는 라틴 말이 있는데, 이는 '하나님 앞에서'라는 의미입니다. 이 말은 사람이 일을 처리하는데 하나님 앞에서 하듯이 하라는 것입니다. 어떤 일을 할 때에도 하나님 앞에서 하듯이 하라는 것입니다.

결론을 말씀드립니다. "주여, 평화의 도구로 사용하여 주십시오"라고 기도한 성 프란시스나 인간 세계에 가장 기본적이고 절실한 주님이 가르쳐주신 주기도문은 기도와 삶이 둘이 아니고 하나임을 깨닫게 하였습니다. 예수님의 기도와 생활은 언제나 명료하고 간단명료하였습니다. 피땀 흘리며 드리던 겟세마네 동산에서 이 쓴 잔의 십자가를 할 수 있거든 마시지 않게 해 달라던 예수님이십니다. 그러나 내 뜻대로 마시고 아버지의 뜻에 맡긴다고 했습니다. 제자들이 하나 되게 해 달라는 중보의 기도와 운명 전 십자가에서 저들이 하는 일을 모르고 죄악을 범하니 저들을 용서해 달라는 기도였습니다. 기도와 삶으로, 때로는 눈뜬 기도를 하며 오늘, 우리의 기도를 드리는 성도가 되시기를 바랍니다.

(1993. 9. 12)

# 가이사의 제국과
# 예수의 하나님 나라

요한복음 18:36-38

## 1. 시작하는 말

요한복음 18:36-38의 말씀은 바로 예수가 선포한 하나님 나라에 빌라도가 맞서는 장면입니다. 예수가 빌라도에게 맞선 것인지도 모릅니다. 여기에서 예수는 이렇게 말합니다. "내 나라는 이 세상에 속한 것이 아니니라. 만일 내 나라가 이 세상에 속한 것이었더라면 내 종들이 싸워 나로 유대인들에게 넘겨지지 않게 하였으리라. 이제 내 나라는 여기에 속한 것이 아니니라"(요 18:36). 이 간단한 대화에서 몇 가지 요점을 발견할 수 있습니다.

예수는 '이 세상'의 왕국에 대하여 하나님 나라로 맞섭니다. 예수는 로마제국의 동부지역, 즉 로마의 속국 유대에서 빌라도의 손에 처형되었습니다. 그러나 예수는 결코 로마를 처형지로 언급하지 않았고, 빌라도의 이름을 들먹이지도 않았습니다. 예수는 "만일 내 나라가 이 세상에 속한 것이었더라면 내 종들이 싸워" 내가 처형되지 않게 했을 것입니다.

이 말씀의 의미는 '빌라도여, 네 군사들이 나를 감금하지만, 내 동료들은 나를 죽음에서 구하려고 당신들을 공격하는 일 따위는 하지 않을 것이다. 당신들의 로마제국은 불의한 폭력에 뿌리를 두고 있지만, 나의 하나님 나라는 비폭력의 정의에 뿌리를 두고 있다'라는 것입니다.

하나님 나라와 로마제국의 결정적인 차이점으로 유일하게 직접 언급한 내용은 예수의 비폭력과 빌라도의 폭력이라 하겠습니다. 우리는 빌라도의 폭력적인 억압이 두드러지는 로마제국과 예수의 비폭력 저항으로 특징지어지는 하나님 나라 사이의 뚜렷한 대조를 초대 그리스도교 역사 전개 과정에서 확인해 보기로 하겠습니다. 예수는 빌라도에게 로마의 다스림은 의롭지 않고, 하나님의 다스림은 의롭다고 말할 수 있었습니다.

존 도미니크 크로산은 그의 역작 《하나님과 제국》에서 다음의 질문을 하는데 그리스도교의 시대적 자각과 책임을 갖게 합니다. "고대 로마제국이 우리 주 예수 그리스도를 십자가에 처형했는데, 어떻게 우리가 새로운 로마제국인 미국 주도의 세계 질서와 물질문명의 제국에 속해 살면서 그의 충실한 신자가 될 수 있는가? 성경은 실제로 '이 세상'에 대한 예수의 비폭력 저항을 지지하는가, 아니면 반대하는가? 성경의 가르침을 받은 그리스도교 나라들의 휘두르는 오만한 폭력에 대해 지지하며 선동하고 있지 않는가? 제국과 문명의 폭력은 피할 수 없는 것인가?" 하는 질문들을 던질 수 있습니다.

## 2. 로마제국의 문화 이해

이제 우리는 주제의 본론에 대하여 생각하며, 2천 년 전의 고대로 돌아가 보겠습니다. 본래 로마는 오늘의 로마 시가 있는 곳에서 출발한 조그마한 도시국가였습니다. 그것이 이웃나라들을 정복하여 이탈리아 반도를 통일하고, 카르타고와의 숙명적인 포에니 전쟁에서 이겨 서부 지중해의 해상권을 얻었으며, 다시 동부의 헬레니즘 세계를 정복하고, 또 알프스 북쪽의 서부 유럽까지 병합하여 서남아시아로부터 현재의 영국에 이르는 거대한 지중해 제국을 이룩하였습니다.

인간중심적이고 현세주의적인 고대 그리스 문화는 동방의 페르시아 제국을 정복하여 오리엔트 문화와 융합하여 헬레니즘이라는 이름의 세계 문화로 등장하였습니다. 그 헬레니즘은 이탈리아에서 일어난 로마가 지중해 세계를 지배하게 되면서, 로마 문화라는 이름으로 세계 문화가 되었습니다.

고대 물질문명이 그 전성기를 자랑하던 때는 "팍스 로마나"(Pax Romana)의 전성기였습니다. 그 전성기는 지중해 세계를 로마가 완전히 지배하게 된 아우구스투스(Augustus) 황제 시대부터의 한 세기 간입니다. 기원전 1세기 후반에서 기원후 1세기에 이르는 기간입니다. 기원전과 기원후가 교차하는 시기로서, 예수가 사시다가 가신 전후 100년이라 해도 좋습니다. 이 '팍스 로마나'의 전성기는 고대 물질문명의 전성기이며, 로마의 군국주의의 전성기였습니다. 본래 로마는 민주공화국이었는데, 지중해 세계의 패자가 되어 가면서 군국주의로 변모되었습니다. 군국주의가 로마제국을 지배하게 되었다는 말은 곧 폭력주의가 그 사회의 최상의 가치로 숭배 받게 되었다는 뜻입니다.

## 3. 로마제국의 사회상과 그리스도인들이 받은 박해, 순교

로마제국은 노예제도의 사회였습니다. 노예는 인간이면서도 인간 아닌 소와 말같이 취급되었습니다. 인간의 비인간화의 가장 극단적인 것이 노예제입니다. 그러한 노예제가 인류역사상 가장 광범하게 존재했던 때가 로마제국의 시대였습니다. 다수의 노예와 그 노예를 지배하고 착취하는 소수의 귀족 사이의 신분적 대립과 반목이 극심하였습니다. 로마공화국 말기와 제국 초기에 로마 곳곳에서 노예들의 반란이 일어났습니다.

제국 안에는 절대 다수의 민중들이 있었는데, 가난한 자들, 고아와 과부들, 광부와 전쟁포로 출신자들, 옥살이하는 자들, 각종 병자들, 약한 자들이 살고 있었습니다.

로마시대의 물질문명과 폭력주의와 계급적 대립과 비인간화가 극도에 달했을 때, 잘못된 역사와 문화를 바로 잡아야겠다는 소리가 들리기 시작하였습니다. 로마에게 짓밟히고 있는 약소민족의 한 구석에서 무서운 비인간화의 원인을 파헤쳐 보자는 저항이었습니다.

로마문화의 가치체계 자체에 대한 선전포고였다고 할 수 있습니다. 그 선전포고는 예수와 그를 따르는 소수 무리의 낮은 소리였으나 초대 그리스도교의 정의와 사랑, 진리와 평화, 생명의 하나님 나라 운동이었습니다.

그리스도는 "당신의 것을 다 내어 놓고 종의 신분을 취하셔서 우리와 똑 같은 인간이 되셨으며, 당신 자신을 낮추셔서 죽기까지, 아니, 십자가에 달려서 죽기까지 순종하셨다"(빌 2:7-8). 이것은 노예들, 곧 로마제국의 절대다수에 해당하는 민중과 함께 하는 연대의 기독론(Christology of solidarity)입니다.

그리스도와 민중의 연대는 단순히 고난 받는 종의 형태로만 이루어진 것은 아닙니다. 그리스도의 존재는 민중 가운데 계신 하나님의 성육신입니다. 임마누엘(하나님이 우리와 함께 계신다)이 그리스도의 이름이요 존재입니다. 이것은 그리스도는 민중 가운데 계신 하나님이라는 것을 의미합니다.

그런데 로마제국은 황제를 큐리오스와 소테르, 즉 주님과 하나님으로서, 주인이자 구원자로 숭배하였습니다. 황제숭배는 결국 제국의 모든 다양한 백성들을 그들의 민족성과 문화를 넘어 종교적으로 하나로 묶는 끈이 되었습니다. 특별한 특전을 얻어 황제숭배에 참여하는 문제에서 자유로웠던 유대인들은 대신 매일 예루살렘 성전에서 황제를 위해 희생을 드려야만 했습니다. 이러한 상황에도 그리스도인들이 황제숭배를 전면 거부한 것은 특별히 중요한 의미를 갖습니다.

로마제국은 무엇 때문에 그리스도교도들을 여러모로 박해하였습니까? 이미 언급한 대로 거대한 제국이 전통과 문화를 달리하는 여러 민족들을 결속시켜서 제국을 통치하기 위해서는 최고의 통치원리가 필요하였는데 그것이 황제숭배였습니다. 황제의 모양을 본뜬 황제 상을 만들어서 거기에 절하게 하는 것이었습니다. 황제숭배자들에게는 카드가 부여되기도 하였습니다. 카드를 받은 자들은 그들의 생활에 유익을 얻는 데 편리한 도구 역할을 해 주기도 하였습니다. 초대 그리스도교회사를 보면, '황제가 주님이다'(Caesar is Lord)고 고백해야만 했고, 황제숭배를 강요하는 상황 속에서 신앙의 지조를 지키며 살았던 초대 그리스도인들을 보게 됩니다. 과연 누가 전우주의 보좌에 오르고, 역사의 진로를 좌우할 권세를 지니고 있습니까? 황제인가, 아니면 그리스도인가? 그리하여 그리스도의 예배와 황제의 숭배는 정면으로 충돌하였습니다. 그리스도인으로써 절대로 말할 수 없는 한 가지는 '황제가 주님이다'라는 고백이었습니다. 왜냐하면 신자들에게는 예수 그리스도께서, 그리고 오직 예수 그리스도만이 주님이셨기 때문입니다.

그리고 이스라엘 즉, 그리스도교적 가치관과 사상체계에서는 어떠한 모양으로 만든 것이건 사람의 손으로 만든 것은 우상이기 때문에 거기에 절한다는 것은 곧 우상숭배였습니다. 그러므로 그리스도인들은 로마의 황제숭배를 우상숭배로서 배척했던 것입니다.

오늘날 우리는 그리스도인들의 그러한 태도를 잘 이해할 수 있지만, 2천 년 전의 로마인들은 그들의 그러한 태도를 이해할 수 없었습니다. 황제 상에 절하면 만사 오케이인데도 절대로 절할 수 없다는 그리스도인들이야말로 정말 이상한 괴물처럼 보였을 것입니다. 때리고 감옥에 가두어도 황제 상에 절하지 않았고 드디어 죽음을 당해도 절하지 않았습니다. 그래서 로마인들은 그리스도인들을 박해했던 것입니다.

2, 3세기 사람들은, 현대인들과 마찬가지로 여러 이유로 그리스도를 찾아 믿었던 것으로 보입니다. 무엇보다 그리스도인 되게 하는 중요한 이유가 있습니다. 초대 그리스도인들은 불타는 확신에 잡혀 살았다는 사실입니다. 오직 그리스도를 따라서 살았다는 감격적인 사랑의 행위들입니다. 그들은 자신들의 복리뿐만 아니라 눈길을 밖으로 돌려 이웃들의 필요에 관심을 나타냈습니다. 그리스도인들은 가난한 자들, 고아와 과부들을 돌보아 줍니다. 또한 전쟁, 기근, 지진 속에서 구제 행위를 멈추지 않았습니다. 이러한 이웃사랑의 구체적 표현이 자비의 사역인데, 그리스도인들은 가난한 형제들을 위하여 장례를 맡아 치러 주었던 일입니다. 2세기 후반부터 로마와 카르타고의 교회들은 자기들의 신자들을 위한 묘지들을 마련하기 시작하였습니다. 이 중 가장 오래된 것들 중에 하나가 로마 시의 남쪽 아피안 가도(Appian Way)에 소재한 카타콤(Catacomb)이었습니다.

눈여겨볼 부분은, 박해가 기독교의 진정한 모습을 알리는 데 큰 역할을 하였습니다. 수천 명의 관객이 원형경기장에서 순교의 모습들을 지켜보았습니다. "순교자"(Martyr)란 원래 "증인"(Witness)을 의미하는데 수많은 그리스도인은 바로 이러한 증인의 모습을 훌륭하게 수행했습니다. 그리스도인들이 처형당하는 바로 그 현장에서 개종과 회심의 결단을 내린 이교도들이 생겼습니다. 이상의 진술들에서 보듯이, 당시 로마 사람들의 생각 속에서 초대 그리스도교회는 무엇보다도 고결한 순교자들의 집단이었습니다.

초대 그리스도교회의 모습은 이렇게 정리해 볼 수 있습니다. 왜 그들의 스승 예수가 '십자가 처형에 이르는 죽음의 길'을 회피하지 않고 정면으로 대결하고 돌파하면서 받아들였는가 하는 것이었습니다. 사도들의 자각은 예수의 죽음 안에서 옛 시대가 끝나고 새 시대가 열렸다는 것입니다. 예수의 죽음과 함께 자신들의 옛 삶도 죽었고, 새로운 삶이 시작되었다는 자각이었습니다. 예수가 십자가의 극한적 죽음 방식 중에서도 보여 준 진리에 대한 비폭력적 저항과 증언, 사랑의 용서, 진리에의 순명, 권력과 악마와의 타협이나 야합의 거절 속에서 세상과는 다른 거룩함을, 죽음도 어쩌지 못하는 생명과 진리의 승리를 보았던 것입니다.

그래서 그의 '생명과 진리'에 접붙임 받아서 그들도 '죽어도 죽지 않는 영원한 생명'을 얻기 위해 예수의 '십자가의 삶'을 자신의 것으로 삼고 '예수 닮기, 예수 살기'의 생명운동을 로마제국의 박해 속에서도 영웅적으로 펼쳐 나갈 수 있었습니다. 그것이 본래 초대 그리스도교회의 모습이었습니다.

그런데, 4세기에 박해 받는 소수의 입지에 있던 교회가 제국의 공식적 종교로서 제국의 권력에 참여하며 사회 전체를 위한 도덕적 책임을 담당하게 되었습니다. 국가를 섬기기 위해 교회는 그 교리를 정비하고 체제를 발전시켰습니다. 그러나 국가권력 주변에는 가짜 위선의 교회 지도자들이 나타났고, 이러한 신앙의 세속화에 대한 반발로 그리스도의 삶에 영감을 받은 수도원운동이 나타나 교회갱신을 위해 이바지하였습니다. 동시에 야만족에의 선교운동도 활발하게 일어났습니다. 초대 그리스도교회 역사가 말하고 있는 귀한 교훈들이고 신앙의 유산입니다.

## 4. 새 교회상

정리를 해 보자면, 로마제국과 그리스도교의 싸움은 실은 제국과 종교의 싸움이라기보다는 물질문명의 폭력주의와 사랑의 새 가치관의 싸움이었습니다. 그리스도교는 숫자적으로뿐만 아니라 정치적으로 힘없고, 사회적으로 미천하고, 경제적으로 가난한 이른바 토인비의 표현대로 "내적 프롤레타리아트"(Internal Proletariat)로서, 로마제국을 향해 싸울 수 없었지만 사랑의 새 가치관이 승부를 가져왔다는 것입니다. "새 계명을 너희에게 주노니 서로 사랑하라. 내가 너희를 사랑한 것 같이 너희도 서로 사랑하라"(요 13:34). 이 예수의 말씀은 물질적 폭력주의적인 로마 문명에 대한 도전장이었습니다. 진실로 사랑은 승리입니다. 그리스·로마의 에로스적인 문명에 대한 예수의 하나님 나라의 아가페적인 승리인 것입니다.

워싱턴에는 이 시대의 영적 스승 골든 코스비(Gordon Cosby) 목사가 이끄는 '구세주의 교회'(The Church of the Savior)가 있습니다. 이 교회는 무엇보다 '외적인 사랑 나눔'(The Outward Journey)으로, 일 년 예산이 1천만 불인데 75개의 독립 전문사역을 하고 있는 워싱턴의 빈민지역에서 참다운 섬김의 목회가 무엇인지를 보여 주는 대표적인 교회입니다. 정식 교인의 숫자는 60년 가까이 오는 역사에 120명을 넘어 본 일이 없습니다. 이유는 그 교회의 교인이 되려면 각자가 자기 전문사역이 있어야 하기 때문입니다. 그 교회에서는 빈민지역의 버려진 아파트를 개조해서 가난한 사람들의 자립을 돕습니다. 그 지역의 어린이들을 위한 방과 후 학교와 자립갱생을 돕는 알코올과 마약치료 센터가 있고, 직업전문학교를 열어 매년 평균 1천여 명이 직업을 찾도록 하고 있습니다. 무숙자들을 위한 노인 아파트와 죽음의 길을 돌봐주는 호스피스를 운영합니다. 워싱턴에서 빈민지역으로 손꼽히는 아담스 몰간 지역 한복판에 예수님이 베드로의 발을 씻기는 동상이 있고 바로 그 주변으로 이런 돌봄 사역의 센터들이 자리를 잡고 있습니다.

그런데, 코스비 목사는 하루도 몰간타운을 떠나지 않습니다. 매일 오전 12시에 있는 기도회 때문입니다. 거리에서 방황하는 한 사람의 무숙자가 찾아와도 그 시간 그와 함께 말씀을 묵상하고 기도하기 위해서라고 합니다. 벌써 90을 넘어선 코스비 목사의 목회철학은 '헌신의 소명과 내적 경건, 외적 경건'(Call to Commitment and Journey Inward, Journey Outward)입니다. 바로 이 어른에게 영향을 받고 그 유명한 헨리 나우웬 교수가 하버드 대학 교수직을 그만두고 토론토 근교의 정신박약자와 신체장애자 시설인 데이브레이크(Day-break)의 직원으로 장애인 선교에 생명을 바치게 되었습니다. 지금도 그 교회 산하 '섬김의 사역자학교'(the Servant Leadership School)에는 전 세계 기독교 지도자들이 와서 공부를 합니다.

골든 코스비 목사는 "21세기 크리스천들에게 가장 중요한 화두가 무엇인가요?"라는 질문에 대한 대답을 "진실된 존재가 되는 것입니다"(Being an Authentic Self)라고 한마디로 정리해 줍니다. 오늘날 미국교계에 깊은 영성으로 수많은 사람의 삶을 변화시킨 그 어른이 '진실된 존재'가 되는 것이 오늘날 크리스천의 과제라고 정리해 줍니다. "예수님을 닮고 예수님 앞에 진실된 존재가 되지 못하고는 우리는 아무 선한 일을 할 수 없습니다"라고 말씀합니다.

코스비 목사는 그 교회의 명성과 영향력은 전 세계적으로 알려져 있으면서도 "의도적으로 작은 교회가 되려고 한다"(Committed to Smallness)라고 정리합니다. 교회 확장이 목적이 아니라 세상 속으로 들어가 빛과 소금이 되는 것이 목적이기에 교인 수가 120명이 넘어서면 그 교인들 가운데 소그룹을 떼어 따로 예배공동체를 세운다는 것입니다.

## 5. 나가며

중요한 문제는 어떻게 현대 그리스도인들이 '진실된 존재'가 되느냐 하는 것입니다. 진실된 존재가 된 그리스도인, 이는 곧 자기존재의 성숙한 인격의 열매, 즉 사랑과 정의, 진리와 평화를 만들어 가는 헌신의 사역을 하는 책임적 존재로서의 삶을 가리키는 것입니다.

가이사의 제국과 예수의 하나님 나라에 대하여는 역사에서 많은 논의와 싸움을 해 왔고 앞으로도 풀어 가야 할 큰 과제를 남겨 두고 있습니다. 가이사의 제국은 군국주의와 폭력주의로 노예제의 비인간화를 제도적으로 정당화하였습니다. 있는 자와 부한 자가 없는 자와 가난한 자를 누르고 착취하고 업신여기고 짓밟는 결과를 나타냈습니다. 로마시대에는 그 폭력주의와 비인간화에 반항하여 평화와 사랑의 새 가치를 외치는 소리가 들렸는데, 현대에도 현대의 폭력주의와 비인간화의 상황에서 하나님 나라의 생명운동은 오늘의 그리스도인들의 몫으로 주어져 있습니다.

21세기 로마제국으로 떠오른 미국 주도의 세계질서 아래서 오늘의 그리스도인들에게 던져지는 절실한 깨달음입니다. 오늘의 그리스도교회는 제국의 폭력을 정상적인 제도로 보는 현 세계 질서를 대신해 갈 하나님 나라의 사랑과 정의, 용서와 평화의 질서를 새롭게 실천해야 합니다. 예수의 '당신들의 로마제국은 불의한 폭력주의에 뿌리를 두고 있지만, 나의 하나님의 나라는 비폭력의 정의에 뿌리를 두고 있다'는 말씀을 되새겨야 합니다. 하나님 나라는 하늘에서 역사 지평에 내려온 하나님의 주권입니다. 따라서 그 나라는 하늘에서 이 땅 우리 삶의 한복판에 온 것입니다. 이 땅의 정치, 경제, 문화, 역사, 특히 배고프고 억압받으며 비인간화된 비리의 현실입니다. 이 세상 복판에 내려온 하나님 나라이기에, 그 나라는 개인의 삶이나 영혼만의 문제일 수 없습니다. 정치·경제적인 사회제도나 그 어떤 단체나 국가에 이르기까지 하나님의 뜻과 주권, 그의 의로운 정의와 평화가 그 속에 역사해야 합니다. 예수의 하나님의 나라는 정의와 사랑, 진리와 평화, 생명이 빛처럼 강물처럼 유통되며 자연과 인간이 함께 더불어 살아가는 세계입니다. 하나님의 나라는 시간을 넘어 영원으로, 자연계를 넘어 초자연계를 포함하며, 죽음을 넘어 영원한 생명에 이른다는 희망의 신앙입니다.

「세계와 선교」 제212호. 2012. 9. 1)

# 예수, 제자들을 부르다.
## "나를 따르라"

마태복음 4:18-22, 누가복음 9:57-62

## 오직 바보만이

오직 바보만이,

사랑과 평화의 메시지 하나로 세상을 바꿔보려 시도하겠지요.

그렇다면 예수야말로 바보였다고 결론지을 수 있을 것입니다.

그리고 바보들만이 그를 추종하다가 그가 처형당한 뒤에,

그의 일을 계속할 수 있었을 거예요.

따라서 사도들 모두 바보였다고 하겠습니다.

그 바보들이 전하는 메시지를 진지하게 듣고

그것을 받아들이는 일 또한 같은 바보들만이 할 수 있는 겁니다.

그러니까 시방 우리 모두가 바보라는 그런 말이올시다.

이는 조금도 이상한 일이 아니에요.

하나님께서는 유식한 학자가 아니라

겸손한 목수를 택하시어 복음을 선포하게 하셨습니다.

또 어부와 세리를 사도들로 뽑으셨지요.

우리가 과연 그들보다 낫다고 주장할 수 있을까요?

물론, 아닙니다. 우리 가운데 교육을 많이 받은 사람도,

복음의 가르침대로 사는 것과 학력 사이에

아무 관계가 없음을 잘 알고 있습니다.

그런즉 우리 모두 바보임을 기꺼이 시인합시다.

그러면, 세상을 바꾸려는 시도에 마음 놓고 몸을 던질 수 있을 테니까요.

하지만, 사도들도 때로는 겁에 질리고 비굴하게 처신하지 않았던가요?

우리 또한 그들처럼 두렵고 떨리지 않습니까?

그리스도의 십자가야말로 우리를 두려워 떨게 할 만한 사건이지요.

그래도 그분의 부활은 우리에게 초인적인 용기를 제공합니다.

(요한 크리소스토무스)


1


예수는 세례를 받고 광야에서 시험을 받은 후, 사람들을 불러 제자로 삼아 공동체를 이루었습니다. "나를 따라 오라"고 예수는 당시 평범한 사람들을 불러냈습니다. 그들은 모든 것을 내려놓고 자기들의 인간관계와 생업을 버리고 예수를 따라나섰습니다. 그들은 예수의 희망이 넘치는 메시지와 그의 치유의 능력, 그리고 그의 비폭력 운동에 매혹되었기 때문에 예전의 생활을 버리고 온전히 예수께만

헌신했던 것입니다.

오늘날처럼 혼란의 시대에는 이처럼 철저한 제자직(disciple-ship)을 위해 우리가 자신의 가족과 생업을 버리고 떠날 만큼 우리를 불러내는 인격적인 카리스마를 찾기 어렵습니다. 그러나 이런 카리스마를 가진 예수는 자신의 비폭력 여정에 동행하고 자신이 죽은 후에도 사랑과 평화의 사명을 계속 이어갈 제자와 친구들을 그리고 예수의 하나님 나라 공동체를 원했을 것입니다.

제자(disciple)라는 말은 '배우는 사람'이라는 뜻의 라틴어에서 왔습니다. 복음서에 보면, 세례 요한과 바리새인들에게도 제자들이 있었습니다. 예수도 제자들을 두어, '열두 제자'의 친밀한 제자 집단을 이루었습니다. 누가복음에는 70명의 많은 제자가 보냄을 받은 것으로 나옵니다. 사도행전(6:1-7)에서는 예루살렘의 모든 그리스도인을 '제자들'로 부르고 있습니다.

예수가 처음 제자들을 부른 사건은 모든 복음서에 기록되어 있습니다. 예수는 어부 형제들인 시몬과 안드레, 야고보와 요한을 각각 부르면서 "나를 따라 오너라 내가 너희를 사람 낚는 어부로 만들겠다"고 부르셨습니다. 성서학자 체드 마이어스(Ched Myers)는 이 복음서 기자들이 여기서 예레미야서(16:16)의 말씀, 곧 야훼 하나님께서 이스라엘의 우상을 섬기는 백성들, 그 믿음 없는 자들을 붙들기 위해서 어부들과 사냥꾼을 내보내겠다고 약속하신 말씀을 가리킨 것이라고 지적했습니다. 예언자 아모스(4:2)와 에스겔(29:4)도 부자들과 억압자들에 대한 심판으로서 '물고기를 낚싯바늘로 끌어내는 것'에 대해 말했습니다. 예수는 이런 전통 안에서, 제국의 군사력과 특권과 불의가 다스리는 기존 질서를 변화시키기 위해 자신이 시작한 비폭력 투쟁에 가난한 사람들이 함께 참여하도록 부르신 것입니다.

그 후, 마태복음(9:9)과 마가복음(2:14)은 세리였던 마태(혹 레위)를 "나를 따르라"는 한마디 명령으로 불러냈습니다. 마태는 비록 사람들이 손가락질하던 로마제국의 '앞잡이'였지만, 예수와 함께 식사를 나누었고 그의 부름을 받아들여 예수를 따르는 제자가 되었습니다.

누가복음(5:1-11)은 예수가 시몬을 제자로 부른 장면을 더욱 자세하게 묘사합니다. 예수는 게네사렛 호숫가에서 시몬의 배를 이용해서 많은 군중들에게 가르쳤으며, 나중에는 시몬에게 "깊은 데로 가서 그물을 쳐 고기를 잡아라"(5:4) 하고 말했습니다. 시몬과 그의 동료들이 비록 밤새도록 허탕을 치고 말았지만, 시몬은 투덜거리면서 순종했습니다. 전에 없이 고기를 잡게 되자, 그는 갑자기 예수의 현존 앞에서 자신의 무가치함을 깨닫고 그의 발 앞에 엎드려 자신의 죄를 고백했습니다. 시몬에게 예수는 "무서워 말라 이제 후로는 네가 사람을 취하리라"(5:10), 그리고 그들이 "배들을 버려두고 예수를 따르니라"(5:11)고 했습니다.

한편 요한복음은 베드로를 제자로 부른 사건을 맨 마지막에, 즉 베드로가 예수를 부인하고 예수가 처형되고 부활한 이후에 일어난 사건으로 묘사합니다. 예수는 베드로에게 "네가 젊어서는 스스로 띠 띠고 원하는 곳으로 다녔거니와 늙어서는 네 팔을 벌리리니 남이 네게 띠 띠우고 원하지 아니하는 곳으로 데려가리라"(21:18)고 말합니다. 이어서 그 본문에는 예수가 베드로에게 이 말씀을 하신 것이 "베드로가 어떠한 죽음으로 하나님께 영광을 돌릴 것을 가리키심이라"(21:19)고 되어 있습니다.

요한복음은 처음 서문에 뒤이어 실제로 제자들을 부른 일로 시작하고 있습니다. 예수가 걸어가는 모습을 보고 세례요한은 자신의 제자들에게 "보라 하나님의 어린양이라"라고 말했습니다. 그의 제자들이 예수를 따라오자 예수는 그들에게 "무엇을 구하느냐"고 물었습니다. 그들은 "랍비여, 어디 계시오니까" 하고 말했습니다. 예수는 "와 보라"고 대답했습니다. 그 다음날 예수는 갈릴리에서 빌립을 만나 그에게 "나를 따르라"고 했습니다(1:36, 38-39, 43).

## 2

우리는 예수가 온갖 부류의 사람들로 제자를 삼으면서 그들에게 죽기까지 완전히 헌신할 것을 요구한 사실을 보게 됩니다. "아무든지 나를 따라 오려거든 자기를 부인하고 날마다 제 십자가를 지고 나를 따를 것이니라"(눅 9:23).

누가복음 9:57-62에서 예수는 '나를 따르라'는 주제로 말씀하셨는데, 제자직의 긴급한 요구를 강조하기 위해서 예수와 제자가 되려는 사람들 사이의 세 차례 만남을 기록하고 있습니다.

첫 사람: 그는 예수를 자진해서 따르겠다고 합니다. 그런데 그의 말은 "선생님이 가시는 곳이면 어디든지 따라 가겠습니다!" 어디든

지? 그게 원래의 따르는 자의 결심이어야 할 것입니다. 이에 대해서 예수는 수락도 거부도 하지 않고 "여우도 굴이 있고 새도 보금자리가 있으나 인자는 머리 둘 곳이 없다"고 합니다.

왜 예수는 이런 반응을 했을까? 여우와 새는 굴이 있고 보금자리가 있습니다. 즉 제가 휴식하고 은거할 거점이 있습니다. 그런데 예수 자신은 머리 둘 곳이 없다고 합니다. 이것은 내 머무를 자리가 없다는 뜻입니다. 집이 없다는 뜻입니까? 그러나 누가복음에는 그의 어머니와 형제가 가버나움에 살고 있다고 합니다.

'여우'라는 말은 구약에서는 암몬족의 속칭입니다. 암몬은 유대인과의 정치적 원수입니다. '여우'같다는 말은 우리말에서도 '간교하다'라는 증오심을 포함합니다. 신약성서에서도 헤롯을 '저 여우'라고 지칭한 데가 있습니다.

새 또는 공중의 나는 새(마태)는 이방인을 표현할 때 잘 씁니다. 그것은 남이 지어 놓은 곡식을 공짜로 먹어 버린다는 뜻도 있는 듯합니다. 즉 침략자입니다. 그래서 에돔이나 로마인을 그렇게 부른 기록이 있습니다. 우리말로 오랑캐, 왜놈이란 뜻과 통할 것입니다. 하여간 둘 다 가장 싫어하는, 경계해야 하는 미움의 상징입니다. 그러나 저들에게는 굴이 있고 보금자리도 있습니다. 그런데 인자는 머리 둘 곳이 없다고 합니다. 얼마나 고독한 자의 소리입니까? 이 말은 그의 생애를 보면 결코 과장이 아닙니다. 그가 어디 머리 둘 곳이 있었던가! 그 민족, 로마인 심지어 제자들에게까지 종말적 실존의 반영입니다.

요한복음은 이것을 그리스도인에게 적용했습니다. "너를 세상이 미워하는 것은 당연한 것으로 알라. 너를 미워하기 전에 나를 미워하리라 까닭은 나는 세상에 속하지 않았으니!" 즉 우리가 가야 할 길은 이 땅에 살면서도 이 땅에 삶의 거점을 두지 않고 보이는 것으로 살면서도 거기 매이지 않고, 오고 있는 미지의 미래에 밧줄을 던지며 새 천지에 상륙하려는 모험 자와 같은 그런 그리스도의 길입니다.

둘째 경우는 자기 아버지의 장례를 치르게 해 달라고 부탁한 사람을 주목할 필요가 있습니다. 그런 부탁을 한 이유는 그의 아버지가 실제로 사망했기 때문이 아닙니다. 유대인들의 관습에 따르면, 큰아들은 아버지의 장례를 치를 수 있도록 아버지가 사망할 때까지는 집에 머물러 있어야만 했던 것입니다. 그러나 예수는 부모에 대한 이런 전통적인 감상적 순종을 배격하고 "너는 가서 하나님 나라의 소식을 전하라"고 말했습니다.

셋째는 둘째 경우와 비슷합니다. 그래서 마태는 이것을 빼고 있습니다. "먼저 …하게 해 주십시오"와 같습니다. "먼저 내 가족을 작별하게 해 주십시오." 평상시라면 얼마나 당연한 일입니까? 그런데 예수의 말씀은 다릅니다. "손에 쟁기를 집고 뒤를 돌아보는 자는 하나님 나라에 합당치 않다." 이 사람은 아직 지금까지의 관계에 미련을 가진 자입니다. 본회퍼는 "쟁기를 가지는 인간은 뒤를 돌아보지 않으며 또 꿰뚫어 볼 수 없는, 이제 갈 저쪽도 보지 않고 지금 스스로 할 수 있는 다음의 발을 내디딘다. 되돌아보는 것은 그리스도교적이 아니다. 불안, 슬픔, 죄책에도 불구하고 당신에게 새로운 출발을 명하는 그분을 우러러 보는 것이 바른 자세다. 그러면 그분으로 인해서 모든 것을 알게 될 것이다"고 했습니다.

둘째 사람은 의무를 다하겠다는 것이요, 셋째 사람은 지금까지의 애착을 아쉬워하는 사람입니다. 가졌던 것이 아까워 다시 한번 보고, 만져 보고 떠나려는, 즉 정리하면, 집에 가서 식구들과 작별인사를 나누게 해 달라는 사람에게 하신 말씀은 예수 자신의 사명이 생사의 기로에 서 있는 긴급한 사명임을 강조한 말씀입니다. 옛 세상이 끝날 때가 가까웠습니다. 마찬가지로 하나님 나라가 매우 가까웠습니다. 그러므로 오로지 사명만을 생각하고 다른 일 때문에 그 사명을 포기하지 말라는 말씀입니다.

이제 예수는 칠십 인 제자를 뽑아 앞으로 찾아갈 마을과 고장으로 미리 둘씩 짝지어 보내시며 이렇게 분부하셨습니다. "내가 너희를 보냄이 어린 양을 이리 가운데로 보냄과 같도다." "어느 집에 들어가든지 먼저 말하되 이 집이 평안할지어다 하라." "거기 있는 병자들을 고치고 또 말하기를 하나님 나라가 너희에게 가까이 왔다 하라"(눅 10:1, 3-6, 9)고 했습니다.


3


복음서에 따르면, 제자들은 제자의 길에서는 실제로 모든 것을 포기해야 했습니다. 생업을 포기하고 인간관계를 떠나 완전히 예수만을 따랐습니다. 절반쯤 제자로 산다든가, 파트타임으로 일시적으로 제자직을 수행하는 방법은 없었습니다. 모든 것을 전부 바치든가 아니면 제자가 아니든가 둘 중의 하나입니다. 예수는 제자들이 비폭력 운동에 가담하여 목숨을 걸기를 기대했습니다. 그의 제자들은 병자들을 고치고, 귀신들을 쫓아내며, 공동체를 세우고, 하나님 나라를 선포하고, 비폭력을 실천하며, 십자가를 지고, 그와 함께 깨어 있고, 그와 함께 기도하며, 성만찬 음식을 나누고 그리고 무엇보다 중요한 것은 그와 함께 죽고 다시 부활함으로써, 영원히 그와 동행할 것입니다.

예수는 자신의 비폭력 원칙에 따라 아무에게도 강압적으로 자신을 따르도록 요구하지 않았습니다. 사람들은 그에게서 떠나갔습니다. 마지막에는 제자들조차 모두 그에게서 도망쳤습니다. 예수의 비폭력 방식은 당시 상황에서 체포되고 처형되는 것이 거의 확실했던 것입니다. 그럼에도 불구하고 예수는 십자가를 향해 전진했으며, 죽은 자들 가운데서 다시 살아났고, 자신의 비폭력과 해방운동을 위해 가담할 제자들을 계속해서 찾았습니다. 예수는 곤경과 박해를 약속한 셈이지만, 수백, 수천 명의 새로운 형제자매들과 풍성한 삶, 자신과 영원히 교제하는 삶도 약속했습니다. 예수는 자신을 따르며 자신의 가르침을 실천하는 사람들이 '복 받을 것'임을 약속했습니다.

로마제국의 군대가 예수를 붙잡았을 때, 모든 남자 제자는 예수를 버리고 도망쳤습니다. 네 복음서에 따르면, 단지 소수의 여자 제자들만이 마지막까지 예수에게 신실하였지만, 거리를 두고 그랬던 것입니다.

예수가 부활한 후 제일 먼저 그 여자 제자들에게 나타났으며 나중에 전체 공동체에게 나타났습니다. 이 제자들은 예수의 영에 사로잡혀 예수의 이야기로 이 세상에 불을 지르기 시작했으며, 다른 사람들을 그 비폭력의 제자의 길로 불러들였습니다.

처음 3세기 동안에는 그리스도의 제자가 된다는 것이 죽음을 보증하는 것이었으며, 이들 처음 그리스도인들은 그리스도를 자신의 주님으로 고백한 것 때문에 살해당하곤 했습니다. 세례 자체가 제국의 권위에 대한 비폭력 시민불복종 행동이었습니다. 실제로, 새로 세례를 받은 사람들이 곧 바로 로마 군인들에 의해 처형되곤 했습니다. 그러나 제자들의 관점에서 보면, 그들의 죽음은 새로운 생명을 보증하는 것이었습니다.


4


오늘날 예수의 제자가 된다는 것은 무엇을 뜻합니까? 오늘날도 여전히 제자의 길은 위험과 개인적인 풍파를 뜻합니다. 제자의 길은 우리의 직업적인 안전, 개인적인 안락함, 가족의 보호, 문화에 대한 충성을 포기하는 것입니다. 예수의 제자가 되는 것은 가난한 사람들과 연대하며, 비폭력을 고집하며, 모든 사람을 사랑하며, 공동체 생활, 정의를 위한 공개적 행동, 묵상과 영성의 기도, 성만찬 축하, 그리고 생명의 하나님을 예배할 것을 요구합니다. 그 길은 실패의 가능성을 열어 놓는 길이며, 명예를 잃게 되고, 실속 없으며, 외로움과 고통, 박해와 수난의 가능성을 열어 놓는 길입니다. 제자의 길은 개인적으로 사회적으로 또한 경제적으로 대안적인 생활 방식을 요청

할 뿐 아니라, 예수가 오늘날 정의와 평화를 위한 비폭력 투쟁에서 계속해서 십자가를 질 때 우리의 삶을 포기하고 그와 동행할 것을 요구합니다.

디트리히 본회퍼(Dietrich Bonhoeffer)가 나치 독일에 의해 처형되기 직전에 남긴 기념비적인 저술 《나를 따르라》(*The Cost of Discipleship*)에서 말한 것처럼, 오늘날 우리들의 제자직은 편안한 싸구려 제자직(cheap discipleship)이 되었습니다. 적어도 풍요한 나라들일수록 복음서가 요구하는 철저한 제자직을 거들떠보지도 않습니다. 대신에 우리는 안전하게 침묵하는 교인들이 되어 버린 것입니다. 예수의 정신을 이어받은 제자직의 날이 무디어진 것입니다. 제자가 된다는 것이 더 이상 불법적인 것이 아닙니다. 실제로 예수의 제자가 되는 것은 합법적이며, 사회적으로 주류에 속하는 것이며, 오늘날 지배문화가 우리에게 기대하는 것이 되어 버렸습니다.

그러나 복음서를 주의 깊게 읽어 보면, 우리의 제자직을 진지하게 받아들이도록 도전 받게 됩니다. 제자가 된다는 것은 예수의 비전에 의해 우리의 생활이 깨어지도록 하는 것입니다. 본회퍼는 우리 시대를 위한 그리스도인의 소명을 '값비싼 제자직'(costly discipleship)이라고 주장했습니다. 만일 우리가 예수의 제자로서 지불해야 하는 비용을 느끼지 않는다면, 우리는 아직 참된 제자가 되지 못한 것이라고, 그는 처형되기 직전에 썼습니다.

간디의 비폭력의 길, 간디의 길이란 어떤 것입니까? 그것은 '사티아그라하' 진리파지입니다. 참을 지킴이고 비폭력운동입니다. 간디는 옳지 않은 것에 대해 저항을 하지 말자는 것이 아니라, 반대로 그는 죽어도 저항해 싸우자는 주의입니다. 그러므로 비폭력저항주의입니다. 사람들이 그를 높여 '마하트마' 곧 위대한 혼이라 부르는 것은 이 때문입니다. 혼의 힘을 가지고 모든 폭력 곧 물력으로 되는 옳지 않음을 싸워 이기자는 것입니다. 혼 곧 '아트만'은 자아의 힘을 드러냄입니다. 간디는 자기의 몇 십 년 정치투쟁의 목적은 자아를 드러냄, 곧 하나님께 이름에 있다고 하였습니다. 인도사상으로 하면 '아트만'은 곧 '브라만'입니다. 절대이고 하나님입니다. 그러므로 자아를 드러냄, 곧 하나님에까지 이름이라고 하는 것입니다. 그러므로 '간디의 길'은 밖으로는 정치인 동시에 안으로는 종교를 즉 믿음입니다.

## 5

마감의 결론에 이르렀습니다. 핵무기가 넘쳐나고 인종과 계층 간의 차별이 심하며 경제적인 불의가 판을 치는 세상에서 예수를 따르는 것은 우리의 폭력문화에 정면으로 맞서는 것을 뜻합니다. 문화가 폭력을 조장할 때 우리는 예수의 비폭력을 주장합니다. 문화가 전쟁을 외칠 때 우리는 예수의 평화를 외칩니다. 문화가 성차별, 계급차별, 인종차별을 지지할 때 우리는 모든 사람의 평등성, 공동체, 화해를 요구합니다. 문화가 보복과 처형을 주장할 때 우리는 예수와 더불어 용서와 연민을 위해 기도합니다. 문화가 우리에게 성공하도록 부자가 되고 경력을 쌓고 1등이 되도록 부추길 때 우리는 그 반대편으로 달려가 예수와 더불어 자발적인 가난, 힘없음, 겸손, 고난과 죽음으로 나아갑니다.

복음서에 따르면, 예수의 제자가 되는 것은 우리로 하여금 우리의 원수들을 사랑하고, 가난한 사람들을 위해 정의를 요구하며, 억압받는 사람들의 해방을 추구하고, 병든 삶들과 옥에 갇힌 사람들을 찾아보며, 죽음의 우상을 타파하고, 군사주의에 저항하며 소비주의를 배격하고, 인종차별을 철폐하며, 공동체를 건설하고, 칼을 녹여 보습으로 바꾸며(사 2:4, 미가 4:3), 평화의 하나님을 예배할 것을 요구합니다. 만일 우리가 정직한 그리스도인으로서 이런 사회적 실천을 감당하기 위해 애쓴다면 우리는 제자직의 날카로운 가시를 느끼게 될 것이며 복음이 생생하게 살아나게 될 것입니다. 그날이 오면, 우리는 예수의 제자가 된다는 것이 무엇을 뜻하는지 알게 될 것입니다. 예수 그리스도는 우리의 평화입니다. 평화의 하나님이 여러분과 함께하시기를 바랍니다.

# 나를 본받으라

빌립보서 3:17-4:1

셰익스피어는 위인에 대하여 세 가지 유형이 있다고 말했습니다. 첫째 유형은 날 때부터 위대한 사람으로 태어난 사람인데, 천혜적으로 위인형의 사람입니다. 둘째 유형은 노력해서 위대해지는 사람인데, 공부와 훈련 그리고 많은 수고 끝에 위대한 사람으로 나타나는 인격을 봅니다. 중요한 것은 셋째 유형인데, 위대한 인간이 될 것을 강요당한 위인입니다. 그렇게 할 수밖에 없도록 강요당하는 '강제성', 그 속에서 위인이 되는 인격이 생기고 신앙인이 되게 하는 것입니다.

사람은 자아 형성을 이루는 데 '중요한 타자'(significant others)가 있습니다. 누구든지 한 사람이 예수를 믿으려면 위대한 신앙인 한 사람을 만나야 한다는 이야기입니다. 세상을 살다 보면 굉장한 성자가 아니어도, '꼭 내가 저분 같았으면 좋겠다', '저분은 누구일까?'라고 생각되는 사람이 있습니다. 바로 그 사람이 그리스도인이라면 거기에 감동을 받고 바른 그리스도인이 됩니다. 그러나 반대로 이 '중요한 타자'가 실은 가짜 교인이요, 위선자요, 믿음과 생활이 영 일치하지 않은 사람이라면 어떻게 될까요? 이런 사람을 한번 겪고 나면 그 충격 때문에 일생 동안 예수님을 영접하지 않고 믿지 않을 수도 있습니다. 우리 주변에는 이런 피해를 입은 사람들도 있습니다. 그러므로 이 중요한 타자는 내 운명을 바꿀 수도 있는 중요한 사람이 될 수도 있습니다.

사도 바울은 "나를 본받으라"(빌 3:17)고 합니다. 본받을 만한 사람, 나에게 본을 보여 주는 사람, 이 중요한 타자가 우리 각자에게는 누구입니까? 어떤 사람을 만나느냐에 따라서 내 생애와 운명은 달라질 것입니다. 이것은 현실의 문제가 아니라 이상의 문제요 목적의 문제입니다. 현실적 불행이나 고통이라고 하는 것은 과거적 실패입니다. 그러나 이상과 목적의 상실은 미래적 실패입니다. 목적이 잘못되고 이상이 빗나갔을 때에 그 미래는 희망적일 수가 없습니다. 여기에 우리의 슬픔이 있고 좌절이 있게 됩니다. 왜 이런 인생을 살아야 합니까? 단 한 번밖에 없는 삶이 아닙니까?

"함께 나를 본받으라"(imitators together of me), 이 말씀은 인간적으로 좀 지나친 말이 아닐까 여겨지지만, 문맥적으로 자세히 살펴보면, 그렇게 말할 수밖에 없는 당위입니다. 결코 교만이 아니요, 바울의 진실 고백이요, 정열 고백입니다. 바울은 쇠사슬에 묶인 채 재판장인 아그립바 왕 앞에서 재판을 받는데, 목숨이 경각에 달려 있는 그 중요한 시간에 오히려 당당하게 말하고 있습니다. "당신뿐만 아니라 오늘 내 말을 듣는 모든 사람도 다 이렇게 결박된 것 외에는 나와 같이 되기를 하나님께 원하나이다"(행전 26:29). 이것은 바울의 전도자로서의 마음이요 권면입니다. "내가 믿어 보니 정말 너무 좋습니다. 같이 믿읍시다. 내가 예수 믿어 보니 이렇게 행복합니다. 정말 우리 함께 행복합시다." 이러한 마음이요 권면입니다. 이 마음을 말로 표현한 것이 "나를 본받으라"(join in imitating me)인 것입니다. 당연히 그래야 할 것이라고 믿어집니다. 마치 밭에 감추어진 보화를 찾았을 때에 너무 기뻐하는 것 같이, 마치 잃어버린 양 한 마리를 어깨에 메고 돌아오면서 함께 즐기자 하는 것 같이 말입니다. 잃어버린 탕자가 집에 돌아왔을 때 아버지가 기뻐하며 잔치를 베풀었던 같이, 이 기쁨이 얼마나 귀한 것입니까?

사도 바울은 스스로 만족하고 예수의 십자가와 부활의 전파자가 되었습니다. 본래 그는 '강요당한 위인'이라 할 수 있습니다. 그는 헬라파 유대인이요, 가말리엘 문하에서 공부한 율법학자요, 바리새인이요, 더욱이 예수 믿는 자들을 핍박하고 스데반을 돌로 쳐 죽이는 데 가담했던 자입니다. 다메섹에 피해 있는 그리스도인들을 잡아 죽이려던 주무자였습니다. 그러나 다메섹 도상에서 부활하신 예수님을 만났고, 아나니아에게 안수 받고 완전히 변화되어 새 사람이, 즉 예수 믿는 사람이 되고, 예수님을 전하는 사람이 되었습니다. 예수님을 위해 자기 생명을 바치는 사람이 됩니다. 바울은 감격하고 만족해합니다. 바울은 이제 예수께 사로잡힌바 된 포로가 됩니다. 포로가 된 사람, 강요된 사람입니다만 이제는 그가 가는 길이 복된 사명의 삶인 것을 알고 있습니다. 그래서 바울은 노예성에서 자원성으로, 강제성에서 자발성으로 생의 전환자가 된 것입니다.

사도 바울은 포로된 사람, 붙잡힌 사람, 강요된 사람입니다. 그러나 그는 스스로 만족하고 조금도 후회함이 없습니다. 목적과 현실에다 만족해하며, 감사 감격하며, 그에게 주어진 사명적 삶에 정진하고 있습니다. "형제들아 나는 아직 내가 잡은 줄로 여기지 아니하고 오직 한 일(but one thing I do) 즉 뒤에 있는 것은 잊어버리고 앞에 있는 것을 잡으려고 푯대를 향하여 그리스도 예수 안에서 하나님이 위에서 부르시는 부름의 상을 위하여 좇아가노라"(빌 3:13-14)고 고백합니다. 즉 바울은 아직 미완성의 상태이지만 그래도 앞을 향해 온 몸을 기울이고 달려가겠다는 결의가 담긴 고백이라 할 수 있습니다. 조금도 후회함이 없는 만족하고 감격하는 중에 하신 말씀입니다. 이런 바울이 얼마나 부럽고 자랑스러워 보이며 행복해 보입니까?

사도 바울은 데살로니가 교회에 "너희는 … 우리와 주를 본받는 자가 되었다"(you became imitators of us and of the Lord)(살전 1:6)고 합니다. 여기의 삶의 양식이 예수님, 바울의 일행 그리고 그리스도인들에게 상통하는 맥을 이루고 있음을 말합니다. 또한 바울은 예수와 같은 마음을 품으라고 하며 자기를 비운 그리스도론을 내세우고 있습니다(빌 2:5). 온몸을 바쳐 사랑하고, 그의 뜻에 복종하는 것을 지상의 목적으로 아는 것이 그리스도인이라면 그를 본으로 하고 조금이라도 그와 같은 길을 가고 그의 모습을 자기 안에 실현해 보려는 노력은 너무도 당연한 것입니다.

그리스도의 온유하고 겸손하신, 즉 자기 겸허의 마음을 배워야 하겠습니다. 비록 그 안에는 의로운 분노의 불길이 숨겨져 있었으나 그의 종교의 최후의 언어는 심판이나 형벌이 아니고 사죄와 사랑이 없습니다.

우리는 예수 그리스도에게서 그가 자기의 생 전체를 온전히 하나님께 바쳐 그의 생을 통하여 아버지 하나님의 뜻만이 이루어지기를 추구하던 그의 목적의 단일성을 본받아야 할 것입니다. 키에르케고르가 "마음이 순결하게 되기 원하면 한 가지 일 만을 뜻하는 데 있다"고 한 말이 진리라면 우리는 예수 그리스도가 순결을 성취하신 분임을 알 수 있습니다.

예수님은 그의 사명을 수행함에 가장 건장한 인내심을 가졌지만, 그를 낙심케 할 만한 갖가지의 장애에 봉착하셨습니다. 민중의 냉담함과 제자들의 불신실함과 교회와 국가 권위자들의 반대와 십자가의 육체적 고통과 중죄수가 당하는 공적인 수치와 그리고 한순간, 하나님까지도 그를 버리셨다는 절망의 의식…. 이런 극도의 고뇌 중에서도 그는 자기의 의지를 견지하셨습니다. 아버지의 주신 잔이 아무리 쓴 것이었을지라도 그는 이것을 받아 마셨습니다. 그러므로 예수님의 전 생애를 한마디로 요약하면, "나의 원대로 마시옵고 아버지의 원대로 하옵소서"(마 26:39)라는 한 구절로 표현할 수 있을 것입니다. 이처럼 죽기까지 하나님의 뜻에 복종하신 주님은 자기를 따르려는 자들에게도 그 '하나님의 뜻에 굴복하는 의지' 그것 하나만을 요구하십니다. 그러나 예수님은 자신이 우리에게 시범하지 않은 것을 우리에게 요구하신 일은 없습니다.

사도 바울은 고린도 교회에 "내가 그리스도를 본받는 자가 된 것 같이 너희는 나를 본받는 자가 되라"(고전 11:1)고 하였습니다. 이런 목적의 단일성이 그리스도로 하여금 우리에게 "너희는 오직 그 나라와 그 의를 구하라"고 명령하실 수 있는 권리를 주었습니다. 제자들은 주님께 그들이 어떤 사람이 되어야 할 것, 즉 용감하고 자비하고 불의와 비타협적이고 그리고 사랑하신 모든 인격의 요소를 발견하였던 것입니다. 그러므로 "나를 좇으라" 하시는 주님의 부르심을 들을 때에 그들이 복종하지 않을 수 없는 일종의 강박하는 힘을 느꼈던 것입니다. 이와 같은 위대한 스승에게 사숙하여 그를 배운다는 것은 얼마나 큰 특권이며 영광스러운 일인가!

본회퍼 목사는 1935년《나를 따르라》를 집필하므로 그의 신학하는 삶의 갈 길을 분명히 했습니다. 그는 1933년, 전체 권력을 완전히 장악한 히틀러의 선풍 앞에서도 그리스도를 믿는다는 터 위에 선 그리스도교의 무력함을 직시한 것입니다. 독일은 국민 전체가 등록된 그리스도인이면서도 그들은 시시비비를 가릴 아무런 능력도 없었으며, 설령 그것을 인식한다고 해도 판단에 따라 행동하지 못하는, 이미 마비 상태에 빠져 있었던 것입니다. 그 까닭은 정치와 믿는다는 일은 전혀 관련이 없다는 오랜 교리가 저들을 앉은뱅이로 만들어 버렸던 것입니다. 예수를 닮는다는 수도원도 없지 않으나 그것은 자기 게토나 온실 같아서 거기서 나올 염두도 못 냈지만 나오면 곧 얼어 죽어 버릴 것이었습니다. 이에 본회퍼 목사는 "나를 따르라"가 그 난국을 사는 그리스도인의 길임을 직시한 것입니다.

예수께서 제자 될 사람들을 찾아 첫 번째로 하신 말씀이 "나를 따르라"입니다. 이 말씀에 응한 베드로의 형제, 요한의 형제의 결단이 예수님의 하나님 나라 운동에 가담케 한 것입니다. "나를 따르라"는 말씀의 본문, 누가복음 9:23-24의 뜻을 살펴보겠습니다. "나를 따르라"는 뜻을 집약한 것은 마가복음 8:34입니다. "누구든지 나를 따라 오려거든 자기를 버리고 제 십자가를 지고 따르라." 이것은 마태복음과 누가복음에 전승되었는데, 누가복음에는 "날마다"라는 말이 "자기 십자가를 지고" 앞에 있습니다.

예수를 따른다는 것은 그를 믿는(신뢰하는) 구체적 행위입니다. 그의 옳음을 믿습니다. 그의 뜻을 믿습니다. 그가 하려는 일이 옳은 것이라고 믿는 행위입니다. 어떻게 이 같은 결론이 가능할까요? 그의 길을 다 모르는데, 그를 제대로 알지 못하는데 말입니다. 그래도 그를 따르기로 결단한 것은 계산을 넘어선 행위입니다. 참 따름은 그를 이용하려는 것이 아니라 그를 사랑하기 때문입니다. 그 사랑은 계산을 초월합니다. 그러므로 그를 따른다는 것은 그 누구, 그 무엇보다도 그를 사랑하기 때문입니다. 철저한 사랑의 고백을 행동으로 보이라는 것이기도 합니다.

예수님을 따른다는 것은 그를 본받는다는 것을 포함하고 있습니다. 그를 따른다는 것은 그의 길을 가는 것입니다. '사랑하는 사이는 생김새도 닮는다'는 말이 있는데, 믿고 사랑하는 사람의 삶이 그에게 거울이 되지 않을 수 없는 것입니다. 그러므로 그를 따르는 길은 그를 닮는다는 것을 포함하는 것입니다. 결과적으로는 그의 십자가를 지고 따른다는 것은 당연한 것이 됩니다.

나를 따르라고 권고하는 분은 "자기 십자가"를 지고 따르라는 조건을 붙입니다. 예수님이 지신 2천 년 전의 십자가가 아니고 자기의 십자가를 지라는 것입니다. 예수를 믿는 데 있어서 어떤 조건도 없는 사랑이 대전제입니다. 그러므로 그가 우리 삶의 방향이고, 기준

이 될 수밖에 없습니다. 그러나 예수님의 삶을 반복하는 것이 그를 따르는 것은 아닙니다. 자기의 십자가를 지고 따른다는 것은 그의 대열에 참여하여 오늘의 삶과 역사에 창조적으로 참여하라는 명령입니다.

여러분, "함께 나를 본받으라"고 하는 사도 바울의 이 위대함을 보십시오. 기실 강요된 사건이었으나 이제는 자원하게 되었고, 스스로 만족할 뿐만 아니라 다른 사람에게 강요하고 있습니다. 이는 자기 십자가를 지는 길이 생명의 길이기에 강요할 수밖에 없는 것입니다. 사도 바울은 예수님의 죽으심을 본받고자 하였습니다.

본회퍼 목사는 그리스도교 신앙의 핵심을 예수로 보고 예수의 중심은 그의 십자가요, 그리스도인이 되는 것은 이런 예수의 십자가를 지고 따르는 것이라 믿었기에 나치의 그 무서운 위협에도 감히 반나치운동의 선봉에 설 수 있었습니다. 예수님의 십자가 사후 신실한 그리스도의 종들은 다 불의와 억압 속에서도 하나님의 의를 위해 십자가 정신으로 과감하게 살았고 바로 이런 그리스도인들로 인하여 이 세계는 어둠 속에서 새로운 빛과 희망이 깃든 하나님의 뜻이 이 땅 위에 이루어지게 할 것입니다.

우리는 진지하게 예수를 믿고 그를 본받는다는 일이 어떤 결과를 가져오는지를 반성함으로써 정말 예수님을 따르기로 새롭게 결단하기를 바랍니다.

# 복음과 교회는 전진한다

이사야 52:7, 사도행전 9:26-31

우리가 간디의 위대함을 말하는 것은, 인도의 독립운동사에서 최초로 인도 민중을 하나로 단결시킬 수 있었던 그의 위대한 지도력 때문입니다. 독립 직후 국민회의 지도자들이 대부분 부패의 길로 들어갔을 때 끝까지 부패와 투쟁한 청렴함, 생의 마지막 순간까지 죽음을 각오하고 꼬뮤날리즘(communalism - 종파주의, 분파)과 투쟁하다 암살당한 위대한 인물입니다. 인도의 정신적·민족적 지도자였던 간디는 독실한 예수님 숭배자이면서도 정작 기독교인은 아니었습니다. 많은 사람이 그에게 물었습니다. "당신은 그처럼 예수 그리스도를 높이 숭배하면서 왜 전형적인 교인이 되지 않고 교회에 나가지 않습니까?" 간디는 그럴 때마다 이런 대답을 했다고 합니다. "예수님은 좋습니다. 그러나 교회는 싫습니다." 깊이 새겨들어야 할 말입니다. 간디가 교회에 나가지 않은 이유 가운데 이런 일화가 전해집니다. 간디에게는 영국인 선교사 친구가 여럿 있었고 실재로 친구들 그룹을 통해 성서와 기독교 공부도 많이 한 경험이 있습니다. 전도를 받고 설교도 듣고 성서에 대한 충분한 이해를 갖고 있었습니다. 한번은 간디가 영국 런던 유학 중에 있을 때 어느 주일에 교회에 나갔습니다. 그런데 예배당 문지기가 그를 유색인종이라고 밖으로 내쫓았습니다. 그 후로 간디는 교회에 다시 나가지 않았다는 것입니다. 아마도 간디는 기독교 국가인 영국과 유럽의 여러 나라들의 식민지 정책과 약소국에 대한 침략행위가 예수 그리스도의 근본정신에 위배된다고 여겼기 때문일 것입니다.

종교개혁자 루터는 '하나님으로 하나님 되게 하고 교회로 교회되게 하라'고 했습니다. 교회가 무엇입니까? 예수께서 살아 계신 하나님의 아들이며 그리스도라고 고백하는 자들을 기초로 세워진 것입니다. 교회는 말씀과 성령 안에서 중생의 역사가 일어나고 그리스도의 생명력을 체험할 수 있는 곳입니다. 우리는 종교개혁자들의 업적과 위대성을 기억합니다. 당시에 그들은 교회에서 잊혀진 말씀과 복음의 진리를 다시 천명하였으며, 교회를 다시 회복하였습니다. 그들이 천명한 진리는 성경의 존엄과 권위였습니다. 창조주 하나님의 주권과 화해자 예수 그리스도, 그에 대한 믿음과 능력, 세상 안에서 누리는 그리스도인의 자유, 참된 교회에 요구되는 겸손과 용기입니다. 그들은 복음의 진리가 교회 안에서 순수하게 가르쳐지며 올바른 순종, 올바른 삶, 올바른 교회 형태를 원하였습니다. 개혁자들은 복음적인 교회란 그리스도의 진리를 순수하게 가르치는 곳에 존재하며 교회는 모든 생활을 이와 같은 하나의 임무에 맞추고 판단하는 곳에 존재한다고 여겼습니다. 아울러 교회란 자신의 원형(formation)에 따라서 항상 새롭게 '개혁'(reformation)된다는 말입니다.

신약성서의 교회는 '성령의 친교'로 살아 있는 공동체를 창조합니다. 성령의 친교는 살아 계신 주 예수 그리스도와 성령으로 난 새 사람들 사이에서 일어나는 사건입니다. 여기서 예수님의 삶과 고난, 죽음과 부활은 그들에게 하나님의 말씀이 됩니다. 이 말씀에 응답하고 예수 그리스도가 세계사의 한복판에서 주님이라는 사실을 인식합니다. 그리고 자신들의 말과 삶 속에서 자신들의 행위와 고난 속에서 예수 그리스도가 주님이라는 사실을 고백합니다.

독일의 순교신학자 본회퍼는 "교회란 그리스도의 몸이요, 그리스도는 교회 공동체로 실존한다"고 말했습니다. 교회는 그리스도께서 살아 역사하셔서 일하게 하시니 그리스도인 된 우리는 그리스도의 현존(presence)인 것입니다.

우리가 그리스도를 배우고 그리스도를 모시고 그리스도를 추구하고 그리스도를 본받고 닮고 하는 것 모두가 다 우리에게 긴요한 것입니다. 그러나 사실은 그리스도께서 친히 우리와 함께하시고, 그리스도께서 그의 사람들을 고용해 역사하시고, 그가 그의 사람들을 선택하시고 그와 함께 역사하셔서 우리로 교회를 이루어 가게 한다고 고백합니다. 이렇게 믿는 것이 바른 신앙이고 그렇게 믿기에 감사하며 은혜라고 함이 옳습니다. 우리가 한 일은 심히 적으나 하나님이 친히 역사하신 것이 크기에 어찌 보면 우리는 하나님의 역사에 끌려가고 있을 뿐이라는 것입니다.

사도행전의 말씀은 초대교회의 중요한 단면을 보여 줍니다. "온 유대와 갈릴리와 사마리아 교회가 평안하여 든든히 서 가고 주를 경외함과 성령의 위로로 진행하여 수가 더 많아지니라"(행 9:31). 초대교회가 특별히 무엇을 굉장히 해서 구원받는 자가 더해 갔다는 이야기가 아닙니다. 우리가 분명히 이해하고 깨달아야 합니다. 초대교회는 오순절 성령강림을 경험한 교회입니다. 성령의 친교로 그들은 유무상통하였고, 담대히 하나님의 말씀을 증거하였고, 온 교회가 사랑으로 넘쳤고, 칭찬받는 교회였습니다. 그럼에도 불구하고 그들의 사회적인 상황은 박해와 고난의 현장이었습니다. 여기서 우리가 생각할 것은 성령 충만한 초대교회에 핍박이 있었습니다. 어찌 생각하면 예수 믿으면 잘 살고 행복하고 번영하고 그래야 되겠는데 그렇지 않았습니다.

초대교회는 정직하게 깨끗하고 평화롭게 예수님을 잘 믿었는데, 그중 야고보는 순교하였고, 스데반은 돌에 맞아 죽었습니다. 박해 때문에 초대교회는 난민, 피난민이 되고, 이산가족이 되고, 재산을 몰수당하고 이리저리 쫓겨서 다른 나라로 흩어진 디아스포라가 되었습니다. 그러나 초대교회는 흩어져 머무는 곳에서 복음의 진리를 전하였습니다. 흩어지는 것은 강압적이었지만, 두루 다니며 복음의 진리를 전하는 것은 자발적이었습니다. 사회적·정치적인 상황이 내몬 핍박의 기회를 복음 전파와 선교의 기회로 사용하였습니다. 이렇게 하나님께서 초대교회를 통하여 큰 역사, 믿는 사람이 수가 더 많아지게 하는 구원의 역사, 복음의 진리 확장의 역사를 이루게 한 것입니다.

이 박해의 역사 속에서 하나님은 교회를 핍박하던 괴수 사울을 다메섹 도상에서 불러내셨습니다. 사울은 변화를 받고 180도의 대전환을 한 바울이 되었습니다. 교회를 박해하던 자가 예수를 주님으로 믿고 전파하는 자가 되었습니다. 중생의 역사, 거듭남의 역사가 있어야 교회입니다. 교회가 성장하고 성숙하게 되는 것은 한 사람, 한 사람이 변화하는 것, 즉 'transforming'되는 것입니다. 20세기 최고의 신학자 바르트는 "한 사람이 중생되어 새 사람이 탄생하는 것은 천지창조의 역사에 못지않다"고 말한 바가 있습니다. 새 사람의 탄생과 함께 그의 인생관, 그의 세계관, 그의 습성, 그의 삶의 태도, 그의 가치관이 확실히 달라지는 것이 바로 복음의 진리 내용이고, 교회가 수행할 역할이며 그 사명과 능력을 주님께서 교회에 위임하여 주셨습니다.

교회는 또한 변화된 새 사람을 수용할 수 있어야 합니다. 사울이 바울로 변화된 것은 핍박자가 전파자가 되었다는 것입니다. 그러나 교회는 믿지 않고 받아 주지 않았습니다. "아이구, 저 사람 또 무슨 음모를 꾸미려고 저 짓을 하나, 왜 교회에 들어왔나?" 하고 예루살렘 교회에서 받아 주지 않았습니다. 그런데 바나바가 나서서 이 문제를 중재합니다. 바울의 덕이나 인격, 명성 때문이 아니었고, 어디까지나 바나바의 화해의 신앙과 의지적 결단이었습니다. 그리스도께서 함께 역사하셨습니다. 그리스도가 이 바울을 선택하고 변화시켰습니다. 그리스도께서 이 바울을 통해 이방에 복음의 진리를 전하고자 강제로 붙들고, 이방의 군왕과 나라들에 복음 진리의 증인으로 이방인의 사도로 삼았습니다. 바나바의 중재로 교회는 이것을 믿고 바울을 수용하였습니다. 그래서 교회는 크게 성장, 성숙하여 갔습니다. 교회가 용서하는 공동체로 열려 있을 때 복음과 교회는 전진합니다.

'용서는 심리적·정신적 염증을 위한 항생제'(Antibiotics for psychological and mental infection)라고 용서를 연구하는 학자들은 말합니다. 용서가 정신적 염증을 치유하는 항생제라면 용서가 있는 곳은 언제 어디에서나 치유가 나타날 것입니다. 용서는 세상에서 가장 하기 힘든 것이요 또한 인간이 성취한 가장 위대한 것 중의 하나임에 틀림없습니다. 용서하는 것은 인간의 두뇌로 하기보다는 인간의 영적 능력입니다. 영적인 존재만이 용서할 수 있습니다. 십자가상에서 보여 주신 예수님의 용서는 모든 용서의 원형(archetype)이요 본질입니다. 주님의 용서를 받은 우리는 좀 더 진지한 태도로 용서를 실천할 수 있고 용서받을 수 있는 것입니다. 복음의 진리를 산다는 것은 용서하고 용서받는 일이고, 그때에 복음과 교회는 더 많은 치유의 역사를 일으키며 전진할 것입니다.

제2이사야 선지자는 바빌론 포로가 된 유대인들을 위로하며 '아름다운 소식을 전하는 한 사람'을 예언하고 있습니다. 그 전파의 내용은 '네 하나님이 통치하신다. 새 시대가 도래한다'는 것입니다. 어둠에 거하고 있는 백성에게 새 날이 동터온다는 좋은 소식입니다. 포로들은 구원이 이르렀음을 들었습니다. 마음에 상처를 입은 자들은 위로를 받게 될 것입니다. 마치 뒤에는 지옥과 공포만이 남겨진 것 같겠고, 태양이 찬란하게 비치는 정상에 올라가 하나님의 나라 문 앞에 서게 될 것입니다. 하나님의 나라가 가까이 이르렀다는 좋은 소식을 선포하는 제2이사야의 예언이 신약의 복음과 잘 어울리는 것입니다.

복음의 역사성이란 복음이 각 역사마다 각 개인과 민족에게 요구하고 있는 특정한 내용입니다. 복음은 구원의 기쁜 소식이지만 복음의 내용이란 그 복음이 삶에서 구현되는 하나님의 속성을 의미합니다. 구속의 은총, 인애와 공평과 정직의 실천, 사랑과 기쁨과 진실의 구현 등이 하나님 나라의 모습으로 나타나고 있습니다. 그리스도인은 특정한 역사적 시점에서 나타나는 부름에 대답하기 마련입니다. 모세에게 있어서 출애굽은 그가 가진 복음의 역사성이었습니다. 마찬가지로 사무엘은 이스라엘의 건설에 있어서, 예레미야는 그 이스라엘의 파멸에 있어서 각각의 역할을 감당하고 있습니다.

'기독교계의 유엔' 격인 세계교회협의회(WCC) 제10차 총회가 2013년 10월 30일-11월 8일 기간에 부산 벡스코에서 열렸습니다. 개신교 역사상 최대 규모의 국제행사에 140여 개국 349개 교단이 참가하였습니다. 제1, 2차 세계대전 후 1948년 창립한 WCC는 개신교단과 정교회, 성공회 등 교단 소속 신자는 5억7천만 명에 이릅니다. 국내에선 예장통합, 감리교, 기장, 대한성공회 등이 가입하였습니다. 주제는 "생명의 하나님, 우리를 정의와 평화로 이끄소서"입니다. 한국에서 열리는 WCC의 역사적 의미는 세계에서 유일한 분단국가라는 사실에 주목하고 분단 이데올로기로 고통 받는 남북한 현실에 깊이 공감할 수 있는 계기입니다. 세계사의 비극적 결과인 분단을, 외세가 아닌 남북 스스로 해결할 수 있도록 세계 교회가 마음을 합해 돕는 것은 지당한 일일 것입니다.

한반도의 평화적 통일은 한국교회에 주어진 복음의 역사성에 부합되는 가장 중요한 목표입니다. 무엇보다 먼저 복음 전파를 위한 구조적 변화라는 점에서 입니다. 그리고 가난과 폭정과 질병으로 고통 받고 있는 북한의 형제자매를 해방시켜 준다는 의미에서 입니다. 전쟁과 갈등의 위험으로 가득 찬 한반도에 평화의 바람을 불어넣는다는 뜻에서 한반도의 평화적 통일은 매우 기독교적이고 복음의 역사성이라고 할 수 있습니다. 남북 나눔의 증진은 상생의 원리에 토대를 둔 것이어야 합니다. 한반도 평화협정은 남북 간의 평화공존을 제도화하고 이러한 변화를 국제사회가 보장하게 하는 중대한 목적을 갖습니다. 물질의 나눔은 보다 풍요한 남한 측에 부여된 특히 교회에 부여된 소명입니다. 독일의 교회가 디아코니아회사를 설립하여 동독의 형제들을 구제하여 왔던 것처럼, 남한의 교회도 은밀히 혹은 공개적으로 북한의 인도적 지원에 참여하여야 합니다.

성경에 십일조란 레위인과 고아와 과부와 외국인들을 위해 쓰도록 규정하고 있습니다. 한국교회의 십일조는 대략 매년 1조2천억 원(2005년 통계)이라고 합니다. 이 중에서 7천억 원을 교역자들과 사역자들의 생활 영위와 농어촌 특수선교 및 국외선교를 포함한 곳에 씁니다. 나머지 5천억 원을 반으로 국내외의 일상적 구제에 절반을 쓰고, 나머지 절반은 북한동포 돕기에 쓰면, 즉 2천5백억 원 정도를 쓸 수 있습니다. 이것이 이 시대에 한반도 평화 정착을 준비하는 복음성(福音性)이라고 할 수 있습니다. 한국교회는 깊숙이 침투한 세속적 성공 제일주의 방식의 신화를 인애와 공평과 정직의 하나님의 품성으로 대체하지 않는 한 교회의 바빌론 포로에서 해방 받고 자유하기 어려울 것입니다.

평신도 신학의 아버지 크레머는 "평신도는 오늘 교회 안의 사장된 자산이다"라고 말한 일이 있습니다. 즉 굉장한 힘을 가진 평신도들이 교회 안에 묻혀 있다는 것입니다. 그러니까 이 사장(死藏)된 인력(men power)을 충분히 활용할 때 교회는 놀라운 역사를 감당해 가리라는 것입니다. 그리스도인들은 삶의 현장 자체가 하나님을 위한 일터가 되어야 합니다. 그때에 복음과 교회는 전진합니다. 교회의 개혁은 하나님의 일입니다. 무엇보다 우리 교회는 절망적인 현실을 돌파하면서 우리의 역사적 과제를 안고 씨름하며 전진하여야 합니다. 복음의 복음성을 자각하며 교회의 본래적 직임에 신실하여야 합니다. 오늘 우리 교회는 정의와 평화, 진리와 양심의 보류로서 굳건히 서야 합니다. 복음과 교회는 전진합니다.

# 자유하는 그리스도인

고린도전서 9:16-23

1

성 어거스틴이 성숙한 신앙의 경지에 들어가기 이전에 하루는 희귀한 꿈을 꾸었습니다. 그가 하늘나라에 갔는데, 첫 국문에서 천사가 그를 심문합니다. "너는 누구냐?" 어거스틴은 대답합니다. "일개 그리스도인입니다." 그러자 천사가 그를 자세히 들여다봅니다. 그러더니 "아니다, 너는 그리스도인이 아니야, 너의 머리와 생각은 예수 그리스도의 말씀과 교훈으로 차 있는 것이 아니라 철학자 키케로의 사상과 생각으로 가득 차 있구나. 그러므로 너는 그리스도인이 아니다." 어거스틴은 깜짝 놀라 꿈에서 깨어났습니다. 통곡을 하면서 철저하게 회개를 했습니다. 마침내 그는 그리스도의 말씀과 교훈으로 가슴을 가득 채움으로 비로소 참 그리스도인이 될 수 있었다고 합니다.

로마 공화정 말기 정치가였던 키케로(기원전 106-43)는 사실 어거스틴(354-430)의 철학 스승이었습니다. 어거스틴은 키케로의 저작을 만났을 때의 감격을 그의 《고백록》에서 "키케로는 내 생각을 확 바꿔 놓았습니다. 나는 믿기 어려울 만큼 거센 정열로 지혜를 사모하게 되었습니다"라고 서술했습니다. 키케로는 어거스틴의 마음에 '지혜에 대한 사랑'의 불을 질렀습니다. 그리스도교로 회심하기 전에 그는 먼저 키케로의 철학으로 회심하였습니다. 키케로는 국가란 인민의 것이며, 인민의 안녕, 복지야말로 공화국의 본령이라고 선언했습니다.

어거스틴은 《신의 도성》에서 창조에서 시작하여 종말에 이르는 하나님의 구원의 과정을 파악하고, 목적지향적 역사관을 최초로 확립하였습니다. 세상나라는 옛사람, 가인의 속성을 닮은 이기심, 자기중심성, 탐욕, 폭력, 교만, 명예욕, 약육강식 등의 원리로 지배되는 역사라고 보았습니다. 그리스도 안에 나타난 자기희생적인 사랑의 아가페 모티프가 중심이 된 새로운 역사만이 세상나라를 구한다는 역사관입니다.

최근 한국 개신교와 천주교를 비롯하여 원불교 등 종교계와 서울 시민과 전국 곳곳에서 국정원의 대선 개입을 규탄하는 시국선언을 하고 촛불시위로 실추된 정의와 진실의 회복을 외치고 있음을 보면서 역동적인 모습과 함께 정의실현, 민주·평등·살림의 민주의 나라를 열망하고 있음을 실감합니다. 그 뒤로 내란음모사건과 권력과 언론 합작에 들러리 선 법무부 등의 모습으로 정국이 소용돌이 치고 있습니다.

2

　바울 사도는 "내가 모든 사람에게서 자유로우나 스스로 모든 사람에게 종이 된 것은 더 많은 사람을 얻고자 함이라"(고전 9:19)고 말씀합니다. 교회의 기능은 곧 선포(kerygma), 교제(koinonia)와 봉사(diakonia) 그리고 교육(didache)으로 집약됩니다. 선포란 인류의 구원을 위해 선포된 왕이신 하나님의 말씀의 전령을 말합니다. 교제란 그리스도의 고난과의 사귐, 그리스도 안에서의 나와 너와의 만남을 뜻하며, 봉사란 하나님과 이웃에 대한 종으로서의 헌신을 뜻하며, 교육이란 그리스도의 종으로서의 하나님의 백성으로 정예적인 훈련 및 신앙교육을 의미합니다.

　'그리스도인'이란 사도행전의 안디옥 교회에서 최초로 사용된 그리스도교라는 종교가 채 제도화되기 이전에 '원시 그리스도교' 시대에 그리스도인들을 지칭한 말이며, '그리스도를 본받아 살며 그의 인격을 닮고자 하는 무리들'로서, 비난과 조소의 뜻이 담긴 명칭으로 붙여진 이름입니다.

　교회의 사명과 기능을 수행하기 위해서 주님의 몸 된 교회를 섬기도록 부름 받은 자들이 곧 그리스도인이고 제직들입니다. 그런고로 우리는 청지기 정신으로 교회를 받들고 섬김으로 그리스도의 지상명령인 선교의 사명을 충실히 감당해야 합니다. 우리가 분명히 할 것은 교회에서 받은 직분을 지위(status)로 이해하며 명예직으로 여기는 폐단이 없어야 합니다. 어디까지나 역할(function)로서 이해하며 받은바 달란트대로 신실하게 충성을 다해야 합니다.

"인자가 온 것은 섬김을 받으려 함이 아니라 도리어 섬기려 하고 자기 목숨을 많은 사람에게 주려 함이니라"(막 10:45). 이렇게 그리스도 자신이 자기의 세상에 오신 목적을 말씀했습니다. 그리스도는 '만 왕의 왕' '만유의 주'로서 삼위일체 하나님의 아들입니다. 그러나 산실도 없이 마구간의 말구유에서 나셨고, 가난한 목수였고, 선교 3년 동안에는 여우도 굴이 있고 공중에 나는 새도 깃들일 곳이 있으나, 인자는 머리 둘 곳이 없다고 말씀하실 만큼 무일푼의 방랑 선교자이셨습니다. 그러나 당시의 교권자들의 질투와 또는 몰이해, 의구심 같은 것들의 못된 심보로 인해서 십자가에 달려 죽기까지 했습니다. 그렇지만 하나님 아버지는 그 시련과 비참을 영광과 새 생명으로 이어가게 했습니다. 부활 승천하셔서 전 우주적인 사랑의 공동체에 군림하도록 했습니다. 이상이 예수 그리스도가 우리 그리스도인들에게 본으로 보여 주신 삶인 것입니다.

모든 사람은 자기긍지가 있기 때문에 남에게 억지로 지배당하기를 싫어합니다. 그럼에도 기어코 지배권을 행사하려 하기에 분쟁이 생기고 교만과 미움이 자라나고 이기적인 편당이 성장해 갑니다. 심지어는 신앙과 희망 그리고 사랑의 공동체인 교회까지도 침투해 교회존립을 위태롭게 합니다. 그리스도의 교회는 사랑의 공동체입니다. 자유와 정의와 사랑이 서로 어울려서 평화의 질서를 세우는 곳입니다. 우리가 윗자리에 있으면서도 아랫사람을 섬기면 그 낮아지고 겸허한 마음씨 때문에 모든 사람에게 신뢰와 존경 그리고 높임을 받게 되는 것입니다. 그것이 참 존경이고 그것이 참으로 하나님의 칭찬을 받는 것입니다.

3

모세가 광야에서 그 숱한 이스라엘 군중들의 송사를 혼자 맡아 가지고서 밤낮 분주했을 때, 그의 장인 이드로가 찾아와서 충고를 합니다. "저 사람이 저렇게 분주하게 지내다가는 기운이 모자라서 쓰러지겠다. 그러니 제도를 만들어 주어야겠다"고 해서 천부장, 백부장, 오십부장, 십부장 등 이런 제도를 만들어서 경미한 송사는 그들에게 맡기고 중대한 사건만을 모세가 맡도록 충고를 했습니다. 또 어떤 사람들을 천부장, 백부장, 오십부장, 십부장으로 채택하겠느냐 하는 선거방법과 인선하는 방법도 가르쳐 주었습니다. 원칙적으로 지덕이 겸비한 자, 즉 첫째로는 하나님을 두려워하고, 둘째로는 진실무망하고, 셋째는 불의를 미워하는 자를 골라서 응분의 직위를 맡기라고 했습니다. 출애굽기 18:13-21의 말씀입니다. 요사이로 말하면, 신앙이 돈독하고 품격이 성실하고, 사회정의에 관심이 많은 사람을 골라서 쓰라고 하는 말이겠습니다.

지금 세상 사람들은 정치권력, 군사력, 경제력 등을 믿고 서로 상대방을 억지로 지배하려고 광분하며 눈을 붉히고 있습니다. 그래서 절대 무기라고 하는 핵폭탄을 신주처럼 모시고서 죽음의 천사를 역사의 챔피언으로 앞세워 가고 있습니다. 그러나 교회는 그래서는 안 됩니다. 교회는 정반대의 방향으로 걸어가야 합니다. 교회는 교회인, 사회인 그리고 자기 나라 사람 혹은 외국인 할 것 없이 오직 사랑의 봉사로 행하고 나눔의 실천을 해야 합니다. 이것이 오늘의 교회의 올바른 방향입니다.

4

사도 바울은 "부득불"(16절), "내가 자의로 아니한다"(17절)며 '마지못해' 복음을 전한다고 말씀합니다. 이것은 '하나님에 의해 부과된 운명'이라고 콘첼만은 해석했습니다. 그리스도의 은혜를 알고서는 가만히 있을 수 없습니다. 은혜는 생산적입니다. 만일 복음을 전하지 않는다면 내게 화가 있을 거라고 했습니다. 바울에게 있어서는 백 번 당연한 이야기입니다. 그가 예수님을 만나 믿는 사람들을 박해하였고, 죽였고, 더 죽이려고 다메섹까지 가다가 극적 장면에서 예수님의 부름을 받고 사도가 된 사람 아닙니까! 이 사람이 복음을 전하지 않는다면 사람이 아니지요. 그뿐입니까, 도저히 구원 받을 수 없는 구제불능의 사람입니다. 좀 더 나아가서 화가 있다고 생각하는 것도 당연히 그럴 것입니다.

이제 바울은 은혜에 사는 자가 된 것을 감사하고 있습니다. 이대로 어떤 고난을 당한다 할지라도 예수 믿는 사람으로 죽어 가니 감사하고, 같은 고난을 받되 예수의 이름으로 고난을 받으니 감사하고, 매를 맞되 예수의 이름으로 매를 맞으니 감사하고, 주의 거룩한 역사에 가담된 그 높은 긍지와 그 사랑으로 그는 살아가고 있었습니다. 이것이 그리스도인의 간증입니다. 바울은 그리스도를 위하여 살게 된 것과 그리스도의 복음 사역에 고용되었다고 하는 사실만으로 만족합니다. 이리하여 값없이, 상도 보답도 보상도 바람이 없이 그저 감사, 그저 기쁨으로 봉사했던 것입니다. 이래서 바울은 스스로 섬기는 자가 된 자유하는 그리스도인 봉사자였습니다.

자유하는 그리스도인, 봉사자는 행복합니다. 행복은 자유한 사람에게 있습니다. 무엇에든지 매이지 않는 사람, 경제적으로는 빚이 없는 사람, 정치적으로는 자유하는 사람, 사회적으로 도덕적으로 누구에게도 매이지 않는 사람이 행복한 사람입니다. 아무에게도 팔리지 아니한 인격, 누구에게도 거리낄 것 없는 이런 자유함, 이것이 바로 행복입니다. 체면이다 위신이다 명예다 살림살이다, 뭐 잔뜩 붙들어 매어 놓으면 괴롭습니다.

하늘을 보나 땅을 보나 부끄러움이 없고 항상 자유할 수 있는 양심의 자유와 모든 자유를 누릴 수 있을 때에 그 사람은 행복한 사람입니다. 설사 경제적인 자유는 없어도 양심의 자유는 있고, 정치적인 자유는 없어도 도덕적인 자유는 가진 사람, 그리고 신앙적 자유를 가졌다는 것처럼 행복한 일이 없는 줄 압니다. 불가피성에 매인 것이 없습니다. 빚진 것도 없습니다. 자유, 그것이 바로 행복입니다.

보다 더 자유한 사람, 더 행복한 사람은, 그 고귀한 자유를 스스로 버릴 줄 아는 자유를 가진 사람입니다. 자기에게 주신 이 귀한 자유를 내 스스로 포기해 버립니다. 그럴 수 있는 사람이 행복한 사람입니다. 움켜쥐고 벌벌 떠는 사람은 불행한 사람입니다. 요한복음 10:18절에는 "이를 내게서 빼앗는 자가 있는 것이 아니라 내가 스스로 버리노라"고 했습니다. 예수님의 말씀은 누가 지우는 십자가가 아니고 내 스스로 선택한 십자가라는 말입니다. "내 스스로 목숨을 버리노라", 이 포기라고 하는 것, 내 스스로 종이 되는 것, 스스로 매이는 것, 스스로 섬기는 자가 되는 것, 이것이 행복의 경지에 있는 자유하는 그리스도인 봉사자인 것입니다.

자유하는 그리스도인 봉사자가 된다는 것은 완전한 생산적인 투자 곧 생의 투자를 의미합니다. 사도 바울은 본문에서 "복음을 위하여 내게 주어진 권리를 다 쓰지 않았노라"(18절)고 말씀합니다. 권리를 다 쓰지 않다는 것, 스스로 제한한다는 것이 얼마나 귀한 일입니까? 어떤 사람은 자기가 가진 권리를 다 쓰고 모자라서 남의 것까지 빼앗아 씁니다. 그러나 내가 가진 권리를 스스로 제한하면서 스스로 포기하며 사는 것처럼 의미 있고 보람찬 일은 없을 것입니다.

"스스로 모든 사람에게 종이 된 것은 더 많은 사람을 얻고자 함이라"(19절). 스스로 섬기는 자가 된 것은 얻고자 함입니다. 얻은 바가 있기 때문에 버렸다는 이야기입니다. 얻기 위해 섬기는 자가 되었습니다. 이것은 하나의 원리입니다. 종이 되어야 주인이 됩니다. 스스로 버리는 기쁨을 아는 사람이 되어야 자기의 생을 행복하게 영위할 수 있습니다. 그리고 내 수고로 인하여 다른 사람에게 맺어지는 아름다운 열매를 보고 기뻐할 줄 아는 사람이 되어야 합니다.

종교개혁자 마르틴 루터(M. Luther)의 《그리스도인의 자유》는 바로 사도 바울의 오늘의 본문에서 그 중심사상을 확대시킨 것입니다. 루터는 자유에 대한 두 명제를 제시했습니다. "그리스도인은 모든 사람을 위해서는 자유로운 군주로서 그 누구에게도 종속되지 않는다. 그리스도인은 모든 사람을 봉사하는 종으로서 그 누구에게도 종속된다"고 가르쳤습니다.

교우 여러분, 내 수고로 인하여 다른 사람이 무엇을 얻고, 내가 손해 봄으로 인하여 다른 사람에게 이익이 돌아가고, 내 희생으로 인하여 다른 사람에게 생명이 주어진다고 할 때에 그것을 내 생명, 내 이득처럼 기뻐할 줄 아는 그 마음이 주어진다면 얼마나 큰 축복입니까! 이것은 영원히 후회함이 없는 기쁨이기에 차원 높은 행복을 영위케 하는 것입니다.

자유하는 그리스도인 봉사자에게 가장 귀한 축복은 겸손의 복을 아는 것입니다. 겸손해서 은혜 받고, 겸손해서 은혜를 은혜로 알고, 겸손해서 은혜를 감당하고, 겸손해서 은혜를 지속하게 됩니다. 겸손은 하나님의 축복의 그릇이요 은혜 받는 한계입니다. 겸손한 만큼 지혜롭고 강해질 수 있습니다.

5

사도 바울은 모든 사람에게 여러 모양이 되어 섬겼습니다. 유대인, 이방인, 약한 자에게 알맞게 봉사하였습니다. 그래도 그의 목적의식은 분명했습니다. 내가 이렇게 됨으로써 저쪽이 삽니다. 내가 종이 됨으로 저쪽이 주인이 되고, 내가 처절해짐으로 저쪽에 영광이 돌아갑니다. 내가 죽음으로 저쪽에 삶이 옵니다. 이러하기에 사도 바울은 희생적 봉사를 감당하고 의와 생명의 면류관이 기다리는 승리의 개가를 불렀습니다.

우리가 유념해야 할 내용인즉, 타인이 됨으로써 그에게 구원을 가져다주었다는 그리스도의 진리, 바로 그것입니다. 즉 이것은 '살림의 진리'입니다. 여기서 주지할 것은 '제국의 질서'의 정반대에 있는 것입니다. '제국'은 타자를 정복하고 약탈하여 비워 버리고 그 속에 자기를, 자기에 대한 선망을 채워 버리는 체제입니다. 바로 본문의 배경인 고린도 시가 그랬고 로마제국이 그랬던 것처럼 말입니다. 그런 점에서 이 체제는 '타자 살해'의 질서입니다.

그런데, 이들 '안보의 체제'들은 예외 없이 그 결사체 내부에서 타자 배제의 시스템을 작동시켰습니다. 주인이 되고자 하였고 이스라엘이 되고자 했으며 남자가 되고자 했습니다. 주인다움, 이스라엘인다움, 남자다움의 질서가 그것입니다. 그런데 주인이 될 수 없는 자, 이스라엘이 될 수 없는 자, 남자가 될 수 없는 자는 어떻게 할 것이니까? 이에 바울은 자기는 바로 그런 '될 수 없는 자'가 되겠다고 합니다. 곧 스스로 타자가 되겠다는 것입니다.

이 단락의 마지막 구절 "내가 내 몸을 쳐 복종하게 함은…"(27절)이라는 표현은 그가 빌립보서에서 말한 그리스도의 낮아짐의 모습과 겹쳐 보입니다. "그는 근본 하나님의 본체시나 하나님과 동등함을 취할 것으로 여기지 아니하시고 그는 자기를 낮추시고 죽기까지 순종하셨으니…"(빌 2:6-8). 빌립보에서의 낮아짐과 비움의 그리스도를 바울은 개인적 체험을 넘어서 교회와 사회공동체 윤리로 발전시켰습니다.

6

20세기 탁월한 신학자요 순교자인 본회퍼(Dietrich Bonheoffer, 1906-1945)목사는 산상수훈에 관한 주석서《나를 따르라》(*The Cost of Discipleship*)로 널리 알려 졌습니다. 거의 1세기 전의 인물인 키에르케고르처럼, 그도 자신이 속해 있는 루터교 전통을 혹평하여 "싸구려 은혜", "안일한 기독교"라고 질타하며 설교했습니다.

성도 여러분, 우리는 구체적으로 어떻게 자유하는 그리스도인으로서 봉사자, 섬김에 대하여, 본회퍼 목사의《신도의 공동생활》에서 가르치고 있는 바를 이룰 수 있을까요? 그는 핀켈완드에 있는 비밀 신학교에서 가르치며 성서 읽기와 묵상을 위한 조언들을 수록하고 있습니다. 본회퍼 목사는 정말로 어느 수도사나 영성가보다 더욱 내적인 면을 강조하고 있음을 발견할 수 있습니다.

첫째는, '혀에 굴레를 씌우라'는 것입니다. 우리의 악한 생각을 가장 잘 정복하는 길은 그 생각을 전연 말로 표현하지 않는 것입니다. 자기가 옳다고 주장하는 마음은 은혜에서 솟아나는 마음으로만 극복할 수 있습니다. 그리스도인의 사귐을 지배하는 것은 자기가 옳다는 주장이나 이에 따르는 억지가 아니라, 믿음과 은혜로 의롭다 함을 받는 것, 따라서 봉사이어야 합니다. 둘째는, 온유한 섬김입니다. "자기 자신을 바로 알고 자신을 낮추어 생각할 줄 아는 것, 그것이 우리가 배워야 할 가장 높고 유익한 교훈입니다. 자신을 아무것도 아닌 것으로 알고, 그 대신 언제나 남을 좋게 생각하는 것, 그것이 높은 지혜요 완성인 것입니다"(토마스 아 켐피스). 셋째는 말없이 귀를 기울이는 섬김입니다. 우리가 사소한 일에 형제에게 귀를 기울이지 않으면서, 하나님이 우리에게 위촉하신 최대의 봉사, 즉 형제의 죄의 고백을 들어주는 봉사를 할 수 있겠습니까! 넷째는, 돕는 섬김입니다. 아무리 사소한 일에도 적극 돕는 섬김을 해야 합니다. 다섯째는, 서로 짐을 지는 섬김입니다. 성서는 "진다"는 말을 아주 많이 하고 있습니다. 예수님의 전 업적을 이 말로써 표현할 수 있을 정도입니다. "그는 진정 우리의 병을 지셨고 우리의 아픔을 몸에 지니셨고 우리가 받을 벌을 몸으로 담당하셨으니, 이는 우리로 평화를 누리게 하려는 것입니다"(사 53:4-5). 여기서 실현되는 것은 그리스도의 몸과의 사귐입니다. 그것은 서로서로 남의 짐을 몸에 지는 십자가의 사귐인 것입니다.

본회퍼 목사는 한때 뉴욕에서 안전하게 지냈지만, 미국 친지들의 손을 뿌리치고 급박한 전운이 감도는 고국을 향해 1939년 7월 7일 뉴욕을 떠나 대서양을 건너면서 이런 말을 쓰고 있습니다. "배에 오른 이후로 장래에 대한 나의 내면적인 분열이 사라졌다." 라인홀드 니버가 그를 유니온 신학교에 초청한 목적은 신학자로서의 그의 소질이 아까워서 그를 독일의 소용돌이에서 빼내려는 것이었습니다.

본회퍼 목사는 니버 교수에게 보낸 편지에서 이렇게 말합니다. "독일에 있는 그리스도인들은 몸서리나는 이자택일을 해야 할 것입니다. 그리스도교 문명이 살아남기 위해서 조국의 패전을 바라든가, 자기들의 나라가 이기기를 바라서 우리의 문명을 파괴하든가 그 둘 중의 하나입니다. 나는 내가 둘 중 어느 하나를 택해야 할 것이냐를 압니다. 그러나 나는 안전한 가운데서 그런 선택을 할 수는 없습니다." 그는 그렇게도 사랑하는 조국이 망할 것을 하나님 때문에 원하며 민족 반역자가 될 수밖에 없었던 예레미야의 후배인 것입니다. 생명을 내걸고 조국을 사랑하는 것도 쉬운 일이 아니지만, 하나님을 위해서 조국을 무너뜨리려고 생명을 내던져 투쟁한다는 것은 참으로 있기 어려운 일입니다. 정의와 진리의 청지기로서 자유로운 선택의 본보기를 보는 듯합니다.

본회퍼는 사후에 친구인 에버하르트 베트게(Everhard Bethge)가 출판한 《옥중서신》(*Letters and Papers from Prison*)을 통하여 세상에 널리 알려지게 되었습니다. 그 서신들은 1960년대의 신학에서 널리 사용된 표현들, "종교 없는 기독교"(religionless Chritianity), "세속적인 거룩"(secular holiness), "성년이 된 사람"(man come of age) 등의 용어를 소개하였습니다. 그는 살아 계신 하나님의 자리를 대신 차지하고 있는 종교를 비판했고, "공간을 메워 주시는 하나님"(God of the gaps), 다시 말해서 과학이 설명하지 못하는 것을 설명하기 위해서만 사용되는 하나님에 대해 묘사했습니다. 21세기 앞으로도 기억되게 할 것입니다.

자유하는 그리스도인, 성도 여러분! 영원히 후회하지 않을 진실한 생의 목적을 오늘 세우시기 바랍니다. 영원히 헛되지 않는 일, 복음에 참여하는 일, 하나님의 뜻을 이루어 나가는 일, 그 일을 위해 자기 생을 남김없이 쏟아 가는 보람되고 영광스런 일에 용감히 전진하시길 바라며 기원합니다. 여러분의 복음을 위한 수고와 희생을 통하여 하나님은 그 어딘가에서 생명과 의로운 열매를 맺게 하실 것입니다. 위에서 허락하시는 영육 간의 건강, 영광된 축복이 함께하고,

교회 발전의 창조적 역사를 한몫 담당하시기를 기원합니다.

(삭개오작은교회, 2013. 9. 29)

# 주 안에서 자랑하라

예레미야 9:23-24, 고린도전서 1:29-2:5

로마 가톨릭의 교황 베네딕토 16세가 근자에 전격 사임함으로, 근 600년 만의 사건이라 이슈가 되고 있습니다. 그의 선임자였던 요한 바오로 2세(Joannes Paulus II)가 선종하면서 남긴 말이 대중매체를 통해 전해졌습니다. 그것은 "나는 행복합니다. 여러분도 행복하십시오"라는 짤막한 내용이었습니다. 사람은 누구나 행복한 삶을 원합니다. 그러나 정작 '행복'이란 무엇이냐는 질문을 받으면 누구나 인정할 수 있는 정답을 찾기란 쉽지 않습니다. 국어사전에는 행복을 복된 좋은 운수, 심신의 욕구가 충족되어 조금도 부족함이 없는 상태라고 했습니다. 우리나라와 동양에서는 전통적으로 수(壽), 부(富), 강녕(康寧), 유호덕(攸好德), 고종명(考終命) 등의 5복을 누리면 행복한 사람으로 보았습니다. 그래서 우리는 새해 인사도 "복 많이 받으십시오"라고 합니다. 정월 보름날도 복 받는 날의 연장선에 있다 할 수 있습니다.

신앙생활에서도 한국교회의 신앙 형태는 복 받는 데 최종 관심을 두는 '기복신앙'이라는 지적도 있습니다. 우리의 삶이 하나님께 영광을 돌리고 하나님을 기쁘시게 하는 데서 떠나, 이 세상에서 복 많이 받고 행복한 삶을 누리는 데만 고정되어 있다면 이것은 우리 모두가 깊이 반성하고 시정해야 할 문제입니다.

예수의 산상수훈 중 8복의 말씀은 세상적인 복을 우위에 두고 생각하면 이해할 수 없습니다. 어떻게 '가난한 자, 애통한 자, 의를 위해 핍박 받는 자'들이 행복할 수 있을까요? 여기에 성경이 말하는 복과 행복의 진정한 비밀이 숨겨져 있습니다. 누구든지 나를 따라오면 '복 받는다'든가, 누구든지 나를 따라오려면 '자기를 부인하고 제 십자가를 지고 따라오라'고 말할 때에 그 우선순위가 매우 중요하며 결정적이라는 것입니다. 성경은 '먼저 하나님과 그의 나라를 구하라'고 말씀합니다.

오늘 말씀은 '주 안에서 자랑합시다'라는 메시지를 전하겠습니다. 사람들이 자랑해서는 안 될 것이 있고, 자랑할 것이 있습니다. 사람의 근본을 먼저 알고 우선순위에 따라서 사는 것이 지혜롭고 복된 삶이 될 것이라는 말씀입니다.

이솝 우화에 "늑대와 그림자"라는 이야기가 있습니다. 어느 날 저녁 늑대 한 마리가 길을 걷다가 갑자기 놀랐습니다. 길에 비친 자신의 그림자가 대단히 컸기 때문입니다. 해가 서쪽으로 지기 시작하자 늑대의 그림자는 점점 더 길어지고 커졌습니다. 늑대는 "내가 몹시

컸구나" 하고 대단히 기뻐했습니다. 그리고 혼자서 으스댔습니다. "나는 이렇게 크고 훌륭해, 나는 이제 사자나 호랑이도 무섭지 않아. 사자야 나오너라!" 그때 나무 뒤에서 그 모습을 지켜보던 사자가 불쑥 늑대 앞에 나타났습니다. 사자가 앞발로 놀란 늑대를 치니 늑대는 그 자리에서 쓰러졌습니다. 이 이솝 우화의 교훈은 이렇습니다. "누구든지 길에 비친 그림자를 진짜 자기 모습으로 생각하면 큰일입니다."

## 1. 자랑하지 말라는 것이 있습니다

예레미야는 구약 본문에서 자랑하지 말라고 말씀하고 있습니다. 예레미야 9:23에서 세 가지로 자랑하지 말라고 합니다. 첫째 "지혜로운 자는 그의 지혜를 자랑하지 말라"고 합니다. 머리 좋은 것, IQ (지능지수) 높은 것, 여러 가지 재주와 능력이 있는 것을 자랑하지 말라고 합니다. 과학자들 중에는 성공의 80%가 지능과는 무관하게 이루어진다고 말합니다. IQ가 상대적으로 좀 낮아도, 꾸준히 노력하는 분들이 훌륭한 연구를 하여 좋은 결과를 가져온다는 것입니다. 인생도 지혜보다도 성실히 사는 것이 중요합니다. 21세기는 IQ에서 EQ(감성지수)로 패러다임 전환이 이루어지는 시기입니다. 오늘 같이 복잡하고 다양한 현대사회에서 지능지수보다는 감성지수가 더 중요합니다.

둘째, "용사는 그의 용맹을 자랑하지 말라"고 합니다. 힘 있는 사람, 권력 있는 사람은 그 힘과 권력을 자랑하지 마라는 뜻입니다. 동양에도 '십 년 가는 권력이 없다'는 말이 있습니다. 건강한 사람도 하루아침에 쓰러지는 것이 인생입니다. 건강하다고 자랑할 일이 아닙니다. 하나님의 은혜에 감사하고 겸손한 마음으로 살아야 할 것은 감정의 인식, 감정(특히 불안, 분노, 슬픔 등)의 조절과 통제, 낙관적 인식과 자신감, 타인과의 감정이입(상대에게 집중하여 경청하려는 자세), 사회적 관계의 형성함을 본문은 말하고 있습니다.

셋째, "부자는 그의 부함을 자랑하지 말라"고 합니다. 성서는 "돈을 사랑하는 것이 일만 악의 뿌리"(딤전 6:10)라고 말씀합니다. 예수님은 우리가 하나님과 재물을 함께 섬길 수 없다고 말씀하심으로, 재물의 유혹이 얼마나 현실적으로 막강한 것인지를 경계하셨습니다. 하나님이 주신 부와 재물은 자랑할 것이 아니라 청지기적인 관리와 하나님 나라를 위해 섬기는 일에 잘 써야 하는 것입니다.

## 2. 무엇을 자랑할 것인가

예레미야 당시 유대사회는 나라의 운명이 풍전등화와 같은 어려움에 처해 있었습니다. 이스라엘 백성들은 우상들을 섬기며 음란하고 불순종하며 범죄하였습니다. 지도자들도 모두 부패하였습니다. 그래서 하나님은 이스라엘의 지도자들을 향하여 "네가 양떼를 흩으며 그것을 몰아내고 돌보지 아니하였도다"(렘 16:12, 23:2)라고 책망하셨습니다. 또한 하나님은 "선지자와 제사장이 다 사악한지라 내가 내 집에서도 그들의 악을 발견하였노라"(렘 23:11)고 경책하셨습니다. 북쪽에서는 바벨론 제국의 군대가 쳐들어오는 데도 시대적 상황을 자각하지 못하고, 하나님의 백성들은 범죄와 불순종을 일삼았고 그 지도자들은 하나님 보시기에 악을 행하고 있었습니다. 그런 가운데서도 본문에서 보는 대로 사람들은 자기의 지혜, 돈, 힘자랑을 하고 있었습니다.

이러한 상황에서 예레미야는 자랑을 하고 싶으면, 진짜로 자랑할 만한 것을 자랑하라고 말씀합니다. 구약 본문 9:24절에서 예레미야가 자랑하라고 권하는 세 가지가 있습니다. 먼저 우리 하나님의 백성들이 자랑해야 할 것은 "하나님을 아는 것"이라고 말씀합니다. 그런데 그 하나님을 아는 것의 내용을 세 가지로 나누어 볼 수 있습니다. 첫째, "하나님은 사랑의 하나님"이시며, 우리가 하나님 안에서 "서로 사랑하는 것"을 기뻐하신다는 사실입니다. 따라서 우리의 자랑은 하나님이 우리를 사랑하신다는 것과 우리도 하나님 안에서 서로 사랑하게 되었다는 것을 자랑하라는 것입니다.

둘째, 자랑할 것은 "하나님은 정의의 하나님"이라는 점입니다. '정의'(히브리어 '미쉬파트')는 '하나님의 주권'을 의미합니다. 즉 '하나님의 통치'를 의미합니다. 아무리 사회가 혼란스럽고 역사에 질서가 없어 보이며 세계가 우왕좌왕하는 것 같아도, 심지어 교회 공동체까지도 인간들의 수단과 방법, 정치가 통하는 것 같아도, 하나님은 오늘도 살아 계셔서 인간의 모든 역사를 살피시고 심판하시며 통치하신다는 사실을 믿고 자랑하라는 말씀입니다. 시편 1편에 있는 말씀대로 "의인의 길은 야훼께서 인정하시나 악인의 길은 멸망하는 것"이 하나님의 정의입니다. 비록 악이 잠시 승리하는 것 같으나 최후 승리는 진리 편에 있다는 것을 자랑하라는 말씀입니다. 이렇게 정의를 행하시는 하나님을 우리는 자랑할 줄 알아야 합니다.

셋째, 우리가 자랑할 것은 "하나님은 공의의 하나님"이라는 점입니다. 여기서 '공의'라는 히브리어 '츠다카'는 '하나님의 구원행동'을 의미합니다. 하나님은 우리 인간을 죄악에서 구원하실 뿐만 아니라 특히 가난한 자, 약한 자, 억눌리고 소외된 자를 불쌍히 여기시고 구원하시기를 기뻐하시는 공의의 하나님입니다. 우리도 하나님의 뜻을 깨달아 약하고 가난한 자, 병들고 소외된 자, 억눌리고 억울한 자들을 돌보아 주고 도와준다면 이것이 하나님이 기뻐하시는 공의가되고 주 안에서 우리의 자랑이 될 것입니다.

## 3. 바울의 고린도 선교와 교회의 상황

바울의 아덴 선교의 성패는 청중이 얼마나 많았는가에 달린 것은 아니었습니다. "몇 사람이 … 믿었고 또 다른 사람들도 있었더라"(행 17:34)는 말은 개종한 사람이 적지 않았음을 암시하고 있습니다. 그러나 다른 한편으로 신약성경 어느 곳에도 아덴의 교회에 관한 언급이 없으며, 바울은 고린도에 갈 때에 "두려워하며 심한 떨림"(고전 2:3) 중에 그곳에 도착하였다고 하였습니다. "약함" 중에 있었다는 말은 의기소침은 물론, 신체적인 병도 암시해 줍니다. 바울은 고린도에서 청중에게 철학적인 논쟁으로 설득하려는 모든 노력을 맹세코 포기하고, "예수 그리스도가 그의 십자가에 못 박히신 것(고전 1:20-25, 2:1-6)을 내용으로 하는 복음적 메시지로 되돌아갔다는 것은 주목할 만합니다. 이 부분에서 바울은 그의 선교의 내용 전환점을 맞았던 것이라고 보아야 합니다.

사도 바울이 개척하여 세운 고린도 교회는 특히 문제가 많기로 대표적인 교회였습니다. 몇 가지만 예를 들면, 교회 안에 여러 분파가 생겼습니다. 베드로파, 바울파, 아볼로파, 심지어 그리스도파로 나뉘어 다툼이 있었습니다. 또 교회 안에 부도덕한 일들이 있었는데 간음, 이혼, 별거 등의 문제로 시끄러웠습니다. 고린도 교회는 당시 다신교 문화권에 있었기 때문에 사람들이 시장에서 음식, 특히 육류를 살 때 그리스도인들이 이교 신들에게 제사했던 음식을 사다 먹어도 되는가에 관한 논쟁이 벌어졌습니다. 예배를 드릴 때도 무질서한 모습들이 나타났고, 성찬식에서도 먹고 마시는 것에 욕심을 내는 사람들 때문에 어려운 일이 있었습니다. 예수의 부활에 관해 의심하는 사람들도 있었고, 부활을 부인하는 사람들 때문에 신앙적인 논쟁이 벌어지기도 했습니다.

고린도 교회가 겪은 문제는 동서고금을 막론하고 세계 어디에서든, 우리 한국교회에서도 예외 없이 일어나는 문제들이라 할 수 있습니다. 교회에서 일어나는 문제는 곧 밖에, 사회와 세계에서 일어나는 통시적인 문제이기도 합니다. 기본적으로 그리스도인은 교회와 사회의 제반 문제에 대응하는 데 양심과 자유에 따라 "십자가의 도"로 증거할 것을 바울은 말씀하고 있습니다. 십자가의 도는 하나님의 능력과 지혜이기 때문입니다. 바울은 "내가 너희 중에서 예수 그리스도와 그가 십자가에 못 박히신 것 외에는 알지 아니하기로 작정하였음이라"(고전 2:2)고 말씀하셨습니다. 중요한 것은 그리스도인에게 문제해결의 열쇠는 십자가의 지혜와 능력이며 하나님의 영광을 위해 살 때 가능합니다. 오늘 우리 교회에서 또 불신의 사회에서 우리 그리스도인들이 문제를 해결할 수 있는 열쇠가 바로 여기에 있다고 확신합니다.

## 4. 그리스도 안에 새 사람의 가치관

바울이 그의 모든 서신에서 일관되게 주장하고 있는 중심사상은 그리스도의 인격에서 인류역사상 최초의 새 사람을 발견하였다는 것입니다. 바울은 사람의 인격적 변화를 믿었습니다. 그 변화된 새 사람들에 의해 새 역사가 만들어진다고 믿었습니다. 바울에게 새 사람이란 어떤 사람이며 새 사람이 되기 위해 반드시 버려야 했던 옛 사람은 어떤 사람입니까? 바울에게 옛 사람은 예수를 만나기 전의 자기 자신이었습니다. 예수를 만나기 전의 바울—즉 사울—은 유대교의 대석학이고, 바리새파의 지적 리더였으며, 희랍어를 모국어 못지않게 구사하는 당대 최고의 엘리트였고, 신분상으로는 유대인의 명문 출신이고, 로마시민권을 소유한 특권층의 한 사람이었습니다. 그는 유대민족의 종교적·문화적 전통을 가장 소중한 것으로 존중했을 뿐만 아니라 당시 세계를 지배하는 로마의 헬라 문화도 충분히 이해하고 그 가치를 높이 평가하고 있었습니다.

그러던 바울이 예수를 만난 후의 새 사람—사울이 아닌 바울—은 어떤 사람이었습니까? 그는 그토록 존중하고 자랑하던 자기 신분과 지식, 유대교의 전통과 헬라 문화를 분토와 같이 여겨 그것을 내버리는 데 조금도 주저하지 않았습니다. 새 사람으로 변화한 바울의 눈에 비친 유대주의는 우주의 하나님, 세계만방의 하나님인 야훼를 유대민족의 좁은 울타리에 가둬 둔 화석처럼 굳어 버린 율법주의로 보였습니다. 그리고 헬라 문화는 현세주의적 물신숭배의 다신교적 우상숭배로 보였습니다. 새 사람으로 변화한 그의 눈은 자기 민족의 시대착오적 오류와 헬라 문화의 허위를 정확히 간파하고 미래의 새 세계가 가야 할 새 길을 뚫어 보고 있었습니다. 그 새 길은 유대주의에도 헬라 문화에도 없었습니다.

그 길은 그리스도의 십자가의 길뿐이었습니다. 그 길만이 새 역사를 만들어 낼 새 사람들의 길이었습니다. 여기서 바울은 유대인에게나 헬라인에게나 즉 세계 모든 사람에게 새 사람이 되라고 확신을 갖고 목숨까지 바쳐 가며 그리스도를 전파하였습니다. 옛 가치관, 옛 세계관의 옛 사람들을 새 가치관 새 세계관의 새 사람들로 변화시키어서, 이 새 사람들이 새 역사의 주인공이 되어 새 역사와 새 문화를 창조하게 하는 것, 그것이 바울의 그리스도와 그의 십자가를 자랑한 것이고, 그의 간절한 소망이었습니다.

## 5. 예수의 죽음을 짊어진 바울의 자화상

바울의 자화상에는 그의 숱한 옥살이 체험이 반영되어 있습니다. '그리스도의 죄수'는 그리스도에 의한, 그리스도를 위한, 그리스도 닮기라는 바울의 목표 달성에 대한 이미지를 보여 줍니다. 바울은 구속된 몸이든, 고통 받는 몸이든, 그 몸 안에 '예수의 죽음'을 지고 다님으로써 '예수의 생명'이 그 몸 안에 나타나기를 원했습니다. "우리가 항상 예수의 죽음을 몸에 짊어짐은 예수의 생명이 또한 우리 몸에 나타나게 하려 함이라"(고후 4:10).

고대 로마제국에서 전투를 승리로 마친 뒤 군대의 수장이 전차를 탄 채 앞장서서 사로잡은 포로들을 이끌고 개선행진(triumphal procession)을 하는 광경을 연상시킵니다. 이 포로들은 결국 그 행진이 끝나는 자리에서 처형되게 되었습니다. 또한 바울은 약한 자의 이미지를 빌려 강함을 꿈꾸며, 바보를 자처하면서 참된 지혜의 본질을 설파합니다. 이러한 역설적 논리에 따라 그는 사악한 죄 없이도 그리스도의 죄수가 되고, 선한 싸움을 하고도 하나님의 개선행진 대열 속에 포로 노예로 등장하며, 죽을 순간만 조바심 내며 기다리는 원형극장의 마지막 사형수가 되어 하늘과 땅의 관중을 위한 구경거리(spectacle)가 되었다는 것입니다(고후 4:9 참조). 이상의 바울의 자화상을 통해서 우리는 그가 진실로 예수 그리스도의 충실한 종(노예)로서 특히 그의 십자가의 삶을 본보여 준 것이라고 할 수 있습니다. 바울에게 진실로 그리스도와 그의 십자가는 하나님의 능력이요 하나님의 지혜였습니다(고전 1:24).

## 6. 바울의 그리스도 자랑과 한반도 수난의 뜻 찾기

바울은 솔직한 양심으로 그리스도를 증거하는 것이 자기의 자랑이라 했습니다. 그리스도의 깊은 진리를 날마다 새롭게 이해하는 것이 "그리스도의 날"에 우리 모두의 자랑이라 하였습니다. 말하자면 우리의 그리스도의 지식이 날마다 새로워 그 영의 생명이 성장하고 그것이 우리의 품격이 되고 우리의 생활이 되어 "종말의 날"까지 끊임없이 자라 그리스도의 충만한 데까지 이르는 것이 우리의 자랑이 되어야 한다는 것입니다. 우리가 그리스도를 자랑하는 중에서도 특히 그의 "십자가"를 자랑하라 하였습니다. 바울은 "네게는 예수 그리스도의 십자가밖에는 자랑할 것이 없다"(갈 6:14)고 고백합니다.

세상 사람들은 적극적 사고나 경쟁심과 열심, 또는 건전한 자존심 등을 성공의 비결이라 합니다. 그러나 그리스도인의 열심과 열정은 그 정도를 넘어 '우리의 하나님과의 관계라는 또 다른 자원'을 갖습니다. '하나님 안에서' 즉 우리의 속사람이 하나님의 자녀가 될 때 실로 거기에선 세상이 감당하지 못할 무서운 힘이 생깁니다. 천둥이나 번갯불보다 더 무서운 힘이 폭발합니다. 이런 힘, 하나님의 사랑의 힘은 세상의 그 무엇이나, 죽음까지도 우리를 떼어 놓지 못합니다. 하나님을 믿는 거룩한 힘이라 할 수 있습니다. 모세가 바로 왕의 위협을 물리치고 출애굽을 하였고, 바울이 로마제국이나 유대교의 세력을 극복하며 새 나라, 그리스도 주권의 토대를 놓았고, 루터가 교황청의 중세기 1천 년을 정복하며 새 교회상을 회복하였고, 웨슬레가 대영제국의 국교를 넘어 감리교를 시작했던 일 등 모든 힘이 다 이런 '신적 능력'이라 할 수 있습니다. 이 하나님의 사람들은 그들의 시대와 역사의 흐름을 역류하여 새 역사 새 사명을 위해 오직 한 일로 푯대를 향하는 삶을 본보여 준 본보기들이라 할 수 있습니다.

분단 반세기를 넘는 민족적 비극에 대하여 또 다시 물으며 기도하게 됩니다. 우리는 전쟁 당사자인 독일인이나 일본인이 아니라, 그 피해와 억압의 장본인입니다. 해방을 받았는데 어찌하여 반세기가 넘는 오늘에까지 남북분단으로 통일의 희망이 아니 보이는 까닭을 어찌해야 합니까? 기독교 교세가 세계적이요 그 규모나 활동이 세계 제일을 자랑하면서도 분단 반세기를 넘고 있으니 잘못된 것이 너무나 많은 것 아닙니까?

함석헌 옹은 세계의 오물을 뒤집어 쓴 창녀 같은 한반도요, 세상의 온갖 죄악을 다 집결시킨 고난의 여왕 같은 존재라며, 이는 '시련의 세계를 구원할 능력을 키우려 하시는 하나님의 섭리'라 보기도 했습니다. 이스라엘의 극심한 민족의 고난 속에서 이사야 53장의 수난의 종, 메시아 탄생의 태동을 꿈꾸었듯이, 우리 한민족도 냉전체제에 마지막 남은 한반도의 쓰라림도 세계를 구원하는 대속의 수난으로 믿고 해석하며 인류의 희망을 여기에서 태동할 수 있게 해야 한다는 것입니다. 올해는 정전협정 60주년이 되는 해입니다. 최소한의 의미에서, 한국전쟁을 매듭짓고 평화체제의 원년으로 삼기 위하여, 상생의 원리에서 남북 당사자 간의 합의, 다음에 주변국들의 찬동을 받아 내야 할 것입니다. 이를 위하여 우리는 평화통일의 예지와 결단, 희생과 용기로 출발할 때입니다. 하나님, 우리를 도와주시옵소서.

장공 선생님은 한 때 "한반도는 지금 비참한 현실에 놓여 있습니다. 그러나 또 다른 면에서 가장 '소망'적입니다. 세계에서 보기 드문 양심적인 기독자가 있어, 하나님의 의로운 사랑을 '수혈'하고 있습니다. 그들은 각기 자기 십자가를 지고 그리스도의 십자가를 향하여 행진하고 있습니다. 그들의 십자가는 그리스도의 십자가의 '영광의 광채'라 하겠습니다. 그들의 자랑은 십자가요 우리의 역사는 십자가를 통하여 창조되는 행진입니다"라고 말씀하신 적이 있습니다.

"나의 하나님, 나의 하나님, 어찌하여 나를 버리셨나이까" 하신 십자가 위에서의 예수의 마감 절규는 버림받아 '없음'으로의 경지입니다. 그러나 그때에 하나님의 '아멘'이 선포됩니다. 그 하나님의 '아멘'이 그리스도의 부활입니다. 진실로 그리스도의 십자가는 우리의 자랑입니다. "자랑하는 자는 주 안에서 자랑할지니라 옳다 인정함을 받는 자는 자기를 칭찬하는 자가 아니요 오직 주께서 칭찬하시는 자니라"(고후 10:17-18).

주 안에 계신 성도 여러분! 오늘 우리는 주 안에서 자랑할 것이 있어야 합니다. 석양에 비친 늑대의 그림자 같은 헛된 것을 자랑하지 맙시다. 우리의 자랑은 하나님을 아는 것이며 그것은 곧 하나님의 사랑과 정의와 공의를 따르는 것이라고, 예수 그리스도와 그의 십자가를 자랑하는 것이라고, 하나님을 믿는 거룩한 힘, 새 사람 된 생명력이라고 확신합니다. 이 은혜가 우리 모두에게 함께하시기를 바랍니다.

(성북교회, 2013. 2. 24)

# 길 위에 선 자의 여정과 희망

빌립보서 3:7-16

사도 바울의 일생은 길 위의 선 자로서의 여정에 비유될 만합니다. 그는 이방인의 사도로서 동분서주하면서 선교적 사명을 다하였습니다. 그의 삶은 다소에서 예루살렘으로, 예루살렘에서 다메섹으로, 다메섹에서 아라비아로, 거기서 다시 다메섹과 예루살렘으로, 또 안디옥에서 출발한 선교여행으로, 마침내 로마로, 끊임없는 여정의 생을 보냈습니다. 이 지리적 연대기는 갈라디아 1-2장과 사도행전의 자료를 통해 추론해 볼 수 있습니다.

바울은 선교 여행에서 동족의 적대적 대응으로 인하여 죄수로서 로마에 압송되는 신세가 되었습니다(행 21:27). 로마가 그의 여정 마지막 정착지가 되지만 그는 그곳의 감옥에서도 새롭게 길 떠날 희망을 포기하지 않고, 당시 세상의 끝이었을 지금의 스페인까지 가고자 원했던 것입니다(롬 15:23). 공간적으로뿐만 아니라 시간적으로,

또 실존적으로 그는 부단히 새로운 길을 개척하는 면모를 보여 줍니다. 과거 그리스도의 핍박자에서 그 전파자로, 바리새인과 베냐민 지파의 일원이라는 태생적, 전통적 굴레에서 이방인의 사도로, 토라와 할례의 신봉자에서 '믿음으로 의롭게 된다'는 주장자로서 그는 치열하게 자신의 과거와 싸우면서 현재를 성찰하였고 용감하게 변신하였습니다.

그러나 바울은 모든 생의 역동적 면면을 자기 삶의 종점으로 생각하기보다는 하늘의 시민권자로서 본향을 찾아가는 여정이라고 여겼습니다. 길 위에 선 자로서 바울은 하늘을 향한 미완의 여정에서 부닥친 역경을 견디고 극복하는 방식이 생생히 드러난 곳이 본문의 내용입니다.

## 1. 새로 찾은 길, 목표

바울은 한때 그의 태생의 배경과 그 경계 내에서 자신의 위상을 특권과 혜택의 조건으로 여겼습니다. 그러나 그는 그리스도를 만난 이후 그리스도에 대한 앎이라는 좀 더 월등한 가치를 위해 그 모든 과거의 자랑거리들을 유익이 아닌 해로 여겼다고 주장합니다(빌 3:7-8). 그리스도를 알고부터 그의 과거를 쓸모없는 것으로 여겨 자발적으로 폐기처분하였다는 뜻입니다.

바울이 새로 찾은 길은, 그리스도를 만난 뒤 무엇보다 바리새적 유대교(Pharisaic Judaism)에 대한 헌신적 믿음에 종지부를 찍고, 크리스천 유대교(Christian Judaism)로 바꾸게 됩니다. 동시에 예수는

'그리스도'와 '나의 주'로 그의 믿음 속에 자리매김하면서(빌 3:8), '율
법의 철저한 준수를 통한 개인적 의의 구현'으로부터 '그리스도를 믿
음으로 의롭게 된다'(Justification by Faith)는 구원론으로 바꾸어집
니다. 바울은 이방인의 사도로서 선교 일선에서 얻은 그의 체험을
통해 과거의 율법적인 유산에 부정적인 판단을 내리게 하였습니다.
그 판단은 토라와 할례, 이스라엘과 유대인 됨의 명예로운 언약적
유산에도 불구하고, 바울에게 그리스도를 통한 새 시대, 새 구원사
적 삶의 정황 속에서 자신의 과거를 뛰어넘는 새로운 목표를 찾은
것입니다.

이 모든 변화의 목적을 바울은 '그리스도를 얻는다'와 '그리스도
안에서 발견된다'는 말로 표현합니다. '그리스도를 아는 지식'(빌 3:
9)은 지금 걷고 있는 길인 동시에 앞으로도 계속되어야 할 미완의
즉 길 위에 선 자의 여정의 목표가 됩니다.

## 2. 고난의 사귐과 부활신앙

빌립보서 3:10의 '그리스도를 앎'에서는 그의 삶과 죽음, 그리고
부활의 비밀에 대한 미래지향적인 추구라는 목적의식이 나타납니
다. 바울에게 '그리스도를 아는 지식'은 무엇보다 그의 고난을 아는
것, 즉 고난의 극치인 십자가의 죽음에 참여하는 것이었습니다. 바
울은 그 고난에 동참하는 것을 나눔, 교제, 교통이란 의미를 지닌 '코
이노니아'로 이해하고 있습니다(빌 3:10). 그것은 그리스도가 겪은
고난의 결정체에 동참하여 몸소 겪음으로써 이루어지는 감각과 정

서, 의미의 나눔에 가까운 코이노니아입니다. 그 코이노니아는 죽음의 형태나 방식에 있어 그리스도와 같아짐으로써 비로소 완성됩니다.

예수는 버림받은 자들에게 하나님을 모셔 오시고, 곤궁한 상황 속에서 그들의 형제가 되기 위하여 스스로 십자가에서 하나님으로부터 버림받은 상태 속으로 들어가십니다. 이러한 예수의 고난 속에서 일어난 하나님의 불쌍히 여기심에 대해 본회퍼(D. Bonhoeffer) 목사는 죽음의 수용소에서 다음과 같이 고백하였습니다. "고난당하시는 하나님만이 도우실 수 있다"라고.

예수께로부터 계시된 하나님의 정의는 희생자들을 향하십니다. 하나님은 불의와 폭력으로 인해 고난당하는 이들에게 공의를 세우십니다. 그리스도교는 그리스도의 고난과 죽음 속에서 가해자들의 죄악을 대리하는 속죄를 보았습니다. 이사야 53장의 '고난당하는 하나님의 종'의 표상에 근거하여 그리스도교는 십자가에 달리신 그리스도 안에서 이 세상의 죄를 짊어지신 자를 알아보았습니다. 그리하여 바울은 "예수는 우리의 범죄 때문에 죽임을 당하셨고, 우리를 의롭게 하시려고 살아나셨습니다"(롬 4:25). 우리를 위한 그리스도의 헌신에 죄의 용서가 놓여 있고, 그리스도의 부활에 우리의 새로운 의가 놓여 있습니다.

다음으로 바울의 부활의 권능, 그에게 그리스도의 부활신앙은 케리그마입니다. 그리스도 신앙의 실질적 촉발점은 그리스도의 부활에 대한 공감대가 초기 교회의 생성과 발전에 막강한 활력을 주었습니다. 세월이 지남에 따라 교회 내에 부활의 사실성과 부활이 이루어지는 방식에 대한 의혹과 다채로운 사색이 있었습니다(고전 15장). 그럼에도 부활신앙은 대대로 그 생명력을 유지하여 그 과학적 사실성을 증명하기 난해한 지금까지 그리스도교 신앙을 규정하는 주요한 정체성의 표지(identity-maker)로 존속되고 있습니다.

부활신앙의 힘은 개인에게 죽음을 극복하는 힘이 되고 공동체에게는 그 생존을 영속화하고 생활의 활력을 북돋는 소망의 지표가 되었습니다. 부활의 그 신비적 요소는 그리스도의 고난의 나눔이란 주제와 결부될 때 그 신비가 풀리고 의미가 확연해집니다.

## 3. 인내와 희망의 두 증인, 만델라와 몰트만

만델라(Nelson Mandela)의 자서전《자유를 향한 긴 여정》(*A Walk to Freedom*)에 따르면, 그는 남아공의 인종분리정책이 언젠가는 기필코 무너질 것이라는 믿음을 잃지 않았다고 기술하였습니다. 언젠가는 '아파치'는 물러나고 전혀 새로운 정의의 세대가 도래할 것을 확신했습니다. 미래에 대한 이런 믿음이 그의 현재의 모습을 결정짓고, 그 험하고 긴 감옥생활을 인내하며 희망찬 새 날을 기다리게 한 것입니다.

40대 초반에 수감되어 70대에 접어드는 1만 일을 감옥에서 생활하다가 27년 만에 석방된 만델라, 세상과 절단하여 폐인이 되기에 충분한 여건이었으나 크리스천이었던 그는 절망하지 않고 인종차별주의의 죄악은 정의의 하나님과 세계 양심세력에 의해 무너질 것을 확신하였습니다.

〈타임〉지가 그의 석방을 보도하면서 평했듯이, 이 긴 감옥의 세월은 만델라를 강철같이 성숙한 사람으로 만들고 수난의 민족을 희망으로 이끌어 갈 자질의 지도자로 만들었습니다. "감옥은 넬슨 만델라를 강철로 만들었습니다. 그를 죽이려 한 감옥이 오히려 그를 더욱 강하게 만들었습니다. 그는 자유의 투사로서 1964년 로빈슨 감옥으로 끌려갔고, 앙드레 말로가 말한 대로 '세상에서 보기 드문 성숙한 사람'으로 돌아올 수 있었습니다."

만델라는 세계 모든 사람에게 더 큰 어떤 숭고한 의미, 즉 좌절과 패배의 참된 의미까지도 이야기해 주고 있습니다. 나아가 그는 모든 이들에게 자신이 일생을 통해 몸소 깨달은 인간 존엄성과 자유라는 숭고한 가치를 일깨워 주고 있습니다. 그는 또한 보복과 미움에 대한 화해와 관용의 정신을 말하고 있습니다. 오랜 시련의 인내가 한 개인이나 세계에 가져다주는 보화를 만델라는 실증하여 주었습니다. 우리는 그가 터득한 인고의 결실로서 고난의 세계를 평화롭게 하는 예지를 그에게서 배워야 할 것입니다.

희망의 신학자로 불리는 몰트만은 그의 《하나님 체험》(*Experience of God*)에서 나치군의 포로로, 또 영국군의 포로로 3년여를 벨기에, 스코틀랜드, 영국 등지에 끌려 다니면서도, 어떻게 다른 동료들과 같이 포기하거나 자결하지 않고 인내하며 희망으로 살아났는가 하는 자신의 여정을 잘 보여 줍니다. 히틀러 제국이 붕괴되면서 제3제국의 도덕적 부패상이 적나라하게 드러날 때, 많은 독일 나치군들이 '내면적 허탈감'에 빠지는 것을 그는 보았습니다. 그들은 모든 희망을 버렸고, 희망이 없기에 삶에 싫증을 느꼈습니다. 심지어 목숨을 끊었습니다. 바로 그런 일이 자신에게도 일어났습니다. 그러나 목숨만은 끊지 않고 새로운 생명의 희망을 갖게 된 것이 하나님의 은혜일까 생각했습니다. 그때까지 성탄절이나 다른 명절에 습관적으로 교회를 나간 것 외엔 전혀 기독교적 배경이 없는 그였기에 이렇게 생각했는지 모릅니다. 그가 전쟁터에 나갈 때 히틀러가 준 것은 괴테의 시집과 니체의 책이었으나 이 책들은 아무런 희망도 주지 못했습니다.

그러나 새 희망을 준 것은 포로수용소에서 한 군목이 그에게 준 시편이 달린 신약성경 바로 그 책에 있었습니다. 음부에 내 자리를 펼지라도 하나님이 이런 포로수용소에도 계실까 의문을 제기해 보기도 했으나 몰트만은 이 성경을 읽으며 자신의 황폐한 마음을 완전히 사로잡는 구절을 발견했습니다. 그는 "하나님께서 철조망 뒤에, 아니 철조망보다 더 미세한 모든 것의 배후에도 존재하심"을 확신했습니다. 몰트만은 성경을 읽으며 예배당으로 사용하는 건물을 맴돌았습니다. 그 예배당은 고통 속에서 빛을 밝혀 주는 하나님 임재의 상징 같았으며 그의 희망은 거기서 자랐다고 고백했습니다.

석방되면 양자물리학을 공부하려 계획했으나, 몰트만은 그 대신 신학에 입문하여 '희망의 신학'을 발전시켰습니다. 그는 이 땅의 인간들이 십자가와 부활 사이의 모순 상태에 살고 있는 것으로 보았습니다. 비록 우리가 지금은 부패에 둘러싸여 있지만, 우주의 회복과 완성을 향한 희망을 안고 살고 있으며, 그 완성의 증거는 죽음을 이긴 그리스도의 부활이라 믿었습니다. 그렇게 영광스러운 미래에 대한 믿음을 지킬 수 있다면, 미래는 현재로 바뀔 수 있습니다. 결국 그의 수용소에서 해방될 것이라는 희망이 그의 매일의 경험으로 변모한 것입니다. 미래에 대한 믿음은 우리를 향한 우리를 향한 하나님의 심판을 보류함으로써 현재를 변화시킬 수 있습니다.

몰트만은 어느 날 포로수용소에서 해방될 것을 믿었듯이, 우리도 하나님이 어느 날 완전한 정의로 지배할 미래가 있으리라 믿을 수 있다고 합니다. 이러한 하나님을 믿는 미래의 신앙은 우리로 하여금 희망 속에서 오늘의 어렵고 절망스런 여건 속에서도 낙심치 않고 그날을 기다리며 참고 견딜 수 있는 것입니다. 몰트만의 그리스도 안에서의 희망과 희망의 신학은 이런 고난의 처지에서 시작되었으며, 2차 대전 뒤 죄책과 절망에 빠진 독일인에게뿐만 아니라 방황하는 세계에 새로운 희망을 주었습니다.

## 4. 한반도 평화통일을 위한 기도

한 인간으로서 또는 신앙을 가진 그리스도인으로서 그 긴 삶의 여정을 끝까지 아름답게 사는 덕목이 인내요, 그 인내는 희망이 받들어 주고, 그 희망은 신앙이 밑받침해 준다는 동서고금의 교훈이나 성서의 가르침을 들으면서, 분단 반세기를 넘는 민족적 비극에 대하여 또다시 물으며 기도하게 됩니다. 우리는 전쟁 당사자인 독일인이나 일본인이 아니라, 그 피해와 억압의 장본인들입니다. 해방을 받았는데 어찌하여 반세기가 넘는 오늘에까지 남북분단으로 통일의 희망이 아니 보이는 까닭은 어찌된 것일까요? 기독교 교세가 세계적이요 그 규모나 활동이 세계 제일을 자랑하면서도 분단 반세기를 넘고 있으니 잘못된 점이 너무나 많은 것 아닙니까?

함석헌 옹은 세계의 오물을 뒤집어 쓴 창녀 같은 한반도요, 세상의 온갖 죄악을 다 집결시킨 고난의 여왕 같은 존재라며, 이는 시련의 세계를 구원할 능력을 키우려 하시는 '신의 섭리'라 보기도 했습니다. 그러나 가혹하여 신음소리를 내지 않을 수 없습니다. 더욱이 오늘의 한반도의 고난과 아픔을 인류를 구원하려는 예수의 대속의 십자가로 믿고 싶어 하나 그만한 의식과 자질이 있다고 할 수 있는지는 아직도 미지수입니다.

장공 선생님은 지금의 한반도는 비참한 현실에 놓여 있다고 말했습니다. 그러나 또 다른 면에서 가장 '소망적'입니다. 세계에서 보기 드문 양심적인 기독자가 있어, 하나님의 의로운 사랑을 '수혈'하고 있습니다. 그들은 각기 자기 십자가를 지고 그리스도의 십자가를 향하여 행진하고 있습니다. 그들의 십자가는 그리스도의 십자가의 '영광의 광채'라고 하셨습니다. 우리가 주목하고 기도할 것은, 올해는 정전협정 60주년이 되는 해라는 것입니다. 최소한의 의미에서, 한국전쟁을 매듭짓고 평화체제의 원년으로 삼기 위하여 평화통일의 예지와 결단, 희생과 용기로 출발할 때입니다.

## 5. 푯대를 향하여 오직 한 일

푯대의 목표를 그리스도 안에서 찾은 바울에게 이제 남은 과제는 끝까지 그 목표를 향해 오직 한 일, 일심으로 좇아가는 것입니다. "오직 우리가 어디까지 이르렀든지 그대로 행할 것이라"(빌 3:16).

목표와 이상이 있어야 하되, 이를 성취하기 위해 부단히 추구하고 어디까지 왔든지 간에 지속적으로 행하라는 것입니다. 세상의 사람들은 적극적 사고나 경쟁심과 열심, 또는 건전한 자존심(a healthy sense of self-esteem) 등을 성공의 비결이라 합니다.

그러나 그리스도인의 열심과 열정은 그 정도를 넘어 '우리의 하나님과의 관계라는 또 다른 자원'을 갖습니다. 어원을 밝히자면 '신 안에서'(En theos) 즉 우리의 속사람이 하나님의 아들이 될 때 실로 거기에선 세상이 막아서지 못할 무서운 힘이 생깁니다. 천둥이나 번개 보다 더 무서운 힘이 폭발합니다. 이런 힘, 하나님의 사랑은 세상의 그 무엇이나, 죽음까지도 우리를 떼어 놓지 못합니다. 하나님을 믿는 거룩한 힘이라고 할 수 있습니다. 모세가 바로 왕의 위협을 물리치고 출애굽을 하였고, 바울이 로마제국이나 유대교의 세력을 극복하며 새 나라, 그리스도 주권의 토대를 놓았고, 루터가 교황청의 중세기 1천 년을 정복하며 새 교회상을 회복하였고, 웨슬레가 대영제국의 국교를 넘어 감리교를 시작했던 모든 힘이 다 이런 '신적 능력'이라 할 수 있습니다. 이 하나님의 사람들은 그들의 시대와 역사의 흐름을 역류하여 새 역사 새 사명을 위해 오직 한 일로 푯대를 향하는 삶을 보여 준 본보기들이라 할 수 있습니다.

일본의 성자라 불리던 가가와 도요히꼬(1888-1960)는 20대 초반에 폐결핵의 악화로 사형선고를 받았습니다. 어느 밤 고요히 성경을 보며 기도하다가 그는 새로운 영감 속에 깨달음을 얻습니다. 죽는 것을 기다릴 것이 아니라 남은 시간을 하나님께 바치는 것이 얼마나 더 보람되겠는가 하는 것입니다. 그는 즉시 일어나 빈민굴에 들어가 빈민들을 돕는 일을 시작했습니다. 죽는 날만 기다리던 그는 죽지도 않고, 그 뒤 50년을 더 살며 일본과 세계에 그리스도의 정신을 널리 알리며 빛을 남겼습니다. 그의 자서전의 이름이 《사선을 넘어서》입니다. 죽음을 기다리던 그가 그 죽음을 넘어 덤으로 살면서 그리스도의 정신대로 살았던 기록이라는 뜻입니다.

이제 우리의, 아니 나의 남은 생이 얼마인지 모릅니다. 나도 모르는 시한부 인생인지 모릅니다. 그러나 더 중요한 것은 금년 한 해 그 시간이 얼마나 남았든, 나는 주어진 하루하루를 이웃과 세상, 교회와 하나님의 뜻을 위해 기쁘게 최선을 다하며 오직 한 일을 하며 살았으면 좋겠습니다. 그때에 나의 영혼과 육체도 건강하고 그 기쁨과 희열은 한없이 넘칠 것입니다. 그리스도가 보여 준 삶의 목표를 향해 절대 순종하며 일념으로 살되, 더 많은 그리스도인들이 하나님 선교를 위해 에큐메닉한 연합운동으로 함께 일한다면 그 효율성은 더 크리라 확신합니다.

"형제들아 나는 아직 내가 잡은 줄로 여기지 아니하고 오직 한 일 즉 뒤에 있는 것은 잊어버리고 앞에 있는 것을 잡으려고 푯대를 향하여 그리스도 예수 안에서 하나님이 위에서 부르신 부름의 상을 위하여 달려가노라"(빌 3:13-14).

(일심회-천우회, 2013)

# 너희는 나를 누구라 하느냐

마가복음 8:27-37

1

베드로의 고백은 예수의 공생애에서 전환점에 해당합니다. 제자들은 그를 그리스도로 고백하지만, 예수께서는 그들에게 자신이 어떤 성격의 그리스도이며, 자신을 따른다는 것이 무엇을 의미하는지, 자신의 운명과 사역을 함께 나눈다는 것이 무엇을 의미하는지를 가르치셔야 하였습니다.

"사람들이 나를 누구라 하느냐"라는 예수의 질문은 공관복음서의 전환점이 됩니다. 예수는 지금 자신의 메시지를 사람들이 이해하고 있는지를 알아보려는 것일까, 아니면 더 깊은 무엇을 찾아보려는 것일까요. 이에 대하여 제자들은 다양하게 대답했습니다. 세례 요한, 엘리야, 예언자들 중의 한 분이라고 했습니다. "그러면 너희는 나를 누구라고 하느냐"고 예수는 제자들에게 물었습니다.

이 질문은 우리가 평생 동안 생각할 질문입니다. 예수는 자신이 누구인지를 제자들이 알기를 원했지만, 그는 그들이 스스로 그 대답을 찾기를 원했습니다. 예수는 그 대답을 제자들로부터 듣기를 원했으며, 또한 우리로부터도 듣기를 원합니다. 예수는 제자들이 자신의 메시지, 자신의 삶, 신앙으로의 초대를 이해했기 바라면서, 제자들에게 그들의 신앙을 선언할 기회를 준 것입니다.

여기서 우리는 21세기의 예수의 생애가 오늘을 살고 있는 우리에게도 여전히 어떤 상관성이 있는가, 본보기(an example)인가를 질문할 수 있습니다. 예수가 가이사랴 빌립보에서 제자들에게 던진 "너희는 나를 누구라 하느냐"(막 8:29)라는 물음은 모든 시대의 모든 그리스도인을 향한 영속적인 물음입니다. 이 물음에 대하여 신약성서의 저자들이 각기 자신들의 삶의 자리에서 신실하게 응답했던 것처럼 모든 시대의 그리스도인들은 각기 자신들의 삶의 자리에서 신실하게 응답해야 합니다.

2

베드로가 엉겁결에 "주는 그리스도(메시아)이십니다" 하고 대답하지만, 그는 자신이 무슨 말을 하는지 전혀 알지 못했습니다. 베드로는 분명히 예수가 이스라엘을 인도하고 로마에 맞서 전쟁을 벌여 폭력적인 방법으로 예루살렘을 되찾아 주기 위해 하나님이 보내신 혁명적 해방자(a revolutionary liberator)로 생각했습니다. 그는 예수가 그 투쟁의 책임을 맡아 자신들의 정치·군사적 지도자가 되어, 미리 예정된 이스라엘의 정치적 주권을 회복하기를 원했습니다. 베드로가 생각한 '메시아'는 제국(empire)을 반영한 메시아였습니다. 즉 자신의 제국주의적 통치를 주장하기 위해 똑같은 제국주의적인 군사력을 사용하는 메시아였던 것입니다.

'사람같이 생긴 어떤 이', '인자 같은 이'(단 7:13)가 하나님 앞에 나아오자 하나님은 그에게 모든 사람을 다스리는 최고의 권세를 주십니다. 이 하늘에 속한 인물은 다니엘의 꿈을 해석해 주는 자가 분명히 말하고 있듯이 언약 공동체—지극히 높으신 자의 성도—를 상징합니다. 그렇지만 넓은 의미에서 이것은 메시아적 구절입니다.

구약의 후대의 문학에 나타나는 전승의 한 흐름에 의하면 메시아는 다윗 가문에서 나올 것이며 다윗 왕국을 회복하러 올 것이라 합니다(사 9:1-7, 11:1-9). 예수 시대에 팽배해 있던 이 정치적인 메시아 사상은 후기 마카베오 시대에 나온 한 시편에도 잘 드러나 있습니다.

> 보소서 오 주여 그들에게 그들의 왕 다윗의 아들을 일으키소서. 오 하나님 당신이 구하시는 때에 그는 당신의 종 이스라엘을 다스릴 것이니 그를 힘으로 두르소서. 그는 불의한 지배자들을 흩을 것이며 예루살렘을 짓밟아 멸망시키려는 열방들로부터 예루살렘을 깨끗케 할 것입니다.
>
> _솔로몬의 시편 15:21-25(버나드 앤더슨, 《구약성서의 이해》, 759)

3

예수는 제자들에게 "이에 자기의 일을 아무에게도 말하지 말라 경고하시고"(막 8:30) 있습니다. 예수는 자신이 누구인지, 자신이 무엇을 하려는지, 자신 앞에 무엇이 놓여 있는지에 대해 제자들이 이해하지 못했음을 알게 되었습니다. 제자들의 잘못된 메시지, 즉 예수가 조만간 폭력을 사용해서 로마제국의 지배를 청산할 제국주의적인 메시아(an imperial messiah)라는 잘못된 메시지를 전파하지 않도록 경고했던 것입니다. 그래서 예수는 분명한 말로, 자신이 수난을 받고, 거부되며, 박해를 받고, 체포되어 재판을 받고, 고문을 당하며 처형될 것이며, 사흘 뒤에 다시 살아날 것이라고 말했습니다.

베드로는 충격을 받았으며 그 대화는 정상적으로 진행될 수 없게 되었습니다. 아무도 그런 잔인한 꼴을 당해서는 안 되는데, 하물며 하나님의 메시아는 절대 그럴 수 없습니다. 베드로는 "예수가 메시아의 뜻을 전혀 모르는구나!" 하고 생각했습니다. "예수는 지금이 정치적이며 군사적으로 승리할 수 있는 기회라는 걸 깨닫지 못하는구나!" 하고 생각했기 때문에, 예수가 그런 수난을 겪도록 내버려 둘 수 없었습니다. "절대 안 됩니다"고 하였고, 마가복음(8:32)에는 "베드로가 예수를 붙들고 항변하매"라고 표현했습니다.

"예수께서 돌이키사 제자들을 보시며"(8:33), 이 말은 베드로가 예수께 항변했을 때 베드로가 예수의 등을 보고 말했다는 뜻입니다. 이제 예수는 몸을 돌려 베드로와 제자들을 바라보았습니다. 예수는 전에 광야에서 사탄에게 시험 받을 때도 제국을 다스리라는 유혹의 소리를 들었습니다. 그래서 "베드로를 꾸짖어 이르시되 사탄아 내 뒤로 물러가라 네가 하나님의 일을 생각하지 아니하고 도리어 사람의 일을 생각하는도다"(8:33)라고 말했습니다.

예수가 누구인가에 대한 신앙적인 대화, 정치적인 성찰 그리고 베드로의 자랑스런 그리스도 신앙고백이 결국 사탄의 소리를 듣게 되었습니다.

마가복음은 "꾸짖어"(8:33)라는 단어를 예수가 귀신들을 꾸짖을 때(1:25, 3:12)와 바람을 꾸짖을 때(4:39)도 똑같이 사용했습니다. 마가복음은 의도적으로 예수가 자신에 대해 '메시아'라고 말하지 않고 다니엘서에 나오는 '사람의 아들'(Son of Humanity)이라는 용어를 사용한 것으로 만들었습니다. 예수는 현실적으로 예루살렘에서 자신을 기다리는 대결을 피하지 않기로 했습니다. 예수는 자신이 예언자적인 진실을 말하는 것이 결국에는 유대 종교지도자들과 권력자들에 의해 거부될 뿐이라는 것을 잘 알고 있었습니다. 또한 그는 다니엘서와 예언자 이사야를 더욱 잘 알고 있었습니다. 그는 자신을 하나님의 "정의의 종"(Servant of Justice, 이사야 42장), "고난 받는 종"(Suffering Servant, 이사야 53장)으로 이해했습니다.

"사탄아 내 뒤로 물러가라 네가 하나님의 일을 생각하지 아니하고 도리어 사람의 일을 생각하는도다"(8:33). 예수는 하나님께서 생각하는 대로 생각했습니다. 그러나 베드로와 제자들은 그렇지 않았습니다. 우리도 그렇지 않습니다. 예수는 비폭력의 좁은 길을 걸어감으로써 수난과 고문과 죽임을 당했고, 그 너머 새로운 생명을 얻습니다. 제자들은 그러지 않았습니다. 우리도 그러지 않습니다. 우리는 심지어 그 길을 이해조차 못합니다. 베드로와 제자들처럼 우리도 사람의 일만 생각합니다. 우리는 고난을 피하며 십자가로부터 도망치며 위험을 견뎌야 하는 비폭력과 그 결과로 인한 박해와 고난, 체포와 투옥과 죽임을 멸시합니다. 예수는 하나님께서 생각하는 대로 생각했기 때문에 십자가를 받아들였습니다.

예수는 자신을 하나님이 사랑하는 사람으로 이해했을 뿐만 아니라, 자신이 거절당하고 수난을 겪고 고문을 당하고 죽임을 당하며, 그 죽임으로부터 다시 살아날 사람으로 이해했습니다. 예수는 본질적인 것들 곧 삶과 죽음, 죽음 이후의 삶에만 초점을 맞추었습니다.

4

이처럼 베드로와 예수가 서로를 항변한 후에, 예수는 군중들과 제자들을 한 자리에 불러 놓고 분명한 표현으로 제자의 길이 무엇을 요구하며 왜 제자의 길이 인간의 삶을 성취시키는지를 설명했습니다.

"누구든지 나를 따라 오려거든 자기를 부인하고 자기 십자가를 지고 나를 따를 것이니라. 누구든지 자기 목숨을 구원하고자 하면 잃을 것이요 누구든지 나와 복음을 위하여 자기 목숨을 잃으면 구원하리라"(막 8:34-35).

예수는 비폭력적인 메시아(a nonviolent messiah)로서, 제국의 폭력이 난무하는 세상에서 그처럼 특별히 빛나는 그 비폭력은 신속하게 짓밟히기 마련이었습니다. 그러나 예수는 누구든지, 제자들이나 군중들 구경꾼이든지, 자신을 따르려는 사람은 그 자신과 똑같이 특별히 빛나는 비폭력의 길을 걸으며 수난과 순교를 각오하기를 바랐습니다(존 디어,《예수의 평화 영성》).

초기 그리스도교 역사에 의하면 네로 황제 이후 박해의 역사는 313년 콘스탄티누스 황제가 등장하기 전까지 무려 250년이나 지속되었습니다. 원래 로마는 모든 종교에 대해 관용적이었고 기독교 초기에는 별로 주시하지 않았지만, 기독교와 로마사회와 갈등이 유발되면서 박해가 시작되었습니다.

로마제국의 박해의 원인들은 무엇이었습니까? 첫째, 기독교의 평등과 자유 그리고 천부적 인권에 대한 본질적 가르침이 신분적 로마사회와 충돌하였습니다. 이 때문에 교회는 반사회적 기관으로 인식되었습니다. 둘째, 기독교의 유일신관도 갈등의 원인이었습니다. 사실 기독교도들은 무신론자라는 죄목으로 처형되었습니다. 예수와 야훼를 제외하고는 모든 그리스와 로마 신들을 거부하였기 때문입니다. 기본적으로 로마는 모든 신을 섬기는 나라였습니다. 셋째, 기독교는 황제숭배를 거부하였고 이로 인해 핍박을 받았습니다. 황제들은 자신들을 위한 신전을 짓고 제사를 요구하였습니다. 백성들은 황제를 신처럼 '주'(Dominus)로 불러야 했습니다. 사실 많은 신을 믿는 로마인들에게 황제를 신으로서 추가하는 것은 어려운 일이 아니었지만 그리스도인에게는 수용할 수 없는 것이었습니다. 넷째, 기독교에 대한 오해가 혐오를 가중시켰습니다. 대표적인 것은 성만찬과 세례에 대한 곡해였습니다. 은밀한 장소에서 엄숙하게 드려지는 "몸을 먹고 피를 마시는" 성찬식은 기독교를 식인 종교로 오해케 하였습니다. 또한 기독교도들이 일반인들에 대해 호의로 대하였지만 목욕이나 식사 등의 세속적 방식으로 교제하지 않았던 것도 단절 요인이었습니다(김동주,《기독교로 보는 세계역사》).

당시 로마인들의 생각 속에서 초대 그리스도교회는 무엇보다도 고결한 순교자들의 집단이었습니다. 초대 기독교도들의 모습은 이렇게 정리해 볼 수 있습니다. 왜 그들의 스승 예수가 '십자가 처형의 죽음의 길'을 회피하지 않고 정면으로 대결하고 돌파하면서 받아들였는가? 사도들의 자각은 예수의 죽음 안에서 옛 시대가 끝나고 새 시대가 열린다는 것입니다. 예수의 죽음과 함께 자신들의 옛 삶도 죽었고, 새로운 삶이 시작되었다는 자각이었습니다. 예수가 십자가의 극한적 죽음 방식 중에서도 보여 준 비폭력적 저항과 증언, 사랑의 용서, 진리에의 순명, 권력과의 타협 내지 야합의 거부 속에서 세상과는 다른 거룩함을, 죽음도 어쩌지 못하는 생명과 진리의 승리를 보았던 것입니다.

초대 기독교도들은 예수의 생명과 진리로 변화를 받아서 그들도 '죽어도 죽지 않는 영원한 생명'을 얻기 위해 예수의 '십자가의 삶'을 자신들의 것으로 삼고, 예수 닮아 따르기, 예수 살기의 생명과 진리 증언의 삶을 로마제국의 박해 속에서도 영웅적으로 펼쳐 나갈 수 있었습니다. 그것이 본래 초대 그리스도교의 모습이었음을 생각할 때 오늘 우리의 삶이 부끄럽고 숙연해질 뿐입니다.

5

복음은 오늘 우리에게 '예수는 누구인가?' 하고 묻습니다. 예수는 비폭력 저항과 사랑의 십자가를 진 사람입니다. 그러므로 예수의 제자들도 비폭력 저항과 사랑의 십자가를 지는 사람들입니다. 예수의 제자들은 자신들의 구원자처럼, 권력과 지배를 추구하지 않습니다. 그들은 "남들을 강제로 지배하고 권력으로 내리누르지"(10:42) 않습니다. 오히려 그들은 비폭력의 메시아를 따르며, 고난 받는 사랑의 성육신(the Incarnation of Suffering Love)을 따릅니다. 하나님의 비폭력적 통치를 추구하면서, 우리 그리스도인들도 고난 받는 성육신이 되어, 이 세상의 죽임의 세력에 맞서, 그들을 해치기보다는 메시아처럼 우리도 몸소 수난을 겪음으로써 저항합니다.

예수는 자신이 누구이며 어떤 일을 겪게 될 것인지를 설명하면서, 좀 더 궁극적인 질문을 합니다. "사람이 만일 온 천하를 얻고도 자기 목숨을 잃으면 무엇이 유익하리요. 사람이 무엇을 주고 자기 목숨을 바꾸겠느냐"(막 8:36-37). 예수는 베드로의 주장에서 밑에 깔려 있는 제국주의적 야심을 보았던 것입니다. 만일 우리가 예수를 따르려 한다면, 우리는 우리의 야심과 심지어 우리의 목숨까지 버려야만 할 것입니다. 그래야 우리는 생명을 찾을 수 있습니다. 그래야 우리는 제자가 될 것입니다. 그래야 우리는 예수가 누구인지 알게 될 것입니다.

사람이 목숨을 무엇과 바꿀 수 있겠느냐? 예수의 이 질문은 수시로 우리에게 다가옵니다. 우리 문화의 가치관은 이 세상에서 '성공하는 것'보다 더 위대한 것은 없다고 주장합니다. 우리가 권력과 부귀와 유명한 자가 되어야, 우리는 인생을 제대로 살 수 있다는 주장입니다. 그러나 하나님이 생각하는 것처럼 생각하는 사람은 이 세상을 얻은 자들은 자신들의 삶을 잃어버린 자들이라는 점을 알고 있습니다. 반면에 문화의 가치관의 눈으로 보기에 철저하게 실패한 것처럼 보이는 사람이 실제로는 자신들의 목숨을 구한 사람들입니다. 우리가 예수처럼 각자 자기 십자가를 지고 고난과 죽임을 당한다면, 우리는 다시 부활하여 우리의 목숨을 얻게 될 것입니다.

6

"너희는 나를 누구라 하느냐" 하는 예수의 질문은 우리로 하여금 우리의 십자가를 지고 비폭력의 좁은 길을 걷도록 도전적으로 묻습니다. 그 질문은 생명의 진실, 곧 생명은 이 세상에서의 성공에서 찾아지는 것이 아니라, 하나님 나라를 위해 고난 받는 사랑에서 찾아질 수 있다는 진리를 가르칩니다. 그 질문은 정의와 평화를 위한 투쟁 속에서 그리스도를 발견하고 우리 자신도 발견하도록 촉구합니다. 그 질문은 우리가 그리스도처럼 살고 그리스도처럼 죽고, 그리스도처럼 다시 살아, 그 과정을 통해 우리가 하나님의 자녀들이라는 우리 자신의 정체성의 신비를 발견하게끔 만듭니다. 그 질문은 우리가 누구인지, 우리가 어떤 사람이 될 것인지를 묻고 있습니다. 그의 빛나는 본보기의 빛 속에서, 우리는 그의 비폭력 제자들이며 하나님의 자녀들로서 평화를 만드는 사람이라는 정체성을 발견할 용기를 얻게 됩니다. 그리고 우리는 '예수여, 당신은 살아 계신 평화의 하나님이시며, 비폭력의 하나님이십니다'라고 고백할 용기를 얻게 됩니다(존 디어, 《예수의 평화 영성》).

예수는 "내가 곧 길이요 진리요 생명이다"(요 14:6)라고 말씀하셨습니다. 예수는 나에게 존재의 근거요 하나님의 심장 속으로 인도하는 길입니다. 예수는 나에게 인간적 성실성을 지니고 나의 삶을 살 수 있게 하는 진리입니다. 예수는 나에게 인생의 의미가 무엇인가를 알게 하신 생명입니다. 그래서 나는 예수를 "주님"이라 부르며, "그리스도"라 부르며, 내게 하나님을 보여 준 분이라고 주장합니다. 예수는 로빈슨과 본회퍼의 표현대로 '다른 사람들을 위한 인간'(the man for others)이며 또한 '하나님의 인간적 얼굴'(the human face of God)이었습니다.

# 7

올해는 6·25 한국전쟁이 멈춘 지 60년이 되는 해입니다. 6·25는 세계 냉전체제가 한반도서 폭발한 사실상 3차 세계대전이었습니다. 1950년 6월 25일부터 1953년 7월 27일까지 한반도에서 벌어진 참혹하기 이를 데 없는 거대한 전쟁이 한국전쟁이었습니다. 한국전쟁은 동족상잔의 내전이었을 뿐만 아니라, 2차 세계대전 이후 세계를 동·서 양진영의 냉전체제로 재편성한 전쟁이었습니다. 이런 의미에서 한국전쟁은 한국 역사뿐만 아니라 세계사적으로도 큰 의미를 갖는 전쟁이었습니다.

부분적으로 내전적 성격이 있지만 한국전쟁의 본질은 세계 이념전쟁이었습니다. 특히 한국에서의 패권 변동과 전쟁 문제는 더욱 그러하였습니다. 역사적으로 숙고해 볼 필요가 있습니다. 7세기의 삼국통일 전쟁과 고구려의 멸망을 포함해 13세기 몽골의 조선과 일본 침략, 16세기 일본의 조선 침략과 제1차 동아시아국제전쟁(1592-1598), 19세기 동학농민전쟁과 청·일 개입 및 청일전쟁, 20세기 한국전쟁과 미국, 중국 참전 및 미·중 대결이 일관되게 보여 주는 특징은 한반도 내에서의 통일 여부나 패권의 변동 문제는 언제나 당대의 핵심적인 역내 지역 문제이자 국제 문제로 변전되어 왔다는 것입니다.

역사적으로 한국문제는 언제나 지역 및 국제질서와 밀접히 관계되어 왔습니다. 대륙과 해양, 중국과 일본 사이에 피할 수 없는 가교와 요충으로 존재하는 지정학적 위치가 결정적 요인입니다. 정전 60주년을 맞아 우리는 분단과 전쟁에 대해 정말로 철저히 자기비판과 반성을 해야 할 것입니다. 그러나 그것은 한국문제에 대한 가장 객관적인 이해에 바탕할 때 비로소 평화와 통일, 생명과 평화를 향한 지혜와 실천으로 연결될 수 있을 것입니다. 최소한의 의미에서, 한국전쟁의 산물인 휴전협정을 매듭짓고 평화체제의 원년으로 삼기 위하여 상생의 원리에서 남북 당사자 간의 합의와 그 다음에 주변국들의 찬동을 받아내야 할 것입니다. 이를 위하여 우리는 평화통일의 예지와 결단, 희생과 용기로 출발할 때입니다. 이스라엘의 극심한 민족의 고난 속에서 '고난 받는 종'(이사야 53장) 메시아 탄생의 태동을 꿈꾸었듯이, 우리 민족도 냉전체제의 마지막 남은 한반도의 쓰라림도 세계를 구원하는 대속의 수난으로 믿고 해석하며 인류의 희망을 여기 한반도에서 태동할 수 있게 해야 한다는 것입니다. 하나님, 우리를 도와주시옵소서.

(「성서한국」 2013년 11-12월호, 통권 24호)

# 재물이 많은 사람과 예수 따름의 고민

마가복음 10:17-22, 46-52

1

한국기독교장로회 생태공동체운동본부가 주관하는 2013년 제3차 생태기행(7월 18-19일)을 강원도 태백지역으로 다녀왔습니다. 내겐 처음이어서 생소한 기행이었으나 상당한 기대감 속에서 이루어진 체험 기행이었습니다. 인상적이었던 방문한 몇 곳을 소개합니다. 먼저, 사북탄광은 눈물 어린 석탄 광부들의 애환의 역사를 보듬어 가는 삶의 희망을 선사하는 곳이며, 탄광 근로자와 지역주민이 주축이 되어 옛 모습 그대로 보존하고 있는 석탄 역사의 체험장이었습니다.

둘째, 남해로 흐르는 낙동강, 서해로 흐르는 한강, 동해로 흐르는 오십천, 세 강의 근원이 이곳 삼수령에 있습니다. 삼수령은 대륙과 연결된 백두대간 위에 놓여 있습니다. 특히 한강의 발원지인 검룡소를 방문하였습니다. 둘레가 약 20m이고, 깊이는 알 수 없으며, 사계절 9°c의 지하수가 하루 2,000-3,000t씩 석회 암반을 뚫고 솟아 폭포를 이루며 쏟아집니다. 과연 생명의 강이라는 실감을 갖게 하는 체험장이었습니다.

셋째, 대천덕 신부가 1965년에 설립했다는 예수원(Jesus Abbey) 수도공동체였습니다. 예수원의 기본 일과는 '노동이 기도요, 기도가 노동이다'라는 성 베네딕트 수사장의 가르침에 근거하여 하루 세 차례 예배와 노동을 중심으로 이루어집니다. 예수원의 대천덕 신부의 영향은 매우 독특한 것으로 알려져 있습니다. 성령운동, 새로운 형태의 개신교 수도원 운동, 중보기도, 토지 정의에 이르기까지 다양한 영역에서 한국교회의 눈을 열고 귀를 여는 일에 영향을 주었습니다.

특히 놀라운 하나님의 대안인 '희년의 토지 정의'가 있는데, 이는 "토지를 영구히 팔지 말 것은 다 내 것임이니라. 너희는 거류민이요 동거하는 자로서 나와 함께 있느니라"(레 25:23)의 말씀에 근거한 것입니다. 여기서 우리는, 우리 이웃은 무엇 때문에 고통을 당하는가? 이런 질문을 할 수 있습니다. 1%의 사람들이 57%의 땅을 소유하고 있는 상황(2006년 행자부 발표)에서, 땅을 가진 소수의 사람들은 앉아서 부자가 되는 반면에 우리 가까이 있는 대다수 국민은 자신의 소득만으로는 편하게 살 수 있는 작은 공간 하나 마련할 수가 없습니다. 토지 불로소득으로 앉아서 부자가 되는 세상에서는 아무리 열심히 일해도 삶은 나아지지 않으며, 근로 의욕은 꺾이고 한탕주의와 기회주의가 만연하게 됩니다. 반면에 막대한 토지불로소득을 얻는 사람들은 쾌락과 향락을 즐기면서 사회는 점점 병들게 됩니다. 많은 사람이 집 문제 때문에 결혼도 못 하고 출산을 미루거나 포기합니다. 또한 빈부의 격차와 가난의 대물림은 점점 커져만 갑니다. 이처럼 토지문제는 모든 사회문제의 근원이라고 해도 결코 과언이 아닙니다.

이에 대한 해답은 성경에 있습니다. 성경의 희년을 준수하면 빈부양극화가 사라집니다. 50년마다 돌아오는 희년에는 빚이 탕감되고, 모든 사람이 자신의 땅과 집과 몸을 회복합니다. 따라서 개인이 어쩔 수 없는 인생의 문제로 인해 한시적으로 가난하게 될 수는 있어도 가난이 계속 대물림되지는 않습니다. 희년은 모든 사람에게 새로운 기회가 주어지고 새롭게 출발할 수 있는 기쁨의 해입니다. 이러한 희년은 현대에도 채무 탕감과 빈민 소액 대부(마이크로 크레디트), 토지에 대한 평등한 권리를 보장하기 위한 토지가치세제(Land Value Taxation), 주거권 보장 등으로 얼마든지 실현할 수 있습니다(희년함께-Jubilee & Land Justice Association- 헨리조지센터 안내문).


2


본문인 마가복음 10:17-22의 말씀에서 마가는 '재물이 많은 사람'으로, 마태(마 19:16-22)는 '재물이 많은 청년'으로, 그리고 누가(눅 18:18-30)는 '부자 관리'로 묘사하고 있습니다. 사실 이 부자의 이야기가 우리에게 주는 화두는, '우리는 과연 우리의 소유물을 팔아 가난한 사람들에게 주고 예수를 따르고 있는가?' 그리고 '현대 그리스도인으로 사는 우리의 인생 여정의 주제가 되고 있는가?' 하는 것입니다.

오늘날, 우리의 교회와 신앙공동체에는 은행예금이 많고 소유한 토지도 무척 많습니다. 그러나 우리의 부유함은 우리가 하나님 나라에 들어가는 것을 가로막고 있습니다. 마땅히 그리스도인으로 사는 우리는 단순하게 살며 가난한 사람들과 더불어 살고, 세상의 거짓 안전을 돌파하며, 값비싼 제자도의 대가를 지불하려고 노력하여야 합니다. 사실 정직히 말하면 우리는 아직도 그 부자가 하지 못했던 일, 곧 예수를 완전히 따르는 일을 하려고 노력하는 중이긴 하지만, 우리는 아직도 갈 길이 멀기만 한 것이 아닐까 싶습니다.

이 부자이야기는 선진국에 사는 그리스도인들에게(한국교회도 이 범주에 듭니다) 직접 적용되는 말씀입니다. 우리는 대부분 안락하게 살고 있으며 교만하고 스스로 의롭다고 생각하면서 살아갑니다. 그 부자처럼 우리 가운데 많은 사람이 천국에 들어가는 것으로 알고 있고, 영원한 생명을 얻으려면 무엇을 해야 하는지를 서로에게 묻고 있습니다. 그 부자처럼, 우리는 영원한 생명을 얻으려면 우리가 무엇을 해야만 하는지를 하나님이 우리에게 가르쳐 주시기를 원하며 이는 우리가 받아 마땅한 어떤 것처럼 생각하고 있습니다. 아니면 아무런 관심도 없이 무시해 버리기도 하겠지만요.

3

그 부자는 예수의 여행을 방해했습니다. 예수에게 주목을 받고 자신을 정당화하기 위해 그는 예수에게 아첨하는 말부터 시작했습니다. 그러나 그는 잘못된 질문을 했으며, 혹은 적어도 질문을 서툴게 표현했습니다. 예수는 공개적으로 대답하면서 하나님의 계명에 대한 순종, 곧 살인, 간음, 도둑질, 거짓 증언을 하지 말고, 부모를 공경하라는 계명에 순종할 것을 촉구했습니다.

이런 계명들, 특히 첫 계명을 지키는 것은 정말로 귀한 업적이었습니다. 그러나 예수는 그 계명들에 새로 "남을 속이지 말라"는 계명을 덧붙였는데, 이것은 아마도 그를 시험하기 위해서였을 것입니다. 비록 그 부자는 자신이 그 모든 계명을 잘 지켰다고 주장했지만, 예수의 새로운 계명이 탐욕, 가난한 사람들에 대한 억압, 경제적 불의에 대한 연루를 금지하고 있다는 사실을 깨닫지는 못했습니다. 그 부자는 자신의 많은 재산이 이 계명을 어긴 것임을 깨닫지 못했던 것입니다.

그러나 예수는 그 부자에 대해 화를 내지 않았습니다. 성서에서 예수가 처음으로 누군가를 "사랑스럽게"(공동번역은 "대견해 하시며") 바라보았다고 했습니다. 그 부자는 눈이 멀었으면서도 자기 스스로를 의롭다고 여겼으며, 가난한 사람들에 대해 무관심했음에도 불구하고, 예수는 그에 대해 연민을 느꼈습니다. 예수는 자신이 가르쳤던바 원수를 사랑하라는 말씀을 실천한 것입니다. 이처럼 연민의 마음으로, 예수는 성서에서 가장 위대한 초대 가운데 하나, 곧 "네게 아직도 한 가지 부족한 것이 있으니 가서 네게 있는 것을 다 팔아 가난한 자들에게 주라. 그리하면 하늘에서 보화가 네게 있으리라 그리고 와서 나를 따르라"(막 10:21)고 말씀하셨습니다. 그러나 그는 재산이 많아서 울상이 되어 근심하며 떠났습니다. 여기서 우리는 '재물이 많은 사람과 예수 따름의 고민'을 보는 것입니다. 그래서 오늘의 말씀의 제목을 그렇게 정했습니다.

4

오늘의 말씀 본문 몇 절 뒤에는 맹인 거지 바디매오와 예수의 만남에 관한 기록이 나옵니다. 예수가 지나간다는 말을 듣고 바디매오는 예수를 불렀고, 예수는 가던 길을 멈추었습니다. 예수가 그를 불러 오라고 하자 그 맹인은 즉시 겉옷을 벗어 버리고 예수에게 다가갔습니다. 그는 거지였기 때문에 그의 겉옷에는 구걸해서 얻은 동전들을 갖고 있었습니다. 그러나 예수의 초대를 받고 그는 겉옷과 함께 그 모든 동전들을 버리고 다가갔던 것입니다. 그는 아무것도 소유하지 않았습니다. 그처럼 돈을 개의치 않고 하나님의 자비에 대한 열렬한 갈망으로 보고 예수는 "네게 무엇을 하여 주기를 원하느냐?" 하고 물었습니다. 그 맹인은 영원한 생명을 구하는 대신에, 눈을 뜨게 해 달라고 요청했습니다. 예수는 "가라 네 믿음이 너를 구원하였느니라"(막 10:51-52)라고 말씀했습니다. 시력을 회복한 그는 예수를 따라나섰습니다.

이처럼 대조가 되는 두 이야기는 예수의 복음에 대한 부자들과 가난한 사람들의 상반된 태도를 보여 줍니다. 대체적으로 가난한 사람들은 그리스도를 따르면서 아무것도 잃을 것이 없으며 얻을 것만 있습니다. 그들은 예수의 초대를 즉시 받아들이고 그리스도에게만 전념하여 그의 길을 따르는 데 열심입니다. 그러나 우리 한국의 그리스도인들처럼 거의 선진국 수준의 경우는 그 부자와 같이 우리의 소유를 포기하는 것이 매우 어렵습니다.

우리는 자본주의 사회에서 탐욕이라는 악령에 사로잡혀 있으며, 소비주의의 포로가 되어 버렸습니다. 우리의 재산은 우리의 생활만 통제하는 것이 아니라 우리의 영혼도 통제하여, 무의식적으로 우리가 예수를 따르는 것을 가로막습니다. 우리는 결국 하나님께 잘못된 질문을 하는데, 그것은 우리가 하나님을 통제할 수 있으며, 영원한 생명이라는 것을 우리가 당연히 받을 것이라고 믿기 때문입니다. 우리는 결국 우리 자신이 눈이 멀어 있다는 사실을 깨닫지 못하며, 우리의 눈을 뜨게 해 달라고는 결코 간구하지 않습니다. 우리는 가난한 사람들 속에 있는 예수를 결코 보지 못하며, 또한 예수의 십자가의 길을 따르지 못합니다.

5

물론 예외는 있습니다. 아시시의 희망이며 자랑인 성 프란시스코는 가난한 생활과 제자로서의 삶을 위해, 아버지의 사업과 재산을 포기했습니다. 마틴 루터킹 목사 역시 부유한 설교자의 아들이었지만, 민권투쟁과 경제적 정의, 평화를 위한 투쟁을 통해 예수를 따르려고, 자신의 경제적 특권과 학자로서의 안락한 생활을 포기했습니다. 영성 생활에 관해 많은 책을 쓴 헨리 나우웬 신부 역시 예일 대학교와 하버드 대학교의 종신 교수직을 포기하고 남아메리카에서 일했으며, 마지막으로는 '라르슈 새벽공동체'에 들어가 10년 동안 장애인들을 섬기는 삶을 살다가 죽었습니다.

우리가 예수의 초대와 그리스도를 위해 모든 것을 포기한 사람들의 모습을 보면서 마음속에서 씨름할 때, 부자건 가난하건 우리를 향한 예수의 태도에 주목하게 됩니다. 예수는 자신의 마음대로 하는 것이 아니라 "네게 무엇을 하여 주기를 원하느냐?"라는 질문에서 드러나듯이, 맹인 거지 바디매오가 요구하는 대로 모든 것을 다 해 줄 작정으로 자신을 완전히 비웠습니다. 분명히 예수는 그 맹인의 신앙을 보고 기뻐했으며, 그가 치유 받고 제자가 된 것에 기뻐했습니다. 똑같이 그 부자가 고민하면서 울상이 되어 떠나는 모습을 보면서 예수는 거절의 아픔을 느꼈음에 틀림없습니다.

예수는 기회가 있을 때마다 사람들을 제자로 부르십니다. 그러나 사람들은 그의 제안을 거절합니다. 얼마나 많이 우리는 예수를 떠나갑니까? 얼마나 많이 우리는 계속해서 그의 초대를 거절하고 대신에 우리의 소유물에 집착합니까? 우리가 사는 방식, 우리의 미지근한 제자직, 그리고 계속되는 그의 초대에 대한 우리의 계속적인 거절에 예수는 어떤 마음을 느끼겠습니까?

복음의 지혜는 한결같습니다. "사람이 만일 온 천하를 얻고도 자기 목숨을 잃으면 무엇이 유익하리요"(막 8:36) 하고 예수는 묻습니다. 돈을 버는 데는 온 정신을 쏟으면서 예수의 초대를 거절하는 것은 결국 우리에게 아무런 이익이 되지 못합니다. 그렇다면 왜 모든 것을 포기하지 않는 것입니까? 왜 모든 것을 가난한 사람들에게 주고 예수를 따르지 않는 것입니까? 왜 무슨 일이 벌어지든 계속해서 예수를 따르지 않는 것입니까? 바디매오처럼 우리도 눈을 뜨게 될 것입니다. 성 프란시스코, 마틴 루터킹 목사, 헨리 나우웬처럼, 우리도 보게 되고 깨닫게 되고 새로운 변화된 삶을 살게 될 것입니다. 우리도 축복을 받을 것입니다. 우리도 예수를 따라 예루살렘으로 가는 길을 올라갈 수 있을 것입니다.

6

미국의 건전한 개신교단 중 하나인 그리스도연합교회(United Church of Christ)는 그리스도인들이 하나님의 영에 속한 건전한 생활을 위해 매일 열두 번 감사할 것을 가르칩니다.

1) 아침에 눈을 뜨면 오늘도 새로운 시간을 주신 하나님께 감사하며,
2) 조반을 먹을 때는 오늘도 음식을 주신 하나님께 감사한다.
3) 차를 타고 직장으로 갈 때는 오늘도 나를 움직여 주시는 하나님께 감사하며,
4) 직장과 가정에서는 오늘도 일을 주신 하나님께 감사한다.
5) 일을 하며 잔소리나 비판, 압력을 받을 때도 도전을 주신 하나님께 감사한다.
6) 직장이나 집에서 칭찬이나 격려를 받았을 때는 만족과 행복을 주

시는 하나님께 감사한다.

7) 점심시간에는 얘기를 나눌 친구를 주신 하나님께 감사하며,

8) 하루의 일이 끝나면 그래도 작은 성취를 주신 하나님께 감사한다.

9) 집에 돌아와서는 가족을 주신 하나님께 감사하며,

10) 저녁 TV나 신문잡지 등을 보며 앉았을 때는 여가의 즐거움을 주신 하나님께 감사한다.

11) 머리가 베개에 닿는 순간 잠을 주시는 하나님께 감사하며,

12) 꿈속에서는 생명이란 귀한 선물을 주신 하나님께 감사한다.


이런 감사의 삶을 날마다 살 때 어떤 유혹이나 부정적인 생각을 물리치고, 하나님과 그리스도의 영에 속한 자로서 우리의 소중한 나날을 기쁘고 보람되며, 이웃 세계를 위한 하나님의 크고 작은 뜻을 펼치며 영육이 다 강건하게 살 수 있습니다.


7


우리는 주위에서 이른바 '잘 나가는' 사람들을 많이 보고 삽니다. 자기만 잘 나갈 뿐 아니라 자식들도 잘되어서 사람들의 부러움을 삽니다. 좋은 학교, 좋은 직장에 다니고 부와 권력과 사회적 명성도 누리는 사람들입니다. 거기다 건강과 평화로운 가정생활까지 따라 준다면 그야말로 금상첨화입니다. 하기야 이 후자가 여의치 않아 행복하지 못한 사람도 제법 많습니다. 외적 조건만으로는 누가 봐도 행복할 것 같은데 건강이나 가정생활에 문제가 있어 어두운 얼굴로 사는

사람들입니다.

하지만 위의 두 조건을 다 갖춘 사람이라 해도 우리는 부러울지 언정 존경심은 느끼지 않습니다. 자기 혼자 잘 먹고 잘 살려는 것은 저나 나나 매한가지이기 때문입니다. 부와 권력을 순전히 자신의 영달만을 위해 사용하는 사람을 누가 존경하겠습니까? 우리가 마음으로 존경할 수 있는 사람은 자신이 좀 손해 보면서, 사회적 약자나 가난한 사람들을 돕고 사는 사람입니다. 그들은 부끄러움과 질시의 대상이 되지 않고 존경과 감동을 자아냅니다.

그리스도교 신앙은 범사에 하나님의 은혜를 감사하는 마음을 가지라고 합니다. 신앙생활의 궁극목적은 결국 자기 자신에 갇혀 자기중심적으로 사는 사람을 이웃과 사회, 세계와 하나님을 향해 활짝 열린 존재로 만드는 데 있습니다.

스리랑카의 저명한 민중신학자 알로이시우스 피에리스는 가진 자들이 취해야 할 삶의 자세를 간단히 두 마디로 정의했습니다. '가난해지기 위한 노력'(struggle to be poor)과 '가난한 사람들을 위한 노력'(struggle for the poor)입니다. 전자는 자발적 가난으로서 개인의 도덕성과 영성의 문제이며, 후자는 사랑과 사회정의에 대한 헌신을 말합니다. 우리의 삶에서 좌우명으로 삼을만한 말이라고 생각합니다.

유명한 티베트 불교와 정치의 지도자이며 영성가로 널리 알려진 달라이 라마에 대한 일화가 있습니다. 그가 어머니를 여의고 매일 2000배씩 10만 배 기도를 한 뒤인 바로 그때 "가장 좋은 수행법이 무엇이냐?"고 묻는 이에게 달라이 라마는 "최선을 다해 남을 도우세요. 아니면 적어도 남에게 주는 피해를 최소화해야 합니다. 종교가 없더라도 남에게 친절하고 온화한 사람이 되려고 노력한다면 그것이 곧 훌륭한 수행법입니다"라고 대답했다는 것입니다.

가난과 종교, 가난과 영성은 가까운 친구입니다. 둘이 무관하다고 여기거나 신앙이 좋을수록 물질적으로 복을 받는다고 믿는 사람이 있다면, 그런 사람은 참다운 신앙과는 거리가 멀다 하겠습니다. 기복신앙이 우리나라 종교계를 지배하고 있는데, 복을 구하는 자체를 문제 삼는 것이 아닙니다. 문제는 신앙을 통해 얻고자 하는 복의 내용입니다. 무엇이 진정한 복이며 진정한 행복인지를 올바르게 가르쳐주는 것이 종교의 존재 이유이고 사명입니다. 언제부터인가 한국교회는 가난과 너무 멀어진 듯합니다. 성직자들이 무소유로 살다가 생을 마감하는 것이 당연한데도 무슨 대단한 일인 양, 성직이 출세의 수단이 되고 신앙이 복덕 방망이가 되어 버린 종교는 희망이 없다는 것을 분명히 깨달아야 합니다.

8

마감을 하면서 몇 가지 진언을 할 생각을 감히 해 봅니다. 21세기는 인류의 생존과 평화를 위한 문명전환의 마지막 기회가 될 것으로 보입니다. 인간 중심주의, 개인 중심주의, 소유 중심주의를 극복하고, 생명 중심주의, 우주 중심주의, 존재 중심주의로 패러다임을 전환해야 할 때입니다. 생명에 대한 우주적 각성과 자연에 대한 생태학적 각성, 사회에 대한 공동체적 각성을 통해 생명 중심의 가치관과 비전(vision)을 제시하고 생태계를 향해 출애굽 해야 할 과제를 안고 있습니다.

　로마제국의 억압과 착취 밑에서 신음하던 식민지 백성들을 해방시키기 위해 '식민지의 아들'(son of the colonized) 예수가 바라보았던 하나님 나라의 비전(vision)과 전략은 오늘날 세계금융자본의 횡포 아래 신음하고 있는 이 땅의 민초들을 위해 교회가 무엇을 해야 하는지를 보여 주어야 할 때입니다. 지금과 같은 소비와 낭비의 시대에 한국교회가 예수를 믿는 것이 곧바로 예수처럼 자기를 비우고 나눔과 섬김을 실천하는 길임을 온몸으로 살아 내야 합니다. '재물이 많은 사람과 예수 따름의 고민'을 진정으로 오늘 우리 그리스도인들이 다시 한 번 해 보아야 할 때입니다. 하나님의 은혜가 함께하기를 바랍니다.

(일심화-천우회)

# 욥기, 위기 속에서 새 지평을 여는 삶
### - 절망에서 신앙으로 -

욥기 1:13-22, 13:20-28, 19:23-27, 42:1-6

## 1. 욥기의 책

구약성서의 위대한 지혜문학의 기념비인 욥기는 수 세기에 걸쳐 최고의 찬사를 받아 왔습니다. 루터는 욥기가 "성경의 어떤 책보다도 장엄하고 아름답다"고 높이 평가했습니다. 테니슨(Tennyson)은 욥기를 "고대와 현대의 가장 위대한 시"라고 불렀으며, 카알라일(Carlyle)은 "내 생각으로는 성경에서나 성경 밖에서나 이와 같이 뛰어난 저술은 아무것도 없다"고 밝혔습니다.

많은 설교자들이 욥기에 대하여 이야기할 때면 주로 1-2장과 42장을 중심으로 이야기하였습니다. 보통 사람들의 생각으로는 욥은 경건의 모델, 신앙을 잃지 않은 가운데 '무자비한 운명의 돌팔매질과 화살들'을 인내와 침착성으로 겪어낸 사람입니다. 이것은 아마도 욥기의 서문(1-2장)과 결어(42장)에서만 들어맞는 것이기 때문입니다.

그러나 욥기의 주요부분에서 욥은 전혀 인내의 귀감이 아닙니다. 그는 자기가 태어난 날을 저주하는 것으로부터 시작하여 폭풍과 같이 울화를 터뜨리며 하나님께 항변하며 울부짖습니다. 단지 맨 마지막에 이르러 하나님께서 그를 꾸짖고 난 후에야 그는 폭풍우 후의 정적 같은 그 무엇에 깊이 빠져들면서 자신의 거칠고 성급한 항변을 뉘우칩니다.

먼저 욥기의 이해를 위해서 서문과 결어의 내용을 요약해 보겠습니다. 욥기의 저자는 경건함으로 유명하고 그의 의로움에 따른 하나님의 호의로 축복을 받은 사람인 욥에 관한 이야기를 합니다. 그러나 욥의 신실성은 하늘회의의 일원중의 하나인 '사단'(Satan), '고소하는 자'(Adversary)의 의심을 받았습니다. 야훼께서 하늘회의에서 '내 종 욥'을 자랑했을 때, 기소를 담당한 이 천사는 욥의 섬김이 이기심에서 나온 것이라고 의심하여 "욥이 어찌 까닭 없이 하나님을 경외하오리까"라고 냉소적으로 반문하였습니다. 여기서 그는 욥의 재산과 가정을 빼앗아 버린다면 그의 신앙도 파괴될 것이라고 주장하며 야훼와 내기를 걸었습니다. 그러나 이러한 손실들은 욥의 신앙을 흔들어 놓지 못하였습니다. 그는 자신의 슬픔 가운데서도 "주신이도 야훼시요 취하신 이도 야훼시니 야훼의 이름이 찬송을 받으실지니이다"(욥 1:21) 하고 참았습니다. 그래서 사단은 좀 더 심한 시험을 제안하였습니다. 욥은 머리부터 발끝까지 역겨운 부스럼이 나게 되어 성읍에서 떨어져 혼자 잿더미에 앉아 있을 수밖에 없었습니다.

자기 아내의 충고도 무시하고 그는 여전히, 하나님을 저주함으로써 "입술로 범죄" 하는 것을 거부하였습니다. 이때 그의 세 친구―엘리바스, 빌닷, 소발―이 곤경에 처한 그를 위로하러 왔습니다. 결어에 의하면 결국 야훼는 욥의 기도를 들어주고 그에게 전보다 두 배로 갚아 주었습니다. 그래서 모든 선한 민간설화에서처럼 욥은 그 후에 행복하게 살았습니다.

## 2. 욥기 저자의 이미지(image)

욥기의 주인공은 이스라엘 사람이 아니라 우스 땅의 한 에돔 족장입니다. 우스는 에돔 근처의 팔레스타인 남동쪽에 있었음이 분명하고(창 31:2, 렘 25:19-24, 애 4:21), 욥의 친구들도 이곳에서 왔습니다(욥 2:11). 욥기의 저자가 외국인이라는 가설이 논의되지만, 팔레스타인 변두리 지방에 살았던 이스라엘의 지혜자라고 보는 것이 정론입니다. 쓰인 시기는 대체적으로 예레미야 시대와 제2이사야 시대 사이라고 합니다.

욥기 저자는 역사 속에서 영위되는 인간의 삶을 다루고 있습니다. 역사적인 문제는 영원에 관한 관심을 가지고 제기된 종교적 문제입니다. '나'―생각하고 사랑하며 기억하고 소망하며 살고 죽는 이 고독한 인간―의 삶의 의미는 무엇인가? 이 시인은 인간 실존의 깊은 곳까지 면밀하게 살펴 '인간'의 문제를 규명하였습니다. 욥은 실존하는 인물, 그런 까닭에 우리들 각자라고 자각할 수 있습니다.

물론 욥기는 무죄한 사람의 고난이라는 인간의 삶에서 피할 수 없는 문제와 씨름하고 있습니다. 그러나 고난의 문제—그리고 이것의 다른 면인 하나님의 정의의 문제—는 훨씬 더 깊은 문제, 즉 '인간과 하나님의 관계의 성격'을 탐구할 기회를 제공해 줍니다.

이미 언급했듯이 사단은 하나님에 대한 욥의 관계가 '좋은 일에서나 나쁜 일에서나' 무조건 신뢰하는 관계가 아니라 건강과 명성과 가정과 장수 등의 축복을 얻기 위하여 좋을 때만 하나님을 섬기는 것이라고 넌지시 말합니다. 여기서 욥이 지닌 신앙의 본질은 훨씬 더 깊은 차원까지 천착되게 합니다. 마지막으로 경험의 세계 전반에 걸쳐 논의가 이루어진 후에 야훼는 회오리바람 속에서 해답을 줍니다. 그때에 욥은 묵묵히 승복하고 회개합니다. 이로부터 위기 속에서 새 지평을 열게 되는 삶, 새로운 중심축이 생겨납니다. 욥은 겸손하게 회개하는데 절정에 도달합니다. 그러므로 우리는 욥기의 책 전체에 비추어 읽어야 합니다.

## 3. 욥과 친구들의 대화

욥과 친구들의 대화를 살펴보겠습니다. 친구들의 대화에는 고대 지혜문학에 널리 퍼져 있던 상벌에 대한 교리가 있습니다. 이 견해에 의하면 덕행은 번영·건강·장수라는 상을 받고, 반대로 죄는 가난·질병·요절이라는 벌을 받는다는 것입니다. 이러한 교리는 신명기 사가에 의하여 이스라엘 민족사에 적용되었습니다. 세 친구는 이러한 응보의 교리로 삶의 의미를 이해한다고 주장하였습니다.

이 대화는 성경에서 가장 통렬한 구절 중의 하나인 욥의 탄식으로 시작됩니다. 예레미야의 고백들 가운데 하나인(렘 20:14-18) "어찌하여 내가 태에서 나와서 고생과 슬픔을 보며 나의 날을 부끄러움으로 보내는고 하니라"(렘 20:18). 이 구절은 보기 드문 상상력에 가득 찬 말로 쓰라린 실존의 비참함을 표현하고 있습니다. 차라리 죽었으면 하는 욥의 갈망은, 그가 하나님과의 의미 있는 관계로부터 멀어졌을 때 느끼게 된 삶에 관한 허무감에서 나왔습니다. 욥은 자기가 태어난 날에 빛이 영원히 비치지 말고 또 자기를 잉태한 밤이 결코 '광명'을 보지 않았더라면 하고 바랍니다.

엘리바스는 욥 자신에게 잘못이 있다고 하면서 욥을 위로하려고 애씁니다. 처음에 엘리바스는 모든 사람이 죄악 되므로 욥도 하나님께 항변하기보다는 자신의 죄를 겸손히 고백해야 한다고 점잖게 충고합니다. 친구들은 한결같이 잘못이 진정 욥에게 있기 때문에, 치유책도 그의 능력 안에 있다는 것입니다(욥 11:14ff, 22:21 참고). 욥이 완강하게 자신의 죄 없음을 주장하자 친구들은 맹렬하게 욥을 비난합니다. 하나님의 엄위함을 옹호하면서 친구들은 상벌에 관한 정통주의적인 공식에 따라 하나님의 정의를 입증하려고 합니다. 친구들은 필사적으로 정통주의를 고수하며 욥의 위험스러운 말 속에서 자신들의 안전에 위협을 느낍니다. 서구문명의 역사가 풍부하게 보여 주듯이 정통주의는 언제나 이단을 두려워해 왔습니다. 참으로 예언자다운 정신으로 욥기의 저자는 이단의 창조적인 힘을 주장하였습니다. 왜냐하면 신앙은 참으로 신학적인 교의들—'종교'까지도—을 과감하게 깨뜨리고 미지의 세계로 들어가고자 할 때 강렬한 힘을 발휘하였기 때문입니다.

세 친구는 자신들의 정통주의 속에서 지나치게 독선적이었고 삶의 수수께끼에 대한 해답에 자신만만했습니다. 결국 그들은 자신들의 완고함으로 인해 욥에 대해 진정한 동정심을 가질 수 없었습니다.

## 4. 프로메테우스적인 도전

욥은 삶의 진정한 의미를 찾고 있는 자신에게 친구들이 위로가 되지 못하는 "허망한 말"만 하고 있다고 응수합니다. 그들은 욥의 병을 진단한다고 주장하지만 "쓸데없는 의원"일 뿐입니다. 그들의 경건한 조롱에 화가 난 욥은 점점 감정이 격화되어 자신의 죄 없음과 순전함을 주장합니다. 욥은 다른 사람들처럼 자기도 죄를 지었을 수 있다는 것을 인정하지만, 자기는 비교적 의로우며 어쨌든 자기가 받는 벌이 자기 죄에 합당하지 않다고 주장합니다(욥 14:1-6).

그러나 곧 욥의 말은 걷잡을 수 없이 터져 나오게 됩니다. 잘못은 자기가 아니라 하나님에게 있으며, 하나님이 자신의 비참함에 대하여 책임이 있다고 그는 부르짖습니다. 그는 하나님이 심술궂은 원수처럼 등장한다고 고발합니다. 하나님은 유한한 피조물을 돌보는 것이 아니라 변덕스러운 폭군(욥 9:18-19), 야수(16:7, 9), 배반하는 원수(16:12-14)와 같다고 말합니다. 그는 거친 상상력을 발휘하여 자기가 하나님이 파수꾼을 세워 지키고 있는 하나님의 큰 원수, 신화적인 바다의 괴물(티아맛 또는 라합)과 같다고 합니다(7:11-12). 극도로 비참한 처지 가운데서 그는 자기가 하나님으로부터 피할 수만 있다면 자신의 정신적인 고뇌가 끝날 것이기 때문에 침 삼킬 동안만이라도 하나님이 자기를 내버려두기를 바랍니다.

"사람이 무엇이기에 주께서 그를 크게 만드사 그에게 마음을 두시
고 아침마다 권징하시며 순간마다 단련하시나이까 주께서 내게서 눈
을 돌이키지 아니하시며 내가 침을 삼킬 동안도 나를 놓지 아니하시
기를 어느 때까지 하시리이까"(욥 7:17-19).

서문에서 욥은 자신의 엄청난 불행에도 불구하고 "입술로 범죄
치" 않는 매우 온순한 사람입니다. 그러나 친구들과의 대화에서 욥
은 완전히 다른 사람입니다. 욥의 고발들은 너무도 대담한 도전이기
때문에 정통 유대인에게 이단적으로 보였을 것이 틀림없습니다. 예
레미야는 자신의 고백록에서 하나님께 대담한 질문들을 퍼부었습
니다. 그러나 욥은 전능자에게 도전하는데 한 술 더 뜨고 있는 것입
니다. 자신의 순전함을 철석같이 믿고 있는(욥 27:6, 31:36) 그는 실
제로 자기 자신을 하나님에 관한 재판관으로 내세우고 있는 셈입니
다. 그는 어떤 때는 하나님의 속박에서 벗어나기를 바라고, 또 어떤
때는 자신의 무죄함이 입증될 수 있도록 하나님을 만나 대등한 입장
에서 공정한 논쟁을 벌이기를 바라고 있습니다(욥 31:37). 프로메테
우스처럼 욥은 하나님을 의심하고 반역하며 도전을 거는 거인의 모
습입니다.

## 5. 욥의 탄원, 영혼불멸의 신앙

정신적으로 고군분투하고 있는 동안 내내 욥은 하나님의 저 멀리 있음과 감춰져 있음―"얼굴을 가리우시는" 하나님(욥 13:24)―에 의해 고통을 당합니다. 그러나 그는 점차로 뚜렷하게 창조주와 피조물 사이에 확연하게 심연이 가로놓여 있는 것을 보고 인간이 그 심연을 측량해 보려고 애쓰는 것이 어리석은 일임을 알게 됩니다(욥 9:32-33). 하나님의 지혜는 인간의 지혜를 완전히 초월합니다. 하나님은 전적인 타자, 초월자, 절대적인 주권자이기 때문입니다. 이와 대조적으로 인간 존재는 땅에 묶여 있는 피조물이며 인간의 본성을 물들이고 있는 죄의 권능 아래 붙잡혀 있고(욥 4:17-21, 14:4, 15:14-16, 25:4-6), 죽음의 지배 아래 종속되어 있습니다(4:19, 7:6).

욥은 인간 편에서 하나님께로 이르는 길을 찾지 못하지만 어느 날엔가 어떻게든지 화해가 이루어질 것이라고 감히 소망합니다. 그때에는 건널 수 없는 심연에 다리가 놓이고 하나님의 선하심과 권능 사이의 모순이 해결될 것입니다. 여기저기서 그는 중보―자기와 하나님 사이에의 "판결자"(욥 9:33-35) 또는 자기가 죽은 후에라도 자기를 위해 말해 줄 "하늘의 증인"(16:18-21)―에 관하여 말합니다. 이것은 헨델의 〈메시아〉(Messiah)에서 음악으로 된 저 유명한 구절의 의미입니다. 거기에서 욥은 자신의 신원자(Go'el)가 자신의 처지를 대변해 주고 하나님과의 온전한 관계로 회복시켜 줄 것이라고 확언합니다.

"내가 알기에는 나의 대속자가 살아 계시니 마침내 그가 땅 위에 서실 것이라 내 가죽이 벗김을 당한 뒤에도 내가 육체 밖에서 하나님을 보리라 내가 그를 보리니 내 눈으로 그를 보기를 낯선 사람처럼 하지 않을 것이라 내 마음이 초조하구나"(욥 19:25-27).

장공은 그의 논문 〈욥기에 나타난 영혼 불멸관〉에서 다음과 같이 쓰고 있습니다. "하나님은 의로우시다 그리고 내 양심은 결백하다 그런고로 이 현재의 참상에 대하여 무슨 설명이 있어야 할 것이다 하는 것이 그의 속임 없는 심정이었다"고 합니다.

"그가 나를 죽이시리니 내가 희망이 없노라 그러나 그의 앞에서 내 행위를 아뢰리라 경건하지 않은 자는 그 앞에 이르지 못하나니 이것이 나의 구원이 되리라"(욥 13:15-16).

'만일 하나님이 의로우시다면 결백한 사람을 무고하게 매장해 버릴 이유는 없을 것이라'는 것이 욥이 붙잡고 놓지 않는 가장 큰 진리였습니다. 그 신념이 그에게 잠깐이나마 스올에서 부활할 희망도 보게 하였으며(14:13-14), 아벨의 피가 땅을 적셨을 때 하늘에 계신 증인이 이를 변호해 준 이야기를 연상케 하기도 합니다(욥 16:18-19). 심지어 옛 이야기를 싣고 고요히 서 있는 비석에 호소할 생각도 나게 한 것이었습니다(19:23-24).

"대체 의인이 곤고할 까닭이 무엇인가, 무고한 피가 땅을 적실 이유가 어디 있는가" 하는 것이었습니다. 그의 이성은 이것을 판단하기에는 너무나 국한되어 있었습니다. 따라서 그는 하나님과 직접 문의하기를 요구한 것입니다.

> "참으로 나는 전능자에게 말씀하려 하며 하나님과 변론하려 하노라"(욥 13:3).

욥, 그는 하나님과 변론하기만 바라고 있습니다. 이리하여 그의 문의와 간원, 그의 탐구와 기도는 마침내 그를 피스가의 높은 봉 위에까지 인도하였고, 거기서 그의 오랜 간구에 대한 확증의 세계를 전망하게 하였으니 곧 욥기 19장 25-27절에 있는 말씀입니다. 거기에서 그는 (1) 하나님이 반드시 그의 결백한 것을 변호해 주시리라. (2) 그가 틀림없이 그의 눈으로 하나님을 뵈올 것이라 하는 두 가지 위대한 신앙의 세계를 바라보는 것이었습니다.

어느 때 어떻게 이것이 성취될 것인가는 그에게 중요한 문제가 아니었습니다. 여기에서 그가 참으로 나타내려고 한 것은, 그야 살든지 죽든지 '땅 위에서의 하나님의 의'와 '성도에 대한 하나님의 계시'는 반드시 있어야 할 것이며 또 반드시 있을 것이라는 확신이었습니다.

사실 욥은 사후의 영혼불멸에 대하여 똑똑하게 끊어 말하지 못하였습니다. 오히려 전통적인 신앙인으로 음산한 스올을 그는 더 많이 생각하고 있었던 것입니다. 그러나 그의 강렬한 정의감은 이에서 만족을 느끼지 못하였습니다. 영혼불멸의 위대한 신앙은 '하나님의 의'라는 터전에 뿌리를 박고 '욥의 결백한 양심'에 그 작은 싹을 돋게 하였습니다. 마치 작은 상수리나무 열매가 위대한 장래의 가능성을 품고 가시덤불 속에서 그 조그마한 싹을 돋친 것 같이(이상은 장공의 논문 참조).

## 6. 폭풍우 가운데서 만난 야훼

칸트는 '아름다움'과 '숭고함'(Sublime)의 차이를 공식화하고 있습니다. 아름다움은 대상의 형태에 대한 개념으로서 한계가 있고 형용할 수 있습니다. 반면에 숭고함은 형태화할 수 없는 대상에 대한 개념으로서, 형용할 수 없는 것과 관련되어 있습니다. 쉽게 말하여 아름다움이 인간이 조절할 수 있고, 감당할 수 있는 감정에 있다면, 숭고함은 인간이 조절할 수 없고, 감당할 수 없을 정도로 압도하는 감정에 있다고 할 수 있습니다. 루돌프 오토(Rudolf Otto)는 이러한 숭고함의 감정을 《성스러움의 의미》에서 '무섭고 두려우면서도 매혹적인 신비라고 정의하면서, 이것은 신을 만나는 피조물의 근원감정, 누미노제(numinose)의 감정이라고 불렀습니다.

이렇게 볼 때, 폭풍이 몰아치는 가운데 회오리바람을 타고 나타나는 야훼의 신현은 매우 강력한 숭고함의 장면입니다. 욥의 고소를 받고 폭풍과 함께 등장한 야훼는 거꾸로 욥을 향해 질문하는 것으로 자신의 말씀을 시작합니다.

"무지한 말로 생각을 어둡게 하는 자가 누구냐 너는 대장부처럼 허리를 묶고 내가 네게 묻는 것을 대답할지니라"(욥 38:2-3).

여기서 허리를 동인다는 말은 씨름의 은유(metaphor)입니다. 대장부가 씨름을 하듯이 한번 싸워 보자는 것입니다. 그리고 야훼는 길고 긴 두 번의 연설(38-41장)을 질문의 형태로 시작합니다. "내가 땅의 기초를 놓을 때에 네가 어디 있었느냐 네가 깨달아 알았거든 말할지니라"(38:4). 그리고 야훼는 첫 번째 연설에서 땅과 하늘과 바다 등의 우주 창조에 대한 이야기(38:4-21), 눈과 바람과 비와 강과 사계절 등의 기후에 대한 이야기(38:22-38), 그리고 사자와 염소와 말과 독수리와 같은 동물에 대한 이야기(38:39-39:30)를 하고 있습니다. 요점은 야훼가 우주의 창조자이고 관리자이며 전능자인데, 피조물에 불과한 욥이 감히 어떻게 야훼와 대적하려고 하느냐의 말입니다.

"트집 잡는 자가 전능자와 다투겠느냐 하나님을 탓하는 자는 대답할지니라"(40:2).

우주 창조의 숭고함 앞에 선 욥은 루돌프 오토의 표현처럼 '무섭고 두려운 신비'와 '매혹적인 신비' 속에 사로잡힌다고 할 수 있습니다. 따라서 이제껏 당당하게 야훼를 송사하던 욥은 이제 거꾸로 야훼의 숭고함 앞에서 침묵을 지킵니다.

"보소서 나는 비천하오니 무엇이라 주께 대답 하리이까 손으로 내 입을 가릴 뿐입니다"(40:4).

그러나 야훼는 계속해서 욥을 몰아세웁니다. "네가 하나님처럼 능력이 있느냐 하나님처럼 천둥소리를 내겠느냐"(40:9). 야훼의 말은 욥의 질문에 대한 대답이기보다는 욥을 압도하고 전율케 하는 숭고함 그 자체입니다. 야훼는 그 후에 숭고함 그 자체라고 부를 수 있는 베헤못(40:15-24)과 리워야단(41:1-34)에 대한 두 번째 연설을 감행합니다. 베헤못과 리워야단은 신화적 동물입니다. 특히 리워야단은 입에서 횃불이 나오고 불똥이 튀며, 콧구멍에서 펑펑 연기가 쏟아지는(41:19-20) 모습에서 용을 연상시키는 신화적 동물이기에 충분합니다. 베헤못과 리워야단은 우주를 운행시키는 초인격적 원리라고 할 수 있습니다. 야훼는 숭고함의 충격에서 벗어나지 못하는 욥에게 할 말이 있으면 해 보라고 다그칩니다. 그러나 욥은 더 이상 할 말이 없습니다. 그리고 저 유명한 한마디 회개에 대한 말을 남겼습니다.

"무지한 말로 이치를 가리는 자가 누구니이까 나는 깨닫지도 못한 일을 말하였고 스스로 알 수도 없고 헤아리기도 어려운 일을 말하였나이다 내가 귀로 듣기만 하였사오나 이제는 눈으로 주를 뵈옵나이다 그러므로 내가 스스로 거두어들이고 티끌과 재 가운데에서 회개하나이다"(42:3, 4-5).

여기서 욥은 귀로 들은 야훼와 눈으로 본 야훼의 차이점을 말하고 있습니다. 귀로 들은 야훼는 전통과 관습이 전하는 신명기적 인과응보의 신학, 도덕적 질서의 신입니다. 눈으로 본 야훼는 신명기적 인과응보의 신학을 초월하고, 선악이라는 도덕적 질서의 피안에 존재하는 그런 초인격적 신입니다. 욥기의 이 부분의 말씀은 전승으로부터 전해 받은 하나님에 관한 개념에 바탕을 둔 그릇된 관계, "내가 주께 대하여 귀로 듣기만 하였으나"가 인격적인 신뢰와 승복의 관계, "이제는 눈으로 주를 뵈옵나이다"로 바뀌었다고 하는 것입니다.

## 7. 새 지평의 신앙

욥은 이제 자신의 자만의 죄에 대한 고백과 더불어 하나님—전통적인 종교의 하나님이 아니라 "살아 계신 하나님"—과의 관계에 새로운 인식이 생겨났습니다. 위기를 당한 사람은 처음은 전통적인 신앙으로 대응하지만, 시간이 지나면서 새로운 형태의 신앙이 형성됩니다.

새로운 신앙은 새로운 현실과의 만남 혹은 경험을 통해 얻어지는 신앙입니다. 욥은 위기의 경험을 통해 새 지평의 삶을 열게 되는 경지에 이르렀습니다. 영문도 모르는 채 당하는 고난의 현실 앞에서 재형성의 도전을 받았습니다. 욥은 하나님께 항의하면서, 하나님을 의심하면서, 하나님께 살려 달라고 애원하면서, 하나님과의 관계를 새롭게 했고 그의 신앙도 변했습니다. 욥은 하나님을 단지 개인에게 번영을 주시는 하나님이 아니라 온 우주를 지으시고 섭리하시는 하나님이라는 새로운 이해를 갖게 되었습니다.

욥은 고난을 당하면서 위대하신 하나님을 경험했을 뿐만 아니라 자신 안에 내재해 있는 자신의 위대성과 만났을 것입니다. 모든 것을 포기하고 싶을 정도의 절망과 고난을 겪는 동안 욥은 자신 안에서 꿈틀거리는 생명력을 경험했을 것입니다. 그 생명력은 하나님이 주신 욥의 장엄한 모습, 위대한 자아, 거룩한 영혼입니다. 이것은 새 지평을 여는 삶이라 할 수 있습니다.

욥은 죽음의 문턱에서 하나님을 새롭게 만났습니다. 그는 절망하면서 하나님을 의심하고 하나님께 항의하면서, 마치 프로메테우스처럼 하나님을 의심하고 반역하며 도전을 거는 거인의 모습 속에서 이제까지 믿어 온 하나님과는 다른 하나님을 만났습니다. 이스라엘 신앙의 관점에서 인간문제의 가장 중요한 것은, 이스라엘은 고통 속에서 태동되었고 환난 속에서 길러졌습니다. 신앙의 기본적인 문제는 하나님의 은혜에 대한 응답으로 신앙의 결단에 의해 시작된 하나님과의 관계 회복입니다.

욥기는 생명은 고난보다 강하다고 일러 줍니다. 생명은 어떤 고난도 뛰어 넘습니다. 욥의 의심, 항의, 좌절, 분노는 생명의 꿈틀거림입니다. 그것은 생명의 비명소리입니다. 생명이 위협 받을 때 자연스럽게 터져 나오는 소리가 비명소리입니다. 죽음은 비명소리에 놀라 도망치고 맙니다. 이것이 생명의 힘, 즉 생명력이라는 것입니다. 이 생명력은 우리 안에 거하시는 하나님의 숨, 루아흐(ruach)입니다. 욥기는 위기 속에서 새 지평을 여는 오늘의 삶을 가능하게 할 것입니다.

## 참고한 책

1. 버나드 W. 앤더슨. 강성열·노한규 옮김.《구약성서이해》. 크리스챤다이제스트, 2001.
2. "욥기에 나타난 영혼불멸관."《장공 김재준논문선집》. 한신대학교출판부, 2001.
3. 이경재.《욥과 케보이》. 대한기독교서회, 2009.
4. 에리카 슈하르트. 강승희 옮김.《왜 내게 이런 시련이》. 대한기독교서회, 2010.

# 2부

# 십자가 신학과
# 민족의 길

**강림절**

# 은혜를 받은 자여 기뻐하라

누가복음 1:26-38

신약성서의 첫 번째 저자는 사도 바울이었습니다. 바울은 그리스도 체험(Christ experience)을 한 후에 로마인들에게 보낸 편지에서 예수를 "거룩한 영으로는 죽은 사람들 가운데서 부활하심으로써 권능으로 하나님의 아들로 지명했다"(designated)고(롬 1:4) 말합니다. 바울은 하나님이 이 선언을 "권능으로"(in power), 또한 "거룩한 영에 따라"(according to the 'spirit of holiness') 선언했다고 선포했습니다. 바울은 예수가 하나님의 아들로 지명된 것이 "죽은 사람들 가운데서 부활하심으로" 일어났다고 말합니다. 즉 바울에게는 하나님이 예수를 하나님의 아들로 지명한 근거가 십자가 처형 이후의 부활절 체험이었습니다.

바울이 로마서를 쓴 지 10년 내지 15년이 지나, 마가복음이 생겨났습니다. 이것은 예수가 죽은 후 약 40년이 지난 다음에 일어난 일이었습니다. 마가복음 첫머리에 "하나님의 아들 예수 그리스도의 복음의 시작이라"고 말함으로, 마가는 예수가 하나님의 아들이라는 설명을 바울의 입장 즉, "하나님이 예수를 그의 부활 때에 하나님의 아들로 지명했다"는 주장을 받아들였습니다. 마가는 하늘로부터 들려 온 하나님의 음성이 예수에게 "너는 내 사랑하는 아들이라 내가 너를 기뻐하노라"(1:11)고 선언했다고 묘사했습니다. 마가는 "하늘이 갈라짐과 성령이 비둘기 같이", 즉 매우 실제적인 방식으로 내려왔다고 말합니다(1:10). 바울은 예수의 부활 때에 "하나님의 아들"로 지명되었다고 선언했습니다. 헌데, 마가는 하나님의 능력이 예수의 공적인 생애 초기부터 작용한 것을 보여 주고자 했던 것입니다.

마태는 예수가 죽은 후 50년 내지 55년에 복음서를 기록했는데, 예수의 신적인 기원(divine origins)에 관한 선포이야기가 또다시 이동합니다. 즉 마태는 예수의 생애에 관한 이야기를 그의 출생이야기에서부터 기록하기 시작했습니다. 마태도 하나님은 여전히 예수를 하나님의 아들로 선언한 분이었습니다. 이 선언은 요셉의 꿈속에 나타나 하나님의 메시지를 전한 천사들이 선언한 것으로 바뀌었습니다. 마태는 예수의 이런 신적인 본성(divine nature)이 미리 예정된 것으로 예언자 이사야의 말씀의 성취(마 1:22-23; 사 7:14)라고 합니다. 그럼에도 마태에게도 예수의 이런 신적인 지위는 "거룩한 영"으로 말미암고, 천사는 요셉에게 "그 몸에 잉태된 아기는 성령으로 된 것이라"(1:20)고 선언했습니다. 마태복음이 완성되었을 때, 서기 90년에 이르러서는 하나님이 예수를 거룩한 영에 의해 처녀출생이야기로, 하나님의 아들로 선언한 때(마태)인 것으로 바뀌었습니다.

마태 이후 5년 내지 10년이 지나 누가는 마태의 세부적인 사실들을 약간씩 바꾸고 그 이미지들을 좀 더 구체적이고 역사적인 것으로 만들었습니다. 누가복음에 나오는 천사는 가브리엘이라는 이름을 갖고 있습니다(1:26). 천사는 마리아의 아기가 "하나님의 아들이며 가장 높으신 분의 아들"(1:35)이라고 불렀습니다.

요약해 설명을 하면, 원래의 바울의 선언은 세월이 지날수록 "거룩한 영"이 구체화되었습니다. 예수가 하나님의 아들로 지명된 시간은 더욱 앞당겨져 부활한 때로부터 세례 받은 때로, 나중에는 임신된 순간으로 바뀌었습니다. 인생에서 임신된 순간보다 더 앞선 시점은 상상할 수 없었을 것입니다.

예수가 하나님의 정체성을 갖고 있다는 생각은 서기 90년대에는 완전하게 되어, 그가 잉태되거나 출생하기 이전부터 그런 정체성을 가졌다고 선언했습니다. 선재(pre-existence, 예수가 이 세상에 태어나기 전부터 하나님의 아들로 이미 존재했다는 주장)라는 개념을 말하기 시작했습니다. 학자들은 바울이 후대에 쓴 편지들, 예를 들어 빌립보서(2:5-11)와 골로새서(2:9) 등에서 선재를 암시했다고 주장합니다. 선재 개념을 중요한 성서적 초점이 되도록 한 성서 저자는 요한복음의 저자이고, 1세기가 끝나고 2세기가 시작될 무렵이었습니다.

요한복음에는 예수의 신적인 생명이 태초부터 하나님의 존재의 일부였던 로고스(Logos) 즉 하나님의 말씀이 자연 질서 속에 태어났습니다. 그러므로 요한에게는 인류의 모든 역사에서 예수가 하나님의 아들이 아니었던 때는 없었습니다. 요한복음에서 예수는 두 번째의 출생을 체험했습니다. 즉 그는 육체적으로 마리아와 요셉의 아들로 태어났지만, 또한 위로부터 영원한 로고스의 성육신으로도 태어났습니다(1:1-14). 이상은 존 쉘비 스퐁(John Shelby Spong) 감독의 저서 《기독교 변하지 않으면 죽는다》(*Why Christianity Must Change or Die*, 김준우 역)의 '신약성서의 예수를 새롭게 발견하는 일'의 해설을 정리하였습니다. 그는 미국교회의 가장 논쟁적인 문제들뿐 아니라 '머리가 거부하는 것은 결코 가슴이 예배할 수 없다'는 확신으로 철저하게 정직한 신앙을 추구하며 평생의 고뇌를 통해 쓴 21세기 종교개혁 선언문이라고 하는 저서로서 많은 사람에게 영향을 끼치고 있습니다.

우리는 해마다 12월초부터 주의 강림절(Advent)을 4주일간 지키며 다시 오시는 주님을 기다립니다. 강림의 의미는 인류를 구원하시려는 하나님의 경륜 가운데 이 세상에 강림하는 예수를 우리가 어떻게 맞으며 기다리는 것이 하나님의 뜻에 합당한가를 다시 생각하며, 잘못된 것은 참회하고, 고치고, 변하여 아주 새롭게 되자는 것입니다.

성탄절에 그리스도가 다시 오시며 또 다시 오시기를 기원하는 까닭은 이 세상이 그만큼 더 어렵고 험하기에, 그리스도의 화육정신이 우리 각자의 마음에 되살아나고 하늘의 평화와 은총이 이 땅에 임할 수 있기를 간구하는 뜻에서 입니다. 확실히 우리의 마음속에 세상을 사랑하여 오신 예수의 그 화육정신이 역사할 때에 이 슬픔의 세상은 능히 기쁨으로 변할 수 있습니다. 어둠과 비극으로 찬 세상에 다시 오시는 예수의 강림의 의미를 되새기며 어디에서 그 은총을 다시 찾을 수 있을까를 좀 더 상고해 보겠습니다.

사실 2천 년 전 예수가 탄생할 때에도 이스라엘의 팔레스타인은 살기 좋거나 평온한 땅은 아니었습니다. 로마제국의 타락한 정치와 군인들의 난폭함이 있었습니다. 로마는 역사적으로 그 훌륭한 공화정의 법치국가로서의 전통을 상실하고 이제는 황제의 권위와 명령이 헌법을 능가하고 있었던, 즉 정치가 법 위에 있었습니다.

선민이라는 이스라엘의 종교지도자들에게 그 본래의 사랑과 희생, 봉사의 정신은 간 데 없고, 교권주의와 사리사욕과 종교의식의 허위와 위선에 사로잡혀 제사장과 종교인들의 횡포만 난무할 뿐이었습니다. 가난과 핍박에 찌든 백성들은 예수의 표현대로라면 '목자 없는 양떼'같아, 이리저리 방황하며 능력 있는 하나님의 은총만을 기다리며 살았습니다.

예루살렘의 시므온 같은 의롭고 경건하던 사람은 이스라엘이 받을 위로를 기다리며 세상에 강림할 그리스도를 보기 전에는 결코 죽지 않을 것이라는 성령의 지시를 받고 간절히 기다렸습니다. 아셀 지파의 바누엘의 딸 안나 같은 선지자는 결혼 7년을 남편과 살다가 과부가 된 후에 84세가 되기까지 성전을 떠나지 않고, 밤낮으로 금식과 기도로 하나님을 섬기며 메시아를 기다린 것을 보면, 저들의 희망은 오직 주 그리스도, 메시아의 강림임을 알 수 있습니다(눅 2:22-38).

누가복음 1장에 보면 천사 가브리엘이 갈릴리 지방의 나사렛 동네에 보냄을 받고, 다윗 가문의 요셉과 약혼한 마리아에게 나타나 말했습니다. "은혜를 받은 자여 평안할 지어다 주께서 너와 함께 하시도다"(1:28). 마리아는 이 말의 영문을 모르고 몹시 놀라고 있을 때 천사는 "두려워하지 말라 네가 하나님께 은혜를 입었느니라 보라 네가 잉태하여 아들을 낳으리니 그 이름을 예수라 하라"(1:30-31). 정말 너무나 놀랍고 엄청난 일이었습니다. 남자를 알지 못하고 동침 같은 것은 생각지도 못한 어린 소녀에게 '임신했다'는 전갈이기에 놀랍고 기막힌 노릇이었습니다. 지금도 크게 다르지는 않지만 그 당시로선 결혼 전의 임신은 큰 수치였습니다. 약혼 남자는 앞으로 벌어질 일이 또 얼마나 끔찍할까? 마리아로서는 막막한 일이었습니다. 그러나 천사의 말을 깊이 음미하며 명상하던 마리아는 걱정과 불안을 넘어, 하나님의 뜻이 있고 그 은혜가 자기를 통해 역사함을 깨달았기에 마음을 정리할 수가 있었습니다.

자기가 어떠한 수모와 희생을 당할지라도 하나님의 도구가 된다는 것이 얼마나 영광스러운 것인가? 이에 마리아는 찬송을 하나님께 드립니다. "내 영혼이 주를 찬양하며 내 마음이 하나님 내 구주를 기뻐하였음은 그의 여종의 비천함을 돌보셨음이라 보라 이제 후로는 만세에 나를 복이 있다 일컬으리로다"(눅 1:46-48).

마리아는 자신이 하나님의 은혜를 받은 자임을 깨달은 것입니다. 더 이상 걱정하지 아니하고 오히려 기쁨의 찬송을 불렀습니다. 그러합니다. 인간의 진정한 기쁨과 행복은 자기희생과 헌신을 통한 체험에서 얻어집니다. 더욱이 하나님의 영광을 위해서 자신이 사용되고 헌신하게 된 생은 참으로 기쁨이 아닐 수 없습니다. 예수가 십자가를 자청하였을 때에도 그것은 비극이 아니라 기쁨이요 감사였습니다. 인류 구원을 위한 하나님의 경륜을 이루어 드리는 희생이기에 그 기쁨과 감사가 얼마나 크셨을까? 마리아의 고통과 희생이 있었기에 예수 탄생은 가능했고, 예수는 마침내 하나님의 구원의 경륜을 완성할 수 있었습니다.

유대교의 대학자요 희랍 문명을 최고로 습득한 바울이 그 모든 것을 다 포기하고 오직 그리스도만을 따랐기에 초대 그리스도교가 탄생할 수 있었습니다. 세계는, 특별히 한반도는 여전히 어둡고 불안과 전쟁연습으로, 오만으로, 거짓평화로 위장되어 있습니다. 민생의 복지를 들고 떠들썩하지만 개인적인 생이 순조롭지 못하고 방황하는 뭇 심령들의 모습을 보는 현실이기에 우리는 또다시 오시는 구주 메시아를 기다립니다. 마리아가 처음 두려워하며 고민했으나, 자신이 오히려 하나님의 은혜를 받고 그 뜻을 이루어 드리는 도구가 됨을 깨닫고 감사와 찬송을 드릴 수 있었던 변화의 새로운 은혜와 감사의 역사가 오늘 우리들 모두에게 있어지기를 기원합니다.

누가복음 1장 28절 말씀에 주목할 필요가 있습니다. 개역개정판은 "은혜를 받은 자여 평안할 지어다"로 번역되었고, 표준새번역은 "은혜를 입은 사람아 기뻐하여라"로 번역하였습니다. 누구나 온갖 역경이나 슬픔에도 불구하고 '기뻐하고', 험난한 세태에 또다시 대림절을 맞는 우리들도 '그럼에도 불구하고 기뻐하라'고 합니다. 희랍원전의 '카이레'(kaire)는 영어로 hail로 번역되었는데 이는 '환호하며 맞이하다'는 뜻이 있으며 '기뻐하라'는 뜻이 더 강하며, 이 단어는 빌립보서 4장 4절의 '기뻐하라'는 용어와 같은 말입니다. "주 안에서 항상 기뻐하십시오. 내가 다시 말하거니와 기뻐하십시오"(Rejoice in the Lord always; again I will say, Rejoice).

강림절에, 천사의 말을 듣고 마리아가 갖는 시련이 오히려 하나님의 은혜요 하나님의 구원의 경륜을 그녀를 통해 이루어지는 것이기에 기뻐하라는 것입니다. 비록 어려운 처지에 살지라도, 당하는 시련을 바르고 깊게 깨닫고 하늘의 평화, 샬롬을 체험하며 기뻐하라는 것입니다. 그리고 이 기쁨을 전하고 나누며 그 어떤 슬픔의 사람들과도 함께 다 같이 기뻐하라는 메시지입니다.

강림절의 성탄은 기쁨의 날입니다. 예수의 수태를 전하던 천사가 '기뻐하라' 한 것도 성탄 자체가 이토록 기뻐할 날이기 때문입니다. 예수가 제자들에게 그가 세상에 온 이유도 사실은 이런 하늘의 기쁨을 저들에게 주기 위함이라 했습니다. "내가 이것을 너희에게 이름은 내 기쁨이 너희 안에 있어 너희 기쁨을 충만하게 하려 함이라"(요 15:11). 옛날 이스라엘인들이 예배하며 기쁨의 환성을 함께 외친 것도 하나님의 경륜 속에 이런 기쁨이 충만했기 때문이었습니다. "보라 형제가 연합하여 동거함이 어찌 그리 선하고 아름다운고, 헬몬의 이슬이 시온의 산들에 내림 같도다 거기서 여호와께서 복을 명령 하셨나니 곧 영생이로다"(시 133:1, 3). "보라 밤에 여호와의 성전에 서 있는 여호와의 모든 종들아 여호와를 송축하라. 천지를 지으신 여호와께서 시온에서 네게 복을 주실지어다"(시 134:1, 3). 우리도 이 크신 하나님의 은총과 축복을 감사하며 주께 영광을 돌리고 우리 모두 형제자매들이 함께 찬송하며 기뻐합시다.

마리아가 마지막으로 고백한 말은 참으로 감동적입니다. 처녀잉태로 어떤 수모나 시련이 따를지 모르나 그녀는 "주의 여종이오니 말씀대로 내게 이루어지이다"(눅 1:38) 하며 절대순종으로 그 뜻을 따르겠다고 했습니다. 성도의 최대 미덕은 순종입니다. 그것이 하나님의 명령이며, 성서의 요청이든 가정과 교회, 사회적 참여에도 하나님이 내리셨다는 각오가 설 때 믿음으로 순종하는 것은 최대의 미덕이요 유익입니다. 마리아의 절대순종은 하나님의 구원의 뜻을 이루게 하였는데, 아기예수가 탄생하였고, 성탄에서 부활 승천에 이르기까지 모든 역사는 다 이 마리아의 믿음의 순종을 통해서였습니다. 한 사람의 순수한 순종이 인류 구원을 가져오는 계기가 되게 한 것입니다.

(2012. 12. 22)

# 성탄절에 고난의 종의 노래를 되새기자

이사야 52:13-53:12

## 1. 시작의 말

이사야서는 모두 66장의 방대한 예언서입니다. 현대 성서비평학
이 대두되면서부터 이사야서는 크게 세 부분으로 나뉘게 되었습니
다. 예루살렘의 이사야가 활동하던 앗시리아가 지배하던 시대상이
반영된 1-39장(BC 740-700), 제2이사야가 풍미하던, 바벨론에서
페르시아로 전이되던 시대상이 반영된 40-55장(BC 538), 그리고
페르시아가 지배하는 포로후기의 시대상이 반영된 56-66장(BC
520-500)입니다.

이제 우리는 제2이사야의 메시지 가운데 가장 어렵고도 중요한
'고난 받는 종'이라는 신비한 인물에 대해 어떻게 묘사하고 있는가를
보게 됩니다. "그는 열방에게 공의를 나타낼 것이다"(42:1-4), "야훼

께서 나를 태중에서 부르셨다"(49:1-6), "그가 아침마다 나를 깨우치신다"(50:4-9), "그는 슬퍼하며, 애통해 하는 사람이었다"(52:13-53:12). 마지막 시는 그리스도인들에게 가장 잘 알려진 구절입니다. 왜냐하면 그 구절은 예수 그리스도의 고난을 묘사하는 것으로 적절하기 때문입니다. 기독교적인 관점에서 이것이 바로 예언의 가장 깊은 의미이자 예언의 성취라고 할 수 있습니다.

편견과 오만, 광기와 전쟁으로 일그러진 세태 속에서 '고난의 종'의 노래는 그 무엇보다 참 빛으로 평화를 가져다 줄 새 창조의 역사를 이룰 것이라 확신합니다.

## 2. 하나와 다수

'고난의 종'의 노래에서 "나"라는 1인칭 화자는 개인으로 나타납니다. 그리고 이런 느낌은 고통을 겪는 사람이라는 이사야 53장의 구체적이고 개인적인 묘사에서 더욱 강해집니다. 따라서 우리는 한 문제에 봉착합니다. 이스라엘과 종에 관한 묘사가 너무나도 유사하기 때문에 우리는 양자가 동일하다고 여길 수밖에 없습니다. 한편 이스라엘과 종의 차이점 또한 너무나도 분명하기 때문에 도저히 같다고 볼 수 없기도 합니다.

제2이사야는 종을 집단적인 존재로 이해했는가, 혹은 개인적인 존재로 이해했는가? 우리는 한 개인이 이스라엘의 공동체로 승화되고, 반대로 이스라엘의 전 공동체가 하나님과 직접적이고 개인적인 관계를 가지고 있는 한 개인이 되는 것을 볼 수 있습니다. 예를 들어

보면, 아브라함과 사라이고, 그 외의 경우를 살펴보아도 그들은 분명히 개인으로 서술되지만 그들에 관한 많은 본문들은 그들의 생애가 전 공동체를 대표하는 것으로 기술하고 있습니다. 개인과 공동체는 구분되지 않은 채 심리적인 통일성을 가지고 혼합되어 있는 것입니다. 하나님께서 아브라함에게 말씀하실 때 아브라함의 후손인 모든 이스라엘 백성들도 역시 부름을 받는 것이며, 약속에 포함됩니다. 조상들 각각의 삶 가운데서 이스라엘은 민족 전체의 삶이 압축되어서 투영되는 것을 봅니다. 부모는 자녀들에 앞서 사는 사람들이기 때문입니다. 그렇기 때문에 "하나"는 여러 세대를 하나로 묶는 영적인 일치성으로서 "다수"를 포함하는 것입니다.

## 3. 고난을 통한 승리

제2이사야의 시 전체에 흐르는 주제는 이스라엘의 고난을 통한 승리에 대한 찬양입니다. 제2이사야는 이스라엘이 고난을 통하여 많이 성숙되었음을 단언합니다. 이것은 이스라엘의 부름 중에서 가장 신비로운 사건입니다. 이 신비는 고레스와 다른 위대한 나라와는 달리 실패를 통한 승리의 길을 가는 종의 모습에서 설명됩니다.

놀라운 사실은 제2이사야는 종을 이스라엘의 계약공동체와 동일시하고 있다는 것입니다. 그는 하나님께서 그들에게 더 큰 임무를 맡기기 위하여 그들을 고난의 용광로(사 48:18-25) 속에서 단련시키고 계시다고 보면서, 나라가 멸망하면서 자기와 자기 민족에게 닥친 벅찬 고난의 의미를 간파하였습니다. 마치 철이 불꽃에 의하여 단련되고 망치질로 날카롭게 되는 것처럼 하나님께서도 역사에 대하여 갖고 계신 의도를 더 잘 수행하기 위한 도구가 되도록 그의 백성들을 고통으로 재창조하시는 것입니다.

"상한 갈대를 꺾지 아니하며 꺼져가는 등불을 끄지 아니하고 진실로 정의를 시행할 것이며"(사 42:3), 하나님은 '고난의 종'을 통하여 정의를 실현하는 일을 계속할 것입니다. 마치 학교에 다니는 학생들이 어렵게 훈련을 받는 것처럼, 하나님과 맺고 있는 친밀한 관계는 그가 고난을 순종하며 받아들일 수 있도록 해 줍니다. 그는 채찍으로 맞고, 수염이 뽑히는 모욕을 당하며, 사람들이 그에게 침을 뱉는 고난을 당합니다(사 50:4-9). 그의 모든 고난 가운데 그는 하나님께서 자기를 고난의 길(via dolorosa)을 걷도록 선택하셨다는 사실과 그것의 끝에는 보상과 영광이 있을 것을 압니다. 하나님께서 하나님 나라를 세우시는 것은 이 종의 고난을 통한 것입니다. 열방들은 이스라엘과 함께 전령이 외치는 "네 하나님이 통치하신다 하는 자의 산을 넘는 발이 어찌 그리 아름다운가"(사 52:7)라는 기쁜 소식을 듣게 될 것입니다.

네 번째 시는 "고난 받는 사람"을 묘사하고 있습니다(사 52:13-53:12). 이스라엘과 기독교 사상에 이 시가 끼친 엄청나고 극적인 영향을 고려해 볼 때, 이 시에서 하나님께서는 그 종이 고난을 통하여 존귀하게 되리라고 말씀하십니다.

## 4. 고난의 종의 노래는 예수 이야기로 읽어야 합니다

신약성서와 교회사에서 그리스도인들은 예수님의 사명을 제2이사야의 고난의 종의 시에 비추어 이해했습니다. 그리스도인들은 종의 소명이 예수님에게서 실현되었다고 믿었습니다. 예수님은 진정한 이스라엘인이었습니다. 이스라엘인들이 한 사람으로 축소된 것입니다. 그의 대속적인 희생으로 말미암아 새로운 이스라엘인들이 그의 주변에 모이게 되었습니다. 그리고 하나님 나라의 문이 모든 나라들에 활짝 열렸습니다. 이스라엘의 역사는 예수님에게 초점이 맞춰진 것이며, 그분 안에서 성취된 것입니다.

기독교 전통에 따르면, 예수께서 나사렛에서 이사야서 두루마리를 읽고 "오늘 너희들이 들었던 이 말씀이 이루었다"고 선포하시면서 자기의 사역을 시작하셨습니다(눅 4:16). 이 구절은 이사야 61장이 시작되는 부분인데, 예수 당시에는 이것을 종의 시로 이해하고 있었을 것이라고 믿고 있습니다(버나드 W. 엔더슨, 《구약성서이해》 참조).

예수님은 종으로 오셨습니다. 섬기기 위해 오셨습니다. 높아지기 위해서 오신 것이 아니라 낮아지기 위해서, 높은 곳을 찾지 않고 낮은 곳을 찾아 오셨습니다. 고난 받는 종이 되기 위해 이 땅에 오셨습니다.

이스라엘 신앙에서 고난이란 원래 죄에 대한 형벌이었습니다. 지키지 못한 언약 때문에 당하는 심판이 고난과 시련이라고 오랫동안 생각하였습니다. 그러나 그것만을 전부라고 생각한다면, 이런 믿음은 편견입니다. "종의 노래"는 성숙해지기 위해 받는 고난이 있다고 가르칩니다. 바벨론의 이사야가 부르는 노래에서 고난은 더 이상 지키지 못한 언약 때문에 받는 형벌이 아닙니다. 종이 당하는 고난은 이제부터 다른 사람을 위해 대신 받는 대속적인 시련입니다.

"그가 찔림은 우리의 허물 때문이요 그가 상함은 우리의 죄악 때문이라 그가 징계를 받음으로 우리는 평화를 누리고 그가 채찍에 맞음으로 우리는 나음을 받았도다 우리는 다 양 같아서 그릇 행하여 각기 제 길로 갔거늘 여호와께서는 우리 모두의 죄악을 그에게 담당시키셨도다"(사 53:5-6).

그가 찔림으로 우리 허물이 없어졌습니다! 그가 징계를 받음으로 우리가 평화를 누리게 되었습니다! 그가 매를 맞음으로 우리 죄가 용서받았습니다! 그는 마치 도살장으로 끌려가는 어린양(사 53:7) 같지만, 그 때문에 우리가 평안과 구원과 건강을 얻었습니다. 예수께서는 "인자가 온 것은 섬김을 받으려 함이 아니라 도리어 섬기려 하고 자기 목숨을 많은 사람의 대속물로 주려 함이니라"(막 10:45)고 말씀하셨습니다.

종의 사역은 섬김이고, 이스라엘 신앙에서 섬김은 전적으로 제사장의 몫입니다. 예수님은 예루살렘 성전에서 장사하는 무리들을 호되게 꾸짖으셨습니다(막 11:15-17). 성전은 장사하는 곳이 아니라 기도하는 집이라고 가르치셨습니다. 예수님의 이 성전관은 구약의 용어로 설명하면 솔로몬 시대의 성전이 아닌, 포로시대 이후 이사야와 에스겔과 스가랴가 소망하던 성전입니다. 국가의 모든 재산을 성전 창고에 보관하던 식의 성전이 아니라, 성전의 은총이 성전 밖으로 흘러나가 흐르면서 그 주변에 있던 온갖 것을 모두 살려내는 예언자의 환상이 예수님의 성전관에 꿈틀거리고 있습니다.

오늘날 우리는 한국교회에 물어봐야 합니다. 우리 한국교회가 예배당을 성전이라고 부를 때 과연 교회가 있음으로 그 지역사회가 살아나고, 그 주민이 살아나고, 우리 사회가 활성화되며, 우리 경제가 살아나게 되는 것입니까? 우리는 오늘도 여전히 역사적으로 무너져 버리고 만 예루살렘 성전의 폐해를 반복하고 있는 것은 아닌지요? 한국교회여, 먼저 종이 되어야 합니다. 종으로 섬겨야 합니다. 높아지려고 서둘지 말 것입니다. 귀하고 부자가 되고자 몸부림치지 말 것입니다. 허물고 다시 짓고자 애태우지 말 것입니다. 종이 되지 못했음을 종으로 섬기지 못했음을, 종으로 섬기지 못함을, 섬기기 위해 교회의 재정을 몽땅 비우지 못했음을 안타까워해야 하고 회개해야 합니다.

## 5. 예수님은 예언자로 오셨습니다

예수님은 예언자로 하나님 나라를 가르치는 교사로 이 땅에 오셨습니다. 땅에 살던 사람들에게 하나님의 뜻을 그 가슴에 품도록 이끄는 목자로 이 땅에 오셨습니다. 예수님의 갈릴리 사역은 제2이사야가 외친 '고난의 종'이 어떤 분인지를 알려줍니다. "내가 붙드는 나의 종, 내 마음에 기뻐하는 자 곧 내가 택한 사람을 보라 내가 나의 영을 그에게 주었은즉 그가 이방에 정의를 베풀리라"(사 42:1).

이 종이 누구입니까? "고난의 종"의 노래에 담긴 종의 역할은 단순한 섬김이 아니라, 공의와 진리를 베푸는 자입니다. 바로 예언자입니다. 하나님의 편에 서서 백성들을 향해 진리를 가르치는 자입니다. "종의 노래"가 예언서에 수록되어 있다는 것을 잊지 말아야 합니다. "고난의 종"의 노래를 예수님의 이야기로 읽을 때에 예수님의 예언자 이미지는 가장 잘 드러납니다. 그래서 베드로는 설교 중에 예수를 모세 같은 예언자라고 설명하였습니다(행 3:21-23, 신 18:15). 엠마오로 내려가는 제자들에게 예수님이 직접 "그리스도가 마땅히 고난을 겪고서야 자기 영광에 들어간다"고 설명하는 모습이야말로 예언자적입니다(눅 24:19-27). 예수님은 모세, 사무엘, 엘리야로 이어지는 예언자직을 고스란히 계승하였습니다.

예언자의 정신적 뿌리는 모세입니다. 예수님의 갈릴리 사역에서는 모세의 희망이 드러납니다. 이것은 성전과 왕권에 관한 믿음이 예루살렘의 예수를 설명하는 것과 대조됩니다. 신약은 구약의 이스라엘 신앙을 개혁적으로 계승하고 있습니다. 갈릴리에서 귀신을 쫓아내고 악을 물리치는 예수님의 사역은 모세이야기에서 본 "하나님의 용사"(출 15:1-18)를 떠올리기에 충분합니다. 예수님은 하나님의 용사로 이 땅 위에 군림하는 악과 맞서 싸우고 있습니다. 하지만 하나님의 용사인 예수님은 결코 하나님의 백성만을 위해서 싸우지 않습니다. 그는 이방인, 가난한 자, 과부와 그 밖의 천한 자들을 위하여 싸우고 있습니다!

예언자는 불의에 맞서는 자입니다. 바른 것을 위해 목소리를 높이는 자입니다. 이방인과 가난한 자를 위해 이 땅에서 하나님의 용사로 나서는 자입니다. 오늘의 교회들은 이 예언자 예수님을 다시 배우고 본으로 삼아 살아야 합니다. 가난한 자를 하나님의 사람으로, 천한 자를 하나님의 백성으로 살리기 위해 하나님의 용사로 악과 죄에 맞서는 예수님의 사역을 오늘 우리 교회는 다시 실현해야 합니다. 내 교회라는 울타리를 쳐 놓고 그 안에서만 하나님의 일을 하는 배타주의적 목회를 지양해야 합니다.

예언자는 하나님의 이름으로 하나님의 말씀을 사람 앞에서 외치는 자입니다. 예언자가 외치는 소리는 진리이고 정의이며 공의입니다.

## 6. 예수님은 왕으로 오셨습니다

마리아에게 건넨 천사의 말이 그것을 소상하게 드러내고 있습니다(눅 1:32). 예수는 메시아이며 하나님의 아들입니다. 크리스마스 절기에 가장 많이 듣는 기독론적인 가르침이 다름 아닌 왕으로 오신 예수님입니다. "이는 한 아기가 우리에게 났고 한 아들을 우리에게 주신바 되었는데 그의 어깨에는 정사를 메었고 그의 이름은 기묘자라, 모사라, 전능하신 하나님이라, 영존하시는 아버지라, 평강의 왕이라 할 것임이라"(사 9:6).

예수님은 공평과 정의로 하나님 나라를 세우기 위해 이 땅에 오셨습니다. 구약의 이스라엘이 종내 이루지 못한 하나님 나라를 이 땅에 구현하기 위해서 왕으로 오셨습니다. 구약에서 왕은 신적인 존재가 아닙니다. 나중에 가서야 메시아의 우주적 지위가 거론되면서 그는 하나님의 천지창조에 동역한 자라거나 그 안에는 온갖 충만한 신성이 몸이 되어 머물고 계신다는 고백이 덧붙여졌습니다(잠 8:22-31, 요 1:1-14, 골 1:15-17).

왕은 공의로 세상을 섬기는 사람입니다(시 45:6). 바벨론의 이사야가 "네가 내 종이 되어서, 야곱의 지파들을 일으키고 이스라엘 가운데 살아남은 자들을 돌아오게 하는 것은, 네게 오히려 가벼운 일이다. 땅 끝까지 나의 구원이 미치게 하려고, 내가 너를 '뭇 민족의 빛'으로 삼았다"(사 49:5-6)고 노래하는 것은 이 때문입니다. 구약은 본래 이런 왕을 하나님의 양자로 간주하였습니다. 다윗에게 주신 하나님의 약속이나 이른바 제왕시 안에 그런 생각이 간직되어 있습니다. 왕으로 기름부음 받는 자는 그날 하나님의 아들로 선포됩니다 (삼하 7:14, 시 2:7). 권능의 지팡이를 손에 쥐고 원수를 다스릴 것입니다.

베드로가 가이사랴 빌립보에서 한 고백은 예수를 그리스도로 하나님의 아들로 선언하고 있습니다(마 16:16). 빌립은 에티오피아에서 온 내시에게 고난 받는 종을 예수에 관한 기쁜 소식으로 풀이해 주었습니다(행 8:26-39). 신약은 고난 받는 종의 소명이 예수에게서 실현되었다고 봅니다. 기독교 신앙은 고난 받는 종을 메시아, 그리스도로 고백합니다. 예수는 진정한 이스라엘입니다. 이스라엘 전체가 한 사람으로 축소되었습니다. 그의 대속적인 희생으로써 하나님 나라의 문이 온 세상, 모든 사람에게 활짝 열렸습니다. 예수가 나사렛의 회당에서 읽고 "오늘 이 말씀이 이루어졌다"(눅 4:16)고 선언한 말씀도 "고난의 종"의 노래의 연장선에서 파악해야 합니다.

교회는 이 예수를 온 세상에 전해야 합니다. "기쁜 소식을 전하고, 상한 마음을 싸매어 주며, 포로에게 자유를 선포하는" 예수님을 전해야 합니다. 아니, 그 예수의 선언을 오늘날 우리 교회의 사역으로 "이루어지게"(!) 해야 합니다. 하나님 나라를 세우기 위해 왕으로 오셨지만, 결코 백성들 위에 군림하는 제왕이 아닌 평화의 예수님을 기억하고 본받고 따르고 전하며 살아야 합니다. 그는 겸손해서 나귀를 탔으며 세상의 왕들과 같지 않은 차림새를 하고 있습니다. 그는 결코 특정 민족, 특정 백성만을 다스리는 왕이 아닙니다.

교회의 궁극적 과제가 무엇입니까? 크든 작든, 많이 모이든 적게 모이든, 파송 받은 그 자리에서 이 땅에 하나님 나라를 세우는 일에 적극 나서야 합니다. 온 교회가 하나 되어 하나님 나라를 이 땅에 세워야 합니다.

## 7. 최초의 성탄찬송을 되새깁니다

초기 기독교에는 성탄절이 없었고, 사도들은 예수님의 십자가와 부활을 강조하였으며, 탄생에 대해서는 큰 관심을 갖지 않았습니다. 고대 로마사에 의하면, 274년 아우렐리아누스(Aurelianus) 황제 때부터 태양을 최고신으로 공경하여 태양신전을 건립하고 12월 25일을 축제일로 지정했는데, 이 축제일이 성탄절에 지대한 영향을 끼쳤다고 합니다. 전에는 동방교회는 주현절인 1월 6일을, 서방교회는 12월 25일을 성탄절로 지켰습니다. 그러다가 동·서방교회가 379

년 12월 25일에 콘스탄티노플에서 12월 25일을 전 교회의 성탄절, 예수 탄생일로 제정하였습니다. 12월 25일은 절기상 동지와 가까운 날로서 로마에서는 농신제가 열렸습니다. 우리나라는 선교사들이 들어온 1885년 이후부터 성탄절을 지켰습니다.

누가복음 1-2장에는 유명한 찬송 세 곡이 있는데, 마리아의 찬가와 사가랴의 노래, 그리고 시몬의 찬가가 있습니다. 세 곡 모두 예수의 탄생과 관련한 찬송입니다. 마그니피카트(Magnificat)는 라틴어 성경인 《불가타》(*Vulgate*)의 누가복음 1장 46절에서 마리아가 "주를 찬양했다"(Magnificat)는 문구에서 따 온 것입니다. 이 찬송은 하나님은 '구원의 하나님'입니다. 그분은 인간을 보살피고 구원하기 위하여 인간에게로 향하는 분입니다. 또한 하나님의 사회적 변혁에 대한 관심이 강조되고 있습니다.

마리아는 예수가 이 땅에 오시는 것은 자기를 높이는 교만한 자들을 흩으시고, 자기가 세상의 주인이라고 주장하는 권세 있는 자를 내리치시고, 폭력으로 아름다운 영혼과 거룩한 하나님의 형상을 훼손당한 비천한 사람을 높이시고, 욕심이 많아 독점하는 사람들 때문에 먹을 것이 없어서 굶주리는 사람을 좋은 것으로 배부르게 하기 위해서 오신다고 노래합니다.

시므온은 예루살렘에서 사는 의롭고 경건하며 이스라엘의 위로를 기다리는 사람이었습니다. 히브리 전통에서는 위로자와 메시아를 같은 말로 사용하였습니다. 시므온은 메시아, 그리스도를 기다리는 사람이었습니다. 그에게 성령이 임하였고, 성령의 역사가 나타나기 시작했습니다. 시므온은 성전에서 그리스도를 만났습니다. 장자

속전의식을 위해서 마리아와 요셉이 아기 예수를 주께 드리려고 예루살렘에 왔는데, 시므온이 아기 예수를 팔에 안고 찬송을 불렀습니다. 그 찬송이 바로 "시므온의 찬가"이며, "눈크 디미띠스"(Nunc dimittis), "이제는 떠나가게 하소서"라는 뜻입니다. 구원자이신 예수를 보았으니 이제 죽어도 여한이 없다는 것입니다. 이 찬송은 4세기부터 기독교 경배에서 밤 기도 때 사용해 왔으며 저녁기도로 사용되기도 하였습니다. 누가복음 2장 29-32절에 "주재여 이제는 말씀하신 대로 종을 평안히 놓아주시는도다 내 눈이 주의 구원을 보았사오니 이는 만민 앞에 예비하신 것이요 이방을 비추는 빛이요 주의 백성 이스라엘의 영광이니이다."

그리스도를 만나면 구원이 보입니다. 폭력으로 훼손된 영혼이 회복되고, 하나님의 형상이 회복되는 구원이 보입니다. 이 어두운 세상에 성탄절에 고난의 종의 노래가 울려 퍼지는 곳곳마다 위로와 평화가 가득하기를 비옵니다.

(2013. 12.)

# 부끄러움이 없는 사람

디모데후서 1:7-14

디모데후서는 대체로 젊은 동역자요 보조자인 디모데에게 주는 사사로운 조언으로 구성되어 있습니다(행 16:1). 주된 주제는 인내입니다. 디모데는 모든 고난과 반대에 직면하여도, 예수 그리스도를 충실하게 계속 증언하고 복음과 구약성서의 참된 가르침을 견지하고(3:15 설명), 교사와 전도자로서 의무를 다하라는 권고와 격려를 받습니다. 디모데는 특별히 "망령되고 헛된 말"에 휩쓸리게 되는 위험에 대한 경고를 받습니다(2:16). 끝으로 그는 바울의 삶과 목적의 모범, 즉 그의 믿음, 오래 참음, 사랑, 박해에서 오는 고난을 상기하라는 충고를 받습니다.

본문에서는 사도 바울이 믿음의 아들 디모데가 부끄러워하는 모습이 바울의 편지를 통해 나타나고 있습니다. 디모데는 착하고 신실한 사람으로 충성된 일꾼입니다. 그런데 그의 어머니와 외조모 사이에서 사랑을 받으며 자란 탓인지 성격이 나약하고 용기가 부족했습니다. 그래서 지도력이나 담력이 약하여 당연히 고난 받아야 할 시간에 고난 받지 못하고 이리저리 기피하여 비굴하게 굴었던 적이 있었던 것 같습니다. 그래서 믿음의 아버지인 바울이 지금 디모데에게 편지를 쓴 것이 본문의 내용입니다.

"주를 위하여 갇힌 자 된 나를 부끄러워하지 말고 오직 하나님의 능력을 따라 복음과 함께 고난을 받으라"(딤후 1:8). 디모데는 바울이 번번이 감옥에 들어가고 매를 맞으며 고생하는 것을 알고 있었습니다. 여기에 비해 디모데 자신은 너무 안일하게 지냈고 조그마한 고난과 수고도 피하려고 했으므로, 이제 하나님의 큰 역사가 이루어지는 일에 소외된 자기를 생각하니 부끄럽기 그지없었습니다. 바울은 몹시 부끄러워하는 디모데를 편지로써 위로하고 있는 것입니다.

인간에게는 거룩한 수치감이 있어야 합니다. 군자의 덕 중에 하나가 수오지심(羞惡之心)입니다. 악을 부끄러워할 줄 아는 마음, 즉 잘못된 일에 대해서는 부끄러워할 줄 아는 마음이 군자의 마음이라는 것입니다. 잘못되었으면 부끄러워하고, 또한 하나님의 심판을 두려워하며 회개할 줄 아는 자는 그리스도인입니다.

문제는 무엇을 부끄러워하느냐가 중요합니다. 가난은 부끄러워할 일이 아닙니다. 다만 게으른 것이 부끄러움입니다. 물론 부자도 부끄러워할 것이 아닙니다. 문제는 얼마나 이기적이었느냐 하는 것이 부끄러움입니다. 부 자체나 진실한 가난은 결코 부끄러워할 일이 아닙니다. 정직한 평민은 자랑스럽습니다. 때로 문벌이나 학벌이 좋지 못하다고 부끄럽게 생각합니다. 학벌의 부족함이 부끄러운 것이 아니라 진실하지 못하고 비굴한 것이 부끄러움입니다. 때로는 용모가 초췌하다고 부끄러워합니다. 그것은 부끄러운 것이 아니고 다만 마음이 더러운 것이 부끄러움입니다. 체구가 왜소하다고 부끄러운 것이 아닙니다. 마음이 작은 것이 부끄러움입니다. 우리는 무엇을 부끄러워하며 무엇을 자랑하고 있습니까? 부정한 출세, 부정한 재물이 부끄러운 것임을 알아야 합니다. 또한 격에 맞지 않는 칭찬을 들을 때에 부끄러워할 줄 알아야 합니다. 그리고 비굴함과 불신과 불충성과 게으름에 부끄러워할 줄 알아야 합니다. 어린아이들의 맑은 눈동자를 들여다보면서 부끄러움이 없는 아버지와 어머니는 복된 사람입니다. 아이들의 깨끗한 음성을 들으면서 한 점의 부끄러움이 없는 어른들은 훌륭한 어른입니다.

우리는 지난해 동안 무엇을 자랑으로 여겨 왔고 무엇을 부끄럽게 여기며 살아 왔습니까? 한 해를 마무리하는 시점에서 어떤 부끄러움과 자랑을 가지고 있는지 생각해 봐야 합니다. 당연히 해야 할 일을 하지 못하고 당연히 되어야 할 존재로 되지 못했을 때에 부끄러움을 가지게 됩니다. 마땅히 해야 할 일을 어이없게도 하지 못했을 때에 부끄러운 것은 당연합니다.

예수의 수제자 베드로는 예수께서 고통당하시는 가장 어려운 시간에 세 번씩이나 주님을 모른다고 부인했으며 그리고 십자가에 돌아가실 때에 도망했습니다. 당시의 상황을 깊이 생각해 보면, 예수의 십자가를 구레네 시몬이 대신 지고 간 사실에 대해 제자들에게 유감이 많을 수 있습니다. 베드로를 위시하여 열두 제자는 다 어딜 가고 전혀 알지도 못하는 구레네 시몬이 십자가를 져야 합니까? 아마도 뒤늦게 깨달은 베드로가 가슴을 치며 부끄러워했을 겁니다. 성경에는 상세히 기록돼 있지 않지만 베드로가 부활하신 예수를 만나고도 갈릴리로 되돌아가서 어부 생활을 시작하려 한 것은 분명히 너무 부끄러웠기 때문이었을 것이라고 짐작을 합니다. 지난날을 돌이켜 볼 때, 어찌 더 이상 예수의 제자로 나설 수 있겠습니까? 그러나 베드로가 이렇게 부끄러움과 후회를 가지고 있을 때에 주님은 친히 그를 찾아가시어 "네가 나를 사랑하느냐?"고 묻습니다.

동양의 공자를 소크라테스, 맹자를 플라톤, 순자를 아리스토텔레스에 비교합니다. 공자는 자연을 초월적으로 생각한 사람이었고, 맹자는 자연을 내재적으로 생각한 사람이었고, 순자는 자연을 외재적으로 생각한 때문입니다. 공자는 자연을 종교적으로 보고, 맹자는 자연을 철학적으로 보고, 순자는 자연을 과학적으로 보았습니다.

순자의 《천론》의 첫 부분을 인용해 보면, "하늘의 운행에 대하여 좋은 정치를 가지고 응하면 길하고, 문란한 정치를 가지고 응하면 흉한다. 생산에 힘을 쓰고 소비를 절약하면 하늘도 사람을 가난하게 할 수 없다. 먹고 입는 것이 넉넉하고 적당한 운동을 취하면 하늘도 사람을 병나게 할 수 없다. 올바른 길을 따라 어긋남이 없으면 하늘도 사람을 해칠 수 없다. 그렇기 때문에 생산에 힘을 쓰기만 하면 수해와 한재도 그 사람을 굶길 수가 없고, 운동과 의식이 적당하면 더위와 추위도 사람을 병들게 할 수가 없고, 도를 따라 살기만 하면 요이도 사람을 불행하게 할 수가 없다"고 말하고 있습니다.

순자는 아리스토텔레스처럼 인간을 무생물, 식물, 동물 위에 놓습니다. 순자의 〈황제편〉에 이런 말이 있습니다. "물과 불에는 기는 있지만 생명은 없다. 풀과 나무에는 생명은 있지만 지각은 없다. 새와 짐승에는 지각은 있지만 예의는 없다. 사람에게는 기가 있고, 생명이 있고, 지각이 있고, 예의가 있다. 그렇기 때문에 천하에서 가장 존귀한 것이 사람이라"고 말합니다.

공자는 인을 주장하고, 맹자는 의를 주장했지만, 순자는 예를 주장했습니다. 그만큼 시대가 달라진 것입니다. 사랑의 시대도 지나가고 정의의 시대도 지나갔습니다. 이제 온 시대는 습속을 가지고 절제하여야 하는 예절의 시대가 왔다고 생각했기 때문입니다. 순자는 예를 굉장히 중요하게 생각합니다. 예는 정치의 극치요, 나라를 강하게 하는 근본이요, 권위가 행해지는 방도요, 공명을 일으키는 근본입니다. 왕이 여기에 의지하면 천하를 얻을 수 있고, 여기에 의지하지 않으면 나라를 잃고 맙니다. 예란 한마디로 사회의식입니다. 이웃을 내 몸처럼 사랑할 수 있는 사회의식이 예라는 것입니다. 그리하여 온 천하가 평화롭게 살 수 있어야 합니다. 순자는 유교적 군주라야 천하를 통치할 수 있고, 예를 질서원리로 하는 나라만이 미래에 이룩될 통일국가의 올바른 모습이라고 생각했습니다. 새 대통령을 뽑고 새로이 출범하는 이 나라에 고전을 교훈으로 삼았으면 합니다.

예수는 제자들이 하늘의 색깔을 보며 자연의 일기 변화는 잘 알아보면서 시대의 징조는 제대로 알아보지 못한다고 안타까워한 적이 있습니다(마 16:2-3). 오늘의 그리스도인들은 21세기, 이 시대의 징조를 깨달아야 합니다. 지금 지배제도들은 세계 도처에서 근본적도전을 받고 있습니다. 자본주의 시장의 무한한 탐욕에 대해 세계인들은 두려움과 불신을 거침없이 나타내고 있습니다. 월가(Wall Street)를 점령하려는 움직임이 전 세계로 번지고 있었던 일을 기억합니다.

이른바 적하효과이론(trickling down effect theory, 정부투자 따위를 대기업 성장에 기울이면 간접적으로 중소기업과 소비자에게 침투되어 경제효과가 커진다는 경제이론)은 허울일 뿐 실제로 경제적 양극화는 악화되기에 시장경제의 정당성 또한 더 거센 도전을 받고 있으며 또 받게 될 것입니다. 시장의 탐욕은 커져만 가는데 이 시장을 제대로 공정하게 관리해 내지 못하는 국가의 초라한 모습을 보고 국민은 국가의 공익성과 공공성에 대해서 회의하고 있습니다. 여기에 더하여 대의정치를 표방하는 의회민주주의와 정당정치에 대해서도 시민들은 신랄한 비판을 서슴지 않습니다.

특히 2012년은 세계적으로나 우리나라에서나 권력기구의 책임자들이 교체되는 해로 기억될 것입니다. 시장, 국가, 정당, 의회 모두가 정당성의 위기 속에 빠져 허우적거리고 있는 터에 정치 지도력이 폭넓게 교체되는 정말 카이로스의 때를 보내고 있습니다. 이러한 변화의 상황에서 우리 그리스도인들은 하나님 나라의 복음의 메시지를 어떻게 전하여야 할지 진지하게 생각해야 할 것입니다.

다시 성서본문 말씀으로 돌아가 결론을 찾겠습니다. 디모데는 희생해야 할 시기에 희생을 치르지 못했고, 하나님의 큰 역사가 이루어지는 동안에 뒷전에서 구경만 했으니 무슨 할 말이 있겠습니까? 특히 그는 믿음의 아버지 바울을 생각하면 부끄러워 견딜 수가 없었습니다. 이때 바울은 부끄러움을 극복할 수 있는 세 가지의 지혜를 주며 디모데를 위로하고 있습니다.

첫째, 은혜에 속한 사람으로서 은혜로 해결하라고 권면합니다. "하나님이 우리를 구원하사 거룩하신 소명으로 부르심은 우리의 행위대로 하심이 아니요 오직 자기의 뜻과 영원 전부터 대로이니 다시 십자가를 쳐다보고 과거도 현재도 미래도 오직 은혜와 긍휼로 되어짐을 알라는 그리스도 예수 안에 있는 은혜대로 하심이라"(9절)고 말씀합니다. 행위대로가 아니라 은혜인 것입니다. 그래서 은혜 안에 있는 자신을 새롭게 발견하여 부끄러움으로부터 벗어나라는 것입니다. 언제 우리가 나의 선행과 나의 의로 살았던 적이 있습니까? 오직 은혜만이 부끄러움을 해결해 줄 수 있습니다.

둘째는 미래가 있다는 것입니다. 얼마든지 고난의 기회가 다시 있으니 복음과 함께 고난을 받을 준비를 하라는 것입니다. 지난날에 부끄러웠으면 이제는 영광을 찾아야 하고, 지난날에 게을러서 부끄러웠으면 이제는 부지런하고, 지난날에 기피해서 부끄러웠으면 이제는 담대하게 선두에 서고, 지난날에 소극적인 태도 때문에 부끄러웠으면 이제는 적극적으로 나서고, 지난날에 안 된다는 것 때문에 비굴했으면 이제는 긍정적으로 창조적인 생을 살고, 지난날에 조그마한 고난과 어려움과 비방으로 뒷전에 물러서서 비굴해졌다면 이제는 복음과 함께 고난을 받으라는 것입니다.

셋째, 여기에는 기능적인 중요한 의미가 있음을 알라는 것입니다. 지난날의 부끄러움이 정말로 사실이라면 딛고 일어서서 절망에서 소망으로 새로운 용기를 얻을 뿐만 아니라 자신에게 속한 고난이 따로 있음을 알라는 것입니다. 사도 바울은 네로 황제 치하에 로마 감옥에서 순교했습니다. 그러면 네로 황제 치하 로마 감옥에서 죽어야만 순교입니까? 물론 그렇지 않습니다. 오늘도 불의와 부정과 죄와 더불어 싸우며 죽어 가면 거기에 순교가 있고, 한국에서 순교해도 순교입니다. 내가 처한 어느 곳이든지 순교적으로 살면 거기에 순교가 있은 것입니다. 누군가가 알아주고 순교비를 세워야만 순교가 아니라, 주님을 생각하고 십자가를 바라보며 그와 함께 고난당하는 마음으로 고난과 핍박을 참고 견디는 거기에 순교가 있습니다. 바울은 로마 감옥에 있는 나를 부끄러워 말라. 네가 있는 목회 현장에도 고난은 있느니라. 그리고 네가 로마 감옥에 들어오지 않았다고 부끄러워할 것 없다. 네 몫에 대한 십자가를 네가 지고 가면 바로 그것이 순교의 현장이니 복음과 함께 고난을 받으라고 말씀하고 있습니다.

애국시인 윤동주의 〈서시〉(1941. 11. 20)가 주는 의미를 깊이 음미했으면 합니다. "죽는 날까지 하늘을 우러러 한 점 부끄럼이 없기를 잎새에 이는 바람에도 나는 괴로워했다. 별을 노래하는 마음으로 모든 죽어 가는 것을 사랑해야지 그리고 나한테 주어진 길을 걸어가야겠다. 오늘밤에도 별이 바람에 스치운다." 죽는 날까지 하늘을 우러러 한 점 부끄러움이 없이 살고 싶은 것이 우리 믿음의 조상들의 아름다운 고백이었습니다.

오늘의 복음이란 나 하나 예수 잘 믿다가 죽어 천당 간다는 소식이 아닙니다. 예수의 복음의 힘은 자기에게 주어진 십자가를 지면서 십자가 처형을 집행하는 모든 세속권력을 마침내 은혜롭게 이겨내는 사랑의 힘입니다. 때로는 바보처럼 우아하게 십자가를 지면서 그 십자가를 폭력으로 짊어지게 하는 잔인한 권력으로 하여금 새로운 존재로 거듭나게 하는 은총의 힘입니다. 복음과 함께 고난을 받으면 그 고난 뒤에는 반드시 영광이 있습니다. 고난 없는 영광은 없습니다. 주어지는 새해에 복음과 함께 고난을 받는 새로운 기회를 가져서 영광이 함께하는 새해를 맞으시기를 바랍니다.

(2012. 12. 30)

# 믿음의 주, 예수를 바라보는 신앙 여정

신명기 26:5-9/히브리서 10:32-39, 12:1-2

1

기독교 역사상의 대표적인 예수님의 초상화 곧 신자들의 신앙에 비친 종교적 거울에 비치는 예수상이 전해 오고 있습니다. 첫째는 비잔틴 시대의 예수상인데, 색 유리창에 조각으로 배색된 예수상입니다. 고대의 문제는 죽음 너머의 피안의 차원, 영원의 상징을 묘사한 것입니다. 둘째는 중세 서방기독교의 예수상인데, 찬란한 황금 법복을 입고 보석으로 수놓은 면류관을 쓰고 왕권의 지팡이를 쥔 심판주입니다. 현세와 내세를 다 주관하는 예수상입니다. 셋째는 십자가를 지고 피 흘리는 예수상인데, 근세 경건주의 신앙에 비친 예수상입니다. 또한 양떼를 이끄는 목자 예수상인데, 역시 근세 부르주아지 신앙인의 눈에 비친 예수상입니다. 넷째는 발을 씻기는 남을 섬기는 예수상입니다. '남을 위한 사람'(man for others)이고, 더 나아가 가난하고 억눌린 자들에게 인간애로 대하는 예수상인데, '익명의 그리스도'(anonymous Christ)라고 부릅니다.

예수의 역사적 실상은 무엇인가에 대한 모범적 교본이 있습니다. 당시 미국연합장로교회가 10년 간 최고의 지혜와 신학적 연구 끝에 '1967년 신앙고백'을 '화해자 예수 그리스도'라고 발표했던 것을 기억합니다. 현대 교회 신앙고백의 대표적인 것인데 예수의 역사적 실상을 다음과 같이 말했습니다. "팔레스틴의 한 유대인인 예수는 그의 동족 가운데 사셨고 그들의 곤궁과 시험과 기쁨을 같이 당하셨다. 그는 하나님의 사랑을 말과 행위로 나타내셨고 모든 종류의 죄인들에게 형제가 되었다. 그의 완전한 순종은 오히려 그의 동족들과의 충돌을 일으켰다. 그의 생애와 교훈은 그들의 도덕적 선함과 종교적 신앙과 민족적 염원을 심판했다. 많은 사람은 그를 배척하고 그의 사형을 요구했다. 그들을 위해서 자기 자신을 스스로 내어 주심으로써 그는 모든 사람이 받고 있는 심판을 자기 자신에게 지우셨다." 이 역사적 인물 예수님이 기독교 신앙의 핵심인 것입니다.

2

신앙인의 긴 인생 여정은 마치 목표를 향해 달리는 경주와 같습니다. 히브리서 10장 후반부와 12장 1-2절에서 그 교훈을 찾고자 합니다. 예수님은 우리의 믿음의 주입니다. 그리스도인의 삶은 예수를 바라보는 신앙 여정입니다. 히브리서는 한 신앙인의 긴 인생의 여정을 승리로 산 지혜와 인내를 줍니다. 산등선이나 들판에 떨어진 물이 마침내 바다에 이르듯, 여러 곡절의 사람들이 많은 시련을 당하면서도 세상을 떠나는 날까지 어떻게 그들의 신앙을 지키며 살았는가를 보여 주고 있습니다. 본문은, 먼저 우리가 하나님의 은혜로 "전날에 너희가 빛을 받은 후에 고난의 큰 싸움을 견디어 낸 것을 생각하라"(히 10:32)고 합니다. "혹은 비방과 환난으로써 사람에게 구경거리가 되고"(히 10:33), 심지어 우리의 산업을 빼앗기기도 하였으나 기쁘게 당한 것은 '더 낫고 영구한 산업'이 있는 것을 알기 때문이었습니다. 그러므로 큰 상을 얻기 위해서 또 하나님의 약속을 받기 위해서 담대함을 포기하지 아니하려면 '인내'가 필요합니다. 하나님의 은혜는 확실하기에 하나님의 계획에 함께 머물며 그의 약속이 이루어지기까지 견디어야 합니다. 침울에 빠질 수 없습니다. "오직 영혼을 구원함에 이르는 믿음을 가진 자"(히 10:39)이기에 오래 참고 견디면서 신앙생활을 승리케 해야 합니다. "인내가 없으면 하나님의 뜻을 행한 후에 약속을 얻지 못하고"(히 10:36) 실패로 끝날 수도 있기 때문이라 경고하고 있습니다.

3

또한 히브리서 본문(히 12:1-2)에는 신앙인의 여정을 한 경기자의 모습으로 묘사하고 있습니다. 본문에 중요한 단어 몇 개가 나옵니다. 하나는 "바라본다"는 말입니다. 바라본다는 것은 목표를 말합니다. 목적은 추상적이고 목표는 구체적입니다. 그 목적은 언제나 높은 곳에 있는 것입니다. 그림 한 장을 그려도, 하루에 길을 가도, 그 목적은 오직 하나님의 영광을 위하여 하는 것입니다. 개혁교회의 신앙정신입니다. 유럽 여행을 하는 중에 많은 조각품들과 그림들을 보게 됩니다. 그 작품들 하나하나가 일생 동안 만들고 그린 것입니다. 그 예술가들이 돈을 바라보고 했을까요? 명예를 위해서였을까요? 분명한 것은 모든 쓸 만한 명작들은 전부가 하나님의 영광을 위하여 만들어지고 그려졌다는 사실입니다. 우리는 오늘날 그 작품들 속에서 자신의 한 시대를 높은 목적을 가지고 살았던 사람들의 흔적을 봅니다.

예수를 바라보면, 첫째로 우리가 믿음의 주요 또 온전케 하시는 분, 그리스도로부터 힘을 얻(empower)습니다. 그의 힘이 우리에게 옵니다. 그의 능력이 그로부터 우리에게로 옵니다. 그리스도를 바라보는 중에 그리스도로부터 생명력이 내게로 흘러온다는 말입니다. 예수를 바라보는 것은 목적을 갖는 것입니다. 그리스도가 목적이 된다는 것은 '목적이 내게 힘을 주고 용기를 주고 삶에 보람을 주는' 그런 목적이 되는 것을 뜻합니다. 그래서 예수를 바라보자는 것입니다.

스데반은 순교하는 중에도 예수를 바라봅니다. 그럴 때에 예수로부터 큰 생명력과 능력을 얻어서 자기를 죽이는 자들을 용서할 수 있었습니다. 아니, 천사의 마음을 가지고, 천사의 얼굴로, 순교할 수 있었습니다. 그리스도를 바라보는 중에 그리스도로부터 엄청난, 위대한 생명력이 내게로 오는 것을 체험했다는 것입니다.

둘째로 "구름같이 둘러싼 허다한 증인들이 있으니"(히 12:1)라고 하는데, 이 말씀이 참으로 인상적이고 감동적입니다. 증인이 있다는 말은 지금 내가 경기장을 달리고 있는데 구경꾼이 있다는 말입니다. 요즘은 텔레비전으로 축구경기를 비롯한 모든 경기를 지구촌 수억 명이 보고 있지 않습니까? 생각만 해도 감동적입니다. 구름같이 둘러싼 허다한 증인들은 정말로 신령한 이야기입니다. 영적인 조상들, 우리보다 먼저 가신 믿음의 조상들, 그리고 수많은 성도들이 지켜보고 있는 것입니다. 우리의 가족들 중에 먼저 가신 분이 지금 지켜보고 있는 중에 내가 여기서 삶의 현장에서 뛰고 있는 것입니다.

셋째로 "무거운 것과 얽매이기 쉬운 죄를 벗어 버리고"(히 12:1)라는 말씀입니다. 경기장에서 중요한 것은 가벼운 몸입니다. 거추장스러운 것을 입어서는 안 됩니다. 뭐든지 가벼워야 합니다. 옷도 가볍고 신발도 가볍고, 마음도 가볍고 깨끗해야 합니다. 또한 생각도 복잡하면 안 됩니다.

대리석 유명한 조각가 미켈란젤로에게 하루는 사람들이 그의 조각품을 보면서 어떻게 이렇게 좋은 작품을 만들 수 있느냐고 물었습니다. 그러자 그는 유명한 대답을 했습니다. "대리석 돌덩이를 세워 놓고 여기저기서 필요 없는 부분을 다 떼어 냈더니 이런 좋은 작품이 됐습니다." 떼어 내야 될 것을 다 떼어 내야 나타날 것이 나타나게 되는 것입니다. 버려야 됩니다. 깨끗이 버려야 비로소 작품이 나오는 것입니다. 경기자는 가벼운 마음, 가벼운 몸으로, 가벼운 환경 속에서, 그리고 목표를 향해서 달려야 하는 것입니다.

히브리서 본문이 주는 넷째 말씀입니다. "인내로써 경주하며"(히 12:1), "예수는 십자가를 참으사"(히 12:2), 저자는 예수의 십자가를 인내로 보았습니다. 모든 경기에 있어서 마지막엔 인내로 승부가 납니다. 얼마나 참느냐, 어디까지 참느냐, 그것이 문제입니다.

4

만델라(Nelson Mandela, 1918-2013)는 40대 초반에 수감되어 70대에 접어드는 10,000일을 감옥에서 생활하다가 27년 만에 석방되었습니다. 세상과 단절하여 폐인이 되기에 충분한 여건이었으나 그리스도인이던 그는 끝내 절망하지 않고 백인정권의 인종차별정책(Apartheid)의 죄악은 정의의 하나님과 세계양심세력에 의해 무너질 것을 희망하며 확신했습니다. 그의 95세 서거에 즈음하여〈타임〉지(Dec 19, 2013)는 항거자(Protester), 죄수(Prisoner), 평화를 만드는 자(Peacemaker)라는 특집으로 그의 파란만장한 "자유를 향한 긴 여정"(Long Walk to Freedom)의 생애를 세계인들에게 가슴 뭉클하게 이야기합니다.

만델라, 그의 삶은 '자유를 향한 긴 여정'이었습니다. 젊은 시절 그는 안정된 길 대신 백인정권의 인종차별정책 철폐 투쟁에 뛰어들었습니다. 27년간 무기징역으로 복역하며, 자기 정진을 통해 내적인 힘과 외적인 권위를 키워 민중들의 폭넓은 사랑을 받는 지도자로 성장했습니다. 1994년 흑인에게 투표권이 부여된 첫 선거에서 첫 흑인 대통령이 되었고, 백인사회에 보복이 아니라 진실에 기초한 대화합을 실현했습니다. '진실과화해위원회'를 만들어 가해자들이 자신의 죄를 고백하게 하고 피해자들은 가해자를 용서했습니다. 이 과정은 전 세계 사람들에게 큰 감동과 영감을 주었습니다.

만델라는 세계 모든 사람에게 더 큰 어떤 숭고한 의미, 즉 좌절과 패배의 참된 의미를 이야기해 주고 있습니다. 나아가 그는 모든 이들에게 자신이 일생을 통해 몸소 깨달은 인간 존엄성과 자유라는 숭고한 가치를 일깨워 주고 있습니다. 그는 또한 보복과 이웃에 대한 화해와 관용의 정신을 말하고 있습니다. 오랜 시련의 인내가 한 개인이나 세계에 가져다주는 보화를 만델라는 실증하여 보여 주었기에, 우리는 그가 터득한 인고의 결실로서 고난의 세계를 평화롭게 하는 예지를 그에게서 배워야 합니다.

5

시사주간지 〈타임〉지(Dec 23, 2013)는 '인민의 교황'이라는 표현과 함께 '올해의 인물'로 프란치스코 교황을 선정했습니다. 교황의 권고문이 세계인들에게 큰 울림을 주고 있습니다. 그는 불평등을 심화시키는 현재의 자본주의는 사람을 죽이는 폭정이라고 비판했습니다. 자본주의는 성장의 열매를 소수가 독차지하고, 많은 민중들이 힘겨워하는 현실을 교회는 외면해서는 안 된다고 외치고 있습니다. 교황의 거침없는 행보에 미국 극우파에서는 '마르크스주의자와 똑같은 주장'이라고 비난하기도 했습니다.

프란치스코 교황의 행보는 포용력이 넓습니다. 이를테면 가톨릭 교회에선 이혼한 신자들에게 영성체를 허용치 않습니다. 교황은 "성찬은 완벽한 이들에게 내리는 상이 아니라, 약한 자들에게 주는 강력한 치료제이자 자양분"이라고 지적합니다. 낙태와 관련해선 "성

폭행을 당해 임신을 했거나, 가난 때문에 낙태를 선택할 수밖에 없는 여성들이 겪었을 극심한 고통에 어찌 마음이 움직이지 않을 수 있겠느냐"라고 되묻습니다. 동성애와 관련해선, "그들이 선한 뜻으로 신을 따른다면, 내가 어떻게 그들을 정죄할 수 있느냐"고 반문합니다. 이러한 모든 교황의 행보에 대한 여론조사 결과로서 미국 가톨릭 신자의 92%가 그에게 호감을 표시했습니다.

교황은 전 세계 분쟁과 사회문제에 대해 직접 언급을 통해, 특히 분쟁지역인 시리아, 남 수단, 중앙아프리카공화국, 나이지리아, 이라크 등을 언급하며 이에 대한 인류의 관심과 각성을 촉구했습니다. 교황의 세계 곳곳의 분쟁지역과 사회문제에 대한 관심은 우리 한국사회에서도 진지하게 돌아보아야 할 부분이라고 생각됩니다.

지난해 말에 한국사회는 대자보 열풍에 자발적 참여자들의 기발한 상상력들이 잇따른 바 있습니다. 국정원 대선 개입 문제와 철도노조 파업 등의 여러 정치적·사회적 문제들을 겪은 바 있습니다. 2014년에는 정의와 화해, 정직과 평등의 가치를 실현하겠다는 의지와 용기의 결단을 보고 싶습니다. 하나님은 정의가 강물처럼 흐르게 하라고 하셨고, 교황도 교회는 최선을 다해 정직한 사회실현을 위해 정치와 사회에 참여함으로써 통치자들로 제대로 다스리게 해야 한다고 했습니다. 진정한 민주주의 회복과 평등한 사회실현을 위해 아픈, 성난 외침을 겸허히 경청하고 함께 더불어 사는 화해의 아름다운 나라를 보고 싶습니다. 그리고 이웃의 가난한 자들과 병든 자들을 찾아 위로하며 함께하는 모습이, 13세기 아시시의 성 프란치스코의 영감과 예수를 닮았던 그 성인의 모습을 21세기인 오늘에 어두운 지구촌에서 실현해 보여 주는 듯한 감회입니다. 한국 그리스도인들에게 13세기 성 프란치스코의 청빈과 순명, 사랑과 겸허의 평화 실현을 위한 성육신적 경건의 삶이 되살아나기를 바랍니다. 한국교회는 진정으로 성 프란치스코의 신앙과 그에 관한 신학을 다시 정립했으면 좋겠습니다.

6

주후 70년부터 이스라엘은 '국토', '주권', '민족'을 깡그리 잃어버리고 세계에 영원한 목적지 없이 순례자의 길을 떠났다가 20세기에 '이스라엘 국가의 재건'을 하게 된 것은 놀라운 사건입니다. 제2차 세계대전 후 이스라엘 국가를 세웠으니, 2천 년 썩은 고목에 꽃이 핀 것 같은 기적이 아닐 수 없습니다. 무엇이 저들에게 그 명맥을 이어 오게 했을까요? 우리는 그 답안을 신앙이라고 하겠지만, 어떤 신앙일까요?

구약은 곧 이스라엘 민족사와 그들의 신앙이 하나로 엮어진 것입니다. 그런데 구약에서 계속적으로 반복되는 주제가 있는데, 그것은 바로 민족사적인 신앙고백입니다. 그 고백의 가장 오래된 것이 신명기 26장 5-9절입니다. 요약하자면, 내 조상은 방랑하는 아람 사람으로서 애굽에 내려가 소수로 거류하다가 큰 민족이 되었고, 애굽인의 학대와 억압 속에서 하나님께 부르짖었더니 하나님께서 애굽 땅에서 구해 내시고 젖과 꿀이 흐르는 땅으로 인도해 내셨다는 고백입니다.

이것은 이스라엘민족의 원로들이 그들 자손에게 대대로 일러주어 암송하게 할 만큼 오래된 민족사적 고백으로서 아마 초기 단계에는 개별적으로, 사적으로 하다가 마침내는 민족적 축제, 특히 감사절에서 낭독, 교독 등으로 전승하게 하였습니다. 이런 과정을 거쳐 그들이 선 뿌리, 그들을 이끈 역사적이요 원초적 의지를 재확인했습니다.

7

한 인간으로서 또는 신앙인 그리스도인으로서 그 긴 여정을 끝까지 아름답게 사는 덕목이 인내요, 그 인내는 희망이 받들어 주고, 그 희망은 신앙이 밑받침해 준다는 교훈이나 성서의 가르침을 들으면서, 분단 60년을 넘긴 민족적 비극에 대해 또다시 묻게 됩니다. 우리는 전쟁 당사국인 독일인이나 일본인이 아니라 그 피해와 억압의 장본인들입니다. 해방을 받았으면서 어찌하여 60년이 넘는 오늘에까지 남북분단으로 살아야 합니까?

우리 한국사회는 역사 왜곡과 사실 오류로 비판을 받고 있는 한국사 교과서 문제 논란으로 들끓고 있습니다. 우리는 한국 현대사에도 올바른 이해를 하면서 인식의 전환이 필요하다고 생각됩니다. 해방부터 현재까지 겪고 있는 민족분단을 회상하면, 당시 승전국 미국이 한반도에 분단선을 그은 것은 미국 외교 역사의 관점에서도 냉전을 가져 오게 한 참으로 비정한 역사였음을 회상하게 됩니다. 그런데 또 생각되는 것이 있습니다. 한국은 1945년 종전 후 25년(1965

년) 만에 일본과 화해했고 수교를 시작했습니다. 6·25전쟁을 막후 조정했던 소련과는 1953년 휴전 후 38년(1991년) 만에 화해하며 수교했습니다. 6·25전쟁 때 서로 맞서 싸웠던 중국과도 화해하고 긴밀한 교역국이 되었습니다. 한·중 관계는 새로운 국면을 맞게 되는 시점입니다.

그런데 참으로 아이러니합니다. 동족인 북한과는 아직도 주된 적이며, 괴뢰로 보고 증오하며 으르렁거리고 있는 현실입니다. 새해에는 부디 남과 북이 상생의 원리에 따라 화해와 진정한 교류를 했으면 좋겠습니다. 그런 점에서 너 나 할 것 없이 우리 한국의 그리스도인들 모두, 보수적 복음주의 교회들을 포함하여, 그동안에 화해의 역할을 못 한 것에 대하여 깊은 참회를 해야 합니다. 화해자 예수 그리스도를 바라보며 복음의 참 뜻을 되새겨 봐야 합니다.

8

함석헌 옹은 세계의 오물을 뒤집어 쓴 창녀 같은 한반도요, 세상의 온갖 죄악을 다 집결시킨 고난의 여왕 같은 존재라며, 이는 세계를 구원할 능력을 키우려 하시는 신의 섭리라 보기도 했습니다. 그러나 가혹하여 신음소리를 내지 않을 수 없습니다. 더욱이 오늘의 한반도의 고난과 아픔을 인류를 구원하려는 예수의 대속의 십자가로 믿고 싶어 하나 그만한 의식과 자질이 있는지는 아직도 미지수입니다. 인류 구원의 역사가 이와 무관하다면 이보다 더 비참할 수 없습니다. 때문에 이스라엘이 극심한 민족의 고난 속에서 이사야 53

장의 수난의 종, 메시아의 태동을 꿈꾸었듯이, 우리 한민족도 냉전 체제에 마지막 남은 한반도의 분단의 쓰라림도 세계를 구원하는 대속의 수난으로 믿고 해석하며, 인류의 새 희망을 여기에서 태동할 수 있게 해야 할 사명이 있다고 할 것입니다.

한국교회는 그 교세가 세계적이요, 그 규모나 활동이 세계 제일임을 자랑하지만, 회고하여 보면 지금까지 잘못 믿어 온 것에 대하여 참회하며, 새롭게 태어날 절호의 기회를 하나님이 오늘의 분단 한반도에서 주시고 있다는 자의식을 가져야 한다고 생각합니다. 특히 정치인들은 이 쓰라린 분단 상황을 자기들의 정쟁의 수단으로 이용해 온 것을 깊이 참회해야 합니다. 그리고 우리 신앙인들은 이 쓰라린 분단 한반도의 고난 속에서 인류 구원의 대속의 진리를 반드시 찾을 수 있어야 합니다. 신앙인의 예지와 과제가 여기에 있고, 세계는 이런 수난과 시련 속에서 구원의 새 빛을 고대하고 있습니다. 우리 한민족, 한국교회가 세계에 새 희망을 줄 적격의 백성이라고 믿어서는 아니 되는 이유라도 있을까요?

2014년, 새해를 맞으면서 성서의 많은 믿음의 선진들과 깊고 넓은 코이노니아를 해야 합니다. 만델라, 프란치스코 교황 등이 고난의 역경 속의 역사에서 희망을 닦았듯이, 민족적 시련과 고난의 분단 속에서 그 의미를 판독하고, 먼저는 한 민족의 구원과 희망을 찾고, 고난의 온누리에까지 구원과 화해의 활력과 새 희망이 되어야 하겠습니다.

특별히 금후 한국교회의 선교 과제는 평화통일이고, 우리 민족의 지상과제 역시 평화통일임을 확고히 해야 합니다. 한반도 분단의 문제와 시련은 남북만이 아니라 국제적인 이해관계에까지 얽혀 있기에 더욱더 한민족의 예지와 결단, 희생과 용기를 요구합니다. 비유하면, 남북의 한민족은 머리는 둘이지만 몸은 하나인 쌍둥이 같은 존재임을 잊어서는 안 됩니다. 하나가 병들거나 죽으면 또 하나도 병들고, 하나가 살면 둘이 다 사는 운명의 존재이기에 인내로 피차 함께 아파하고, 돕고, 염려하고, 돌보면서 둘이 다 같이 살아야 합니다.

하나님이 우리 민족을 평화통일에의 길로 인도해 주실 날을 믿고 소망하며, 인내하며, 믿음의 주 예수를 바라보며 우리의 신앙의 여정을 새롭게 출발하는 축복이 있기를 바랍니다.

# 3·1운동과 진리 운동

요한복음 8:31-36, 에베소서 2:14-22

## 1. 3·1운동 95주년의 기념

금년은 3·1운동의 95주년을 맞는 해이므로 어느 때보다도 '무슨 뜻 깊은 기념행사가 반드시 있어야 한다'고 생각합니다. 정부관리들 끼리 하는 기념식이나 교회에서도 별반 새로울 것이 없는 기념예배 정도 말고, 좀 더 역사적 사건의 거족적이고 무엇보다도 전 민족이 공감하고 열기가 솟는 사건의 의미 있는 3·1운동이 전개되었으면 좋겠습니다. 오늘의 우리에게 많은 문제와 과제가 있습니다만 무엇 보다 3·1운동 정신은 모든 것에 앞서 진리 운동에서부터 비롯되어 야 한다는 것입니다.

## 2. 3·1운동 당시의 상황과 기독교의 역할

3·1운동 당시 조선 말년의 정치는 극도로 타락되어 있었습니다. 그러나 타락되고 악한 것은 지배계급이었지, 민중들은 다만 가난하고 무식해 비참할 뿐이었습니다. 당시 종교인 불교와 유교도 다 타락해 있어서 민중을 구원할 힘이 없었습니다. 그때에 기독교가 들어왔으나 완전한 것은 아니었지만 그래도 거기는 인생의 뜻을 모르고 비참함에 헤매는 민중 속에 새 희망과 믿음과 사랑의 가르침을 줄 진리 운동을 펴 가고 있었습니다. 그렇기 때문에 한국 현대사를 말할 때 기독교를 빼놓을 수가 없습니다. 동학이라는 천도교도 기독교의 영향으로 일어난 것입니다. 그러면서도 순수한 인생의 종교이기보다는 다분히 정치적인 동기가 들어 있고, 그 정신적 순수함이나 도덕적 높이에 있어서 기독교에 이르지 못합니다.

3·1운동은 물론 민족이 거족적으로 일어났지만, 기독교, 천도교, 불교 세 종교의 연합으로 일어났습니다. 그런데 세 종교의 연합은 기독교가 앞장을 서서 성사된 것이었음을 회상해야 합니다. 더욱이 신앙은 인격적인 것이므로 기독교인 안에도 한 몸을 온전히 내놓고 나서서 했던 남강 이승훈 선생이 아니고는 세 종교를 하나로 묶을 수 없었다는 것을 기억해야 합니다.

도대체 세 종교의 연합이 어떻게 이루어 졌을까요? 당시 운동의 주동력이 기독교에 있었는데, 그 기독교를 움직여 통일된 힘으로 내세운 데는 남강 이승훈 선생의 힘이 참으로 큽니다. 다음의 이야기가 그것을 단적으로 설명해 줍니다.

모든 조직과 방법이 다 결정이 되고 독립선언문도 다 만들어지고 상동교회에서 그 마지막 서명을 하게 되었는데 그 민족 대표의 이름을 쓰는 순서에서 서로 주장이 엇갈려 밤새도록 결정을 하지 못했습니다. 기독교에서는 이승훈을 먼저 쓰자는 것이고, 천도교에서는 손병희를 먼저 쓰자는 것입니다. 때마침 남강 이승훈이 어디 밖엘 나갔다가 돌아오면서 밤늦도록 논쟁하고 있는 것을 보고는 무엇 때문에 그러냐고 물었습니다. 대답하는 사람이 대표 서명의 순서 때문이라고 했습니다. 그 말을 듣자 남강 선생은 한마디로 "순서가 무슨 순서냐? 죽는 순서야. 손병희 씨를 어서 먼저 쓰라고 해라"고 했습니다. 그래서 곧 결정이 나고 일사천리로 모든 것이 해결됐다는 것입니다.

　그런데 남강이 일제 법정에서 왜 독립운동을 했는가 심문을 받았을 때 무엇이라 대답했느냐 하면 "나는 하나님의 명령에 의해서 했다"고 했습니다. 그만 했으면 그의 속마음의 진리 추구 정신을 짐작할 수 있습니다. 남강은 판결 후 3년 징역을 사는 동안 구약성경을 22번 신약성경을 100번 통독했고, 감방에서 날마다 똥통을 맡아 놓고 손으로 닦으며 한 기도가 "하나님 이 다음 나가서도 이 민족을 위해 길이 똥통 청소를 할 수 있게 해 주십시오" 하는 것이었습니다. 그러기에 "내가 의를 위해 여기 들어왔거니 생각하니 정말 춤이 절로 나 내 감방 안에 일어서서 덩실덩실 춤을 추었다"라고 증거할 수 있었고, 자기 동상 제막식을 하는 날 구름 같은 군중 앞에서 "내가 한 것 아무것도 없습니다. 하나님이 나를 이끌어 주셨을 뿐입니다"라고 했습니다. 3·1운동이 삼천리강산을 뒤흔들고 전 세계에 파문을 던진 정신의 원천은 바로 이 순수 신앙, 진리 운동에 있었습니다.

## 3. 한국 역사 반성을 먼저

이상재 선생이 말한 것으로 전해진 바로는 "한국이 국가라는 한 나라로서의 역사는 없어졌지만, 그 민족으로서의 생명은 지하수가 되어 땅속에서 왕양(汪洋)한 대하를 이루어 흐르고 있다. 나는 그 물결소리를 듣는다"라고 하였다는 것입니다.

한국의 한 국가의 정치사로서 주체성이란 자랑할 만한 가치가 없습니다. 단일 민족국가로서 5천여 년의 긴 세월을 이어 왔고, 환단시대부터 높은 문화를 창조하고 전승해 왔습니다. 이러한 고대사는 차치하고 삼국시대부터 보면, 고구려는 대국으로서 충분히 나라로서의 자주성을 발휘했습니다. 부여족으로서 만주와 연해주를 판도로 중국과 일대일로 대결했습니다. 평양으로 수도를 잡은 다음에도 중국의 수나라, 당나라와 대결하여 그들의 침범을 물리치고 나라의 위신을 드높였습니다. 그 당시에 만일 삼국동맹으로 한 몸 되어 당에 대결했더라면 조상 때, 부여족이 산둥 반도를 통하여 중원에 은나라를 세우고 찬란한 은문화를 꽃피운 것 같이 고구려, 백제, 신라 연합군이 중국 중원에 나라를 세울 수도 있었을지도 모릅니다.

그러나 '하나됨'의 큰 심장과 넓은 비전과 통일된 지혜를 못 가졌기에 결국 신라는 당을 끌어들여 동족인 고구려를 멸망케 했습니다. 그리고 만주를 당에 넘겨주었습니다. 이때부터 한국 민족의 자주성은 약화일로를 걸었습니다. 발해는 만주 전체를 주름잡은 '해동성국

(海東盛國)이었지만, 만주족인 여진에게 패망했습니다. 고려조의 왕건은 가장 정치가다운 임금이었지만, 그 말기에는 몽고족으로 중원을 정복한 원나라에 종속되었고, 이성계는 고려왕조를 뒤엎고 새 왕조를 세웠지만 중국에 대하여 신하로 자칭하고, 조공을 바치고 이 왕조를 세운 데 대하여 '천자'의 승인을 받으려고 충성을 서약하였습니다. 지금의 독립문은 그 전에는 '영사문'(迎思門)이었습니다. 중국 칙사를 맞이하는 문이란 말인데, 우리 왕조는 중국 천자의 베푸는 은혜로 존속한다는 것을 스스로 인정한 것이었습니다(《김재준 전집 18》, 228-247 참조).

나라 자체가 종속국이었으니 완전한 자주국가라 할 수 없었고 민족도 종속민족으로 생존하지 않을 수 없었습니다. 자기 나라의 자주성에 충성한다는 것보다도 큰 세력에 종속되어 개인이나 가문의 출세를 누리려는 분위기가 일반 사대부나 민중 심리 가운데 누룩같이 배어들어 발효하고 있었습니다. 그러다가 한말 개화운동을 계기로 세계적 폭풍이 한반도에서 회오리바람을 일으켜 청국, 러시아, 일본 세 나라의 각축장이 되었고 결국 승자인 일본에 합방되고 말았습니다. 이상이 3·1운동 당시 한국의 정치, 사회, 역사 상황이었습니다. 우리는 철저한 역사 반성과 역사 바로 세우기의 역사관 정립이 필요한 때입니다.

## 4. 3·1운동은 민족 자주성을 선포한 사건

1919년 3·1운동은 우리 민족의 자주성과 우리나라의 독립성,

즉 주체성을 세계만방에 선포한 사건입니다. 그것은 1차 세계대전이 끝나고 파리에서 열린 국제연맹에 호소하자는 데 있었습니다. 윌슨 대통령의 민족자결주의의 원칙에 의하여 세계 여론에 호소하면 되리라는 것이 그 신념이었습니다. 그것은 또한 국제적인 협동, 협화를 믿는 정신에서였습니다. 세계 모든 나라가 우리를 도와주려니 믿는 정신이었습니다.

일제는 만주와 대륙을 침략하기 위한 전진기지이자 교두보로서 한반도가 절대적으로 필요했습니다. 하지만 일제가 만주를 먹고 중국 본토를 침략했을 때 세계는 궐기하여 침략자를 응징했습니다. 일본은 무조건 항복했고 패망했습니다.

헌데 한국은 1945년 8·15에 해방되었으나 종속국으로 환원되었습니다. 38선을 기준으로 미·소가 남북을 점령했고, 우리는 지금 독립된 것이 아니고 독립하려고 전진하는 상태에 있습니다. 그런 의미에서 3·1운동은 진리 운동으로 계승되어야 하는 진행형이고 마침표(Period)가 아닙니다. 우리 민족에게 진정으로 독립정신이 옛날부터 불붙고 있었다면 벌써 불을 뿜으며 터졌어야 했습니다. 이제 앞으로 우리 민족의 과제는 남북이 공조, 자주성을 가지고 통일된 독립, 통일된 민족이 되는 탈출구를 마련해야 한다는 것입니다. 이것은 주변 강대국이 마련해 주지 않습니다. 물론 한반도 주변 나라들과의 올바른 관계 정립을 위한 민족 자주와 혜지가 필요합니다. 우리 민족 스스로가 자주성을 마련하고 자주민으로서의 평화통일을 마련하는 일이 중요합니다. 이 평화통일은 하나님이 우리 민족에게 부여해 주신 사명임을 자각해야 합니다.

## 5. 종교 간의 화합

한국기독교의 독립운동사 중에서 중요한 두 사건은 1911년의 105인 사건과 1919년 3·1독립운동입니다. 105인 사건은 일제가 한국을 식민지로 지배하는 데 가장 걸림돌이 된 기독교를 탄압하기 위해 기독교가 일본 데라우지 총독 암살을 음모했다고 조작한 사건입니다. 이것이 일제의 한국 기독교 지도자들에 대한 박해와 탄압이었습니다.

그로부터 8년 후, 일제는 기독교가 주축이 된 3·1운동을 무단으로 강압하고 박해했습니다. 〈독립선언서〉 전반부는 천도교 측이 주축이 되어 작성되었고, 후반부는 기독교 측이 주축이 되어 작성되었으며, 마지막 공약삼장은 불교 측이 주축이 되어 작성된 것입니다. 민족 대표를 뽑을 때도 33인을 뽑았습니다. 33인 중 16명이 기독교인이고, 15명은 천도교인이고, 2명이 불교인입니다.

본래 시작은 1919년 2월 8일에 동경 학생들이 했고, 국내에서 어른들이 함께하자고 해서 천도교 손병희 선생, 기독교 이승훈 선생이 그리고 불교의 한용운 선생이 함께하게 되었습니다. 세 종교의 연합이 어떻게 이루어졌는지에 대해서는 이미 언급한 대로 남강 이승훈의 힘이 크게 움직여 통일된 힘으로 나타나게 되었습니다.

우리는 그리스도인으로서 정의와 진리는 반드시 승리한다는 것을 확신하고 있습니다. 기독교에서 진리는 내가 말하는 진리가 아니고 하나님이 선포하신 계명이요 진실입니다. 그것은 남을 죽임으로 내가 산다는 것이 아니고, 남도 살고 나도 사는 진리입니다. 3·1운동은 진리 운동입니다. 일본도 살고 한국도 사는 진리 선언이었습니다. 3·1운동은, 우리의 민족혼이 그리스도의 혼 속에 스며들어 한국에 그리스도적인 새 민족혼을 창조 또는 성숙시키는 산고의 기록이라 할 수 있습니다(《김재준 전집 18》, 317-324 참조).

## 6. 비폭력 저항과 간디의 길

간디의 길이란 어떤 것입니까? 그것은 '사티아그라하'이며 '진리파지'이고, 참을 지킴인 것입니다. 비폭력운동, 혹은 무저항주의란 말입니다. 간디는 옳지 않은 것에 대해 저항을 하지 말자는 것이 아니고, 반대로 그는 죽어도 저항해 싸우자는 주의입니다. 다만 폭력 곧 사나운 힘을 쓰지 말자는 주의이니, 비폭력 무저항주의입니다. 혼의 힘을 가지고 모든 폭력 곧 물력으로 되는 옳지 않음을 싸워 이기자는 것입니다.

세계문화 면에서 인도문명이 우수한 것이 많은데, 왜 300년을 영국의 압박 밑에 꼼짝 못 하고 야만 대우를 받으며 살았을까요? 그러나 또 그 300년 종살이에서 칼 하나 쓰지 않고 해방됐으니 더 놀랄 일입니다. 물론 거기는 우리 한국의 경우와 마찬가지로 2차 세계대전 이후의 국제관계의 도움이 있었던 것도 사실입니다.

네루는 《인도의 발견》 속에서 '나도 살고 남도 살게 함'(live and let them live)이라고 말한 바 있고, 계속해서 네루는 인도의 모든 독립운동자들이 옥에 들어갔던 그 햇수를 다 합한다면 1천 년이 된다고 했습니다. 그렇기에 오늘 인도의 국민은 독립운동을 위해 지불한

값어치에 대하여 굉장한 자부심을 가지고 있습니다. 간디는 인도와 파키스탄의 분열을 막으려다가 죽었습니다. 그래서 스탠리 존스는 "간디는 전체 인도의 제단에 바쳐진 제물"이라고 했습니다.

또 하나 우리가 교훈으로 삼을 것은, 마치 미국의 건국의 조상들이 국교가 없이 새 미국을 건설했듯이, 새 인도를 건설할 때에 비종교 국가로 정한 것이었습니다. 인도에서 종교 없는 나라를 주장한다는 것은 너무나 놀라운 일입니다. 세계에 인도 같은 종교의 나라가 어디 있을까요? 그런데 그 인도에서 비종교 국가를 세운 것도 놀랍거니와 세우게 둔 국민도 놀랍습니다. 국교 없는 나라를 세우려는 정치가보다도 그 정치를 용납하는 그 국민이 더 위대합니다.

간디는 25세의 청년으로 남아프리카에 가서 비폭력무저항의 길을 걷기 시작하여 80세에 어리석은 반대자의 총알에 쓰러져 죽었습니다. 간디가 죽을 때까지 끊임없이 한 몸을 바쳐온 사티아그라하 운동이 아니었더라면 인도는 도저히 독립할 수도, 오늘같이 놀라운 의기를 가지고 일어날 수도 없었을 것입니다. 사티아그라하 운동은 간디가 즐겨서 그 상징으로 썼던 물레로써 잘 설명할 수 있습니다. 영국 맨체스터의 방적기는 자본가의 손으로 갑자기 가져다 놓은 것으로서 인도 지역사회의 자치를 깨쳐 인도 민중을 착취하고 얽어매는 사탄이 되지만, 인도인이 제 손으로 젓는 물레는 그것으로서 실을 뽑아 끌어오면 헐벗은 민중을 입히고 인도를 종살이에서 해방하는 천사가 된다고 했습니다. 간디는 바로 진리 운동, 자주민이 되는 길을 제시한 선구자였습니다.

인도 없이 간디는 없지만 또 간디 없이 새 인도도 없습니다. 그러면 간디는 무엇으로써 그 위대한 일을 할 수 있었습니까? 간디는 성의의 사람이고 인도를 참으로 사랑했습니다. 그는 로망 롤랑이 지적하듯이 근본이 종교적인 사람입니다. 그래서 인도의 해방을 위해 모든 것을 잊으면서도 자기의 근본 목적은 자아의 실현, 곧 하느님과 얼굴을 대하고 보는 지경에 가기를 원하는 것이라 했고, 그 하느님을 그는 참으로 파악했기 때문에, '참'에 반대가 된다면 인도도 버리겠다고 하였습니다. 그러나 그에게 '참'은 인도를 떠나서 있는 것이 아니었습니다.

간디의 사명은 그 인도를 새롭게 하는 일이었습니다. 그 인도가 자는 잠을, 즉 혼을 깨우는 일이었습니다. 인도 민중의 가슴에서 무지를 몰아내는 일입니다. 그것 없이는 새 역사가 있을 수 없고 역사적인 새 창조가 없는 한 종교를 믿거나 아니 믿거나 간에 구원은 없습니다. 그것이 얼마나 높은 지성입니까? 그러므로 낡은 악의 껍질을 벗기고 역사의 새 아기를 낳을 수 있었습니다. 이러한 간디의 인도 사랑의 성의는 인류의 나가는 길에 한줄기 새 빛을 던져 줄 것입니다. 아니 간디는 진리 운동의 효시라 할 수 있습니다(《함석헌 전집 7》, 9-43 참조).

## 7. 평화로 하나 되는 길

비폭력저항은 생명 사랑의 원리입니다. 우리나라 옛날 종교인 선도의 핵심은 평화주의입니다. 전쟁 정복의 이야기 없이 나라의 시작을 말하는 단군부터 그러했고, 삼국시대 고구려의 온달로 대표되는 그 사상이 다 평화입니다. 중국에서는 노자, 장자, 공자, 맹자, 묵자의 근본사상은 다 평화주의에 있습니다. '아힘사' 곧 생명을 해하지 않음을 핵심 원리로 삼은 인도사상은 더 오래된 사상입니다. 그리스어에서 평화는 영원한 전쟁 상태의 중지로서, 휴식과 사람들 간의 우호관계가 이루어진 상태로 생각되었습니다. 히브리어 샬롬은 복지, 행운, 구원을 포괄할 뿐만 아니라 특별히 야훼의 선물로서, 종말론적 대망의 구성 부분으로서 파악되었습니다. 예수님은 다시 말할 필요 없고, 그보다 거의 8백 년이나 앞서 살았던 이사야 때 벌써 높은 평화주의가 나타나 있습니다.

20세기 문명의 가장 큰 죄악은 한국, 월남, 독일에서 하나의 민족을 인위적으로 둘로 나눈 일인데, 그 원인은 이데올로기의 싸움 때문이었습니다. 월남과 독일은 이미 통일이 되었고, 한반도만이 아직 분단국으로 남았습니다. 억울하게도 남북의 분열은 내적 원인에 있지 않고 밖에서 온 분열이기에 강대국이 저지른 큰 죄악입니다.

프랑스 혁명의 표어가 자유, 평등, 박애입니다. 미국은 그 자유를 표방했고 자유진영의 으뜸이 되었습니다. 소련은 평등을 팔아가지고 공산진영의 우두머리가 되었습니다. 그리하여 세계는 자유와 평등이 싸운 아이러니의 역사였습니다. 자유 없는 평등 없고 평등 없는 자유 없건만 그것이 국가라는 집단주의, 다시 말하면 이기주의의 종이 되어 그런 모순이 생긴 것입니다. 이제 하나 남은 사랑을 누가 사용해서 자유와 평등을 다 살려 이 자멸에 임한 인류를 건져 낼 것입니까?

우리는 처음부터 평화통일만이 단 하나의 길인 것을 주장해 왔고, 그것을 위해서는 호전적이요 권력주의적인 두 정권에 맡겨 둘 것이 아니고 남북의 민중이 직접 일어나서 서로 돕는 사랑을 실천하는 길이며, 상생의 원칙에 따라 서로 교류 왕래하는 방식을 주장해 왔습니다.

함석헌 옹은 세계의 한복판에 앉은 수난의 여왕 같은 한반도요, 세상의 온갖 죄악을 다 집결시킨 고난의 여왕 같은 존재라며, 이는 세계를 구원할 능력을 키우려는 신의 섭리라 보기도 했습니다. 이스라엘이 극심한 민족의 고난 속에서 이사야 53장의 수난의 종, 메시아의 태동을 꿈꾸었듯이, 우리 한민족도 냉전체제에 마지막 남은 한반도의 분단의 쓰라림도 세계를 구원하는 대속의 수난으로 믿고 해석하며 인류의 새 희망을 여기에서 태동할 수 있게 해야 할 사명이 있다 하겠습니다.

3·1절에 즈음하여 우리 한국교회는 그동안 분단에 대한 저항보다는 분단을 정당화하고 고착화하는 작업에 휩쓸려 버린 과오를 솔직히 인정하고 이러한 죄책을 공개적으로 인정하고 고백해야 합니다. 분단 극복과 통일의 성취, 이 양면성의 화해 역사가 곧 죄책고백 공동체로서의 교회가 실현해야 할 과제입니다.

바울은 화해의 사역과 평화를 주시는 그리스도가 곧 화해의 주님이라고 곳곳에서 고백하며 증언하였습니다. "그는 우리의 화평이신지라 둘로 하나를 만드사 원수 된 것 곧 중간에 막힌 담을 자기 육체로 허시고." 유대인과 이방인을 하나의 새 민족으로 만들어 평화를 이룩하셨고, 십자가로 하나님과 화해시키고 원수 되었던 모든 요소를 없이하셨습니다(엡 2:14-17). "하나님께서 그리스도 안에 계시사 세상을 자기와 화목하게 하시며 그들의 죄를 그들에게 돌리지 아니하시고 화목하게 하는 말씀을 우리에게 부탁하셨습니다"(고후 5:19). 요한복음은 "너희가 내 말에 거하면 참으로 내 제자가 된다"(요 8: 31)고 했습니다. 신앙의 극치는 그리스도 안에 거함이며 그가 곧 그리스도인입니다. 말씀 안에 거한다 함은 예수님과 더불어 인격적인 관련성을 가지고 그의 뜻대로 생활하는 것입니다. 그의 말씀에 대한 전폭적인 신뢰임과 동시에 그에게 순종하는 경건생활입니다. 그에게 진리가 알려지고 이 진리는 또한 그들을 자유케 합니다. 정치, 경제적인 의미의 자유뿐 아니라 죄와 죽음에서의 자유이며 영생의 희망입니다. 요한은 진리이신 예수 그리스도의 제자일 때에 자유가 주어졌다고 증언합니다.

3·1운동과 그 정신은 그리스도 윤리의 회복입니다. 교회가 3·1절을 성일의 하나와 같이 기념하는 것은 한국 민족의 역사를 그리스도의 역사로 승화시키는 거룩한 사업의 표시입니다. 3·1운동은 진리의 외침이며, 3·1정신은 진리의 선포이며, 그 시위는 평화통일을 향한 진리의 진행형입니다. 3·1운동은 결코 과거의 유물일 수만은 없습니다. 미완의 역사 현실, 분단의 벽이 가로놓여 있습니다. 최대의 폐쇄적 공산독재 속에서 민중의 일부가 신음하고 있습니다. 남한의 불통사회 현실, 역사왜곡의 현실도 안타깝고 철저한 비폭력무저항의 대상입니다. 진리가 무엇입니까? 내가 곧 길이요 진리요 생명이라고 그리스도는 대답하십니다. 3·1운동은 진리 운동으로 계승·승화되어야 합니다.

# 십자가의 신학과 숨어 계신 하나님

## 1. 시작하는 말

역사는 어떤 목적을 향하여 발전하는 것입니까? 현대 세계사에
서 한반도의 분단의 역사는 어떤 의미를 갖고 있는 것일까요? 지구
상에 유일하게 분단국으로 남아 무고한 민중들만 신음하고 있는 현
상황은 어떤 숙명적으로 받아야 하는 것일까요? 아니면 세계사의
새로운 창조를 위해 어떤 세계적 사명이 있는 것일까요? 우리는 이
러한 질문을 하지 않을 수 없는 실존적 역사적 상황 속에서 살고 있
습니다.

어떤 철학자는 역사는 자유의 완성을 향해 달려가고 있는 것이라
했고, 역사가 토인비는 역사는 우주적 교회(universal church)의 실
현을 위해 달려가는 것이며, 어거스틴은 그의 《신국》에서 하나님의

사랑의 완성을 향하여 나아간다고 했습니다. 그 자유와 사랑과 평화의 역사 완성을 위해 발전해 가는 것이 역사라는 말입니다. 헌데 우리 한반도는 오랜 역사를 가졌으면서도 2차 세계대전 이후 강대국에 의해 우리의 의사와는 아무 관계없이 분단의 아픔을 떠안게 되었습니다. 그럼에도 우리 한민족은 이 분단을 포기하지 않고 자유와 사랑과 평화의 통일 실현을 목표로 삼고 통일운동을 전개하여야 합니다. 이는 우리 한민족의 역사적 사명이기 때문입니다.

금년에도 사순절을 맞으며, 한반도 주변에서는 군사연습을 맹렬히 하면서 말로는 통일을 무성하게 주고받고 하는 실정입니다. 그러한 의미에서 종교개혁자의 십자가의 신앙과 숨어계시며 역사하시는 하나님을, 특히 한국사의 고난의 의미를 생각해 보고자 합니다.

## 2. 그리스도교와 십자가

"누구든지 나를 따르려거든 자기를 버리고 자기 십자가를 지고 나를 따르라"고 예수님은 명령하셨습니다. 십자가를 진다는 것은 죽는다는 말입니다. 당장 죽지 않아도 언제든지 그리스도를 위하여 죽을 각오를 하고 하루하루를 죽으면서 사는 삶의 태도를 말함입니다. 바울은 "자기는 날마다 도살장으로 끌려가는 양같이 살고 있노라"고 했습니다.

그리스도교에서 십자가는 이미 2세기 중엽부터 그리스도교의 상징으로 사용되어 오다가 마침내 정착되었습니다. 로마제국의 처형대인 십자가 틀이 어떻게 종교의 상징이 될 수 있었을까요? 무엇보다도 콘스탄티누스 대제(313년) 이래로 로마제국의 지배 이데올로기 역할을 한 긴 역사를 가진 그리스도교가 이것을 고수해 왔다는 것은 기적에 가까운 일입니다. 그리스도교가 권좌에서 영광을 향유하는 동안 예수상은 날로 영광의 승리자로 승격되어 갔기 때문입니다. 사실 한때는 십자가보다 무덤을 박차고 손에 승리의 깃발을 들고 나오는 승리의 예수상이 그리스도교의 상징처럼 그 중심에 등장했던 것입니다. 그럼에도 불구하고 십자가 틀이 그리스도교의 상징으로 계승된 것은 바울의 영향에서 보아야 합니다.

바울은 역사의 예수에 대해서는 거의 기록이 없는 것으로 유명합니다. 그럼에도 바울은 역사적 사건으로 가장 확실한 예수님의 죽음만은 절대 중요시했으며, 이 사건 위에 자신의 신학을 정립했습니다. 바울은 예수의 '죽음'을 말하는 대신 예수의 죽음의 역사적 사건(정치적으로 죽음 당함)을 가장 잘 나타내는 십자가를 말했습니다(고전 1:17-18). 바울은 자신의 사상 중심에 십자가 사건을 두고 있었다는 것을 말합니다. "내가 너희 중에서 예수 그리스도와 그가 십자가에 못 박히신 것 외에는 아무것도 알지 아니하기로 작정하였음이라"(고전 2:2). 물론 이 말씀의 배경에는 아덴 선교에서 쓴 경험의 배경이 깔려 있기는 합니다만, 바울로서는 비장한 새로운 결단하에서 나온 말씀입니다.

우리는 바울에게서 예수가 언제 어디서 왜 누구에게 어떻게 십자가에 처형되었는지 들을 수 없습니다. 그러나 바울은 십자가의 의미를 자세히 제시해 줍니다. "우리는 십자가에 못 박힌 그리스도를 전하니 유대인에게는 거리끼는 것이요 이방인에게는 미련한 것으로

되 오직 부르심을 받은 자들에게는 유대인이나 헬라인이나 그리스
도는 하나님의 능력이요 지혜니라"(고전 2:23-24).

## 3. 십자가 신학에 대한 이해

순교신학자 본 회퍼는 루터의 십자가 신학을 값비싼 은혜(costly
grace)로 풀이하였습니다. 그의 저서 《제자도》(*The cost of discipleship*)
에서 루터의 세속화 곧 수도원의 문을 박차고 나와 세상을 향해 십
자가를 지는 행위를 값비싼 은혜라고 해석하였습니다. 참된 예수님
의 제자는 그리스도를 위한 고난을 세속사회 속에서 짊어지고 그의
뒤를 따르는 것입니다. 참된 제자직 수행이 없는 은혜, 십자가가 없는
은혜는 값싼 은혜(cheap grace)일 따름입니다.

루터의 십자가 신학의 빛에서 몰트만은 그의 저서 《십자가에 달
리신 하나님》을 전개한 것입니다. 몰트만은 엘리비젤의 《밤》(*Night*)
에 나타난 숨어 계신 하나님을 루터의 십자가 신학과 연결 지은 것
입니다. 원인도 모르게 죽어 가는 유대인의 죽음 속에서 지금도 신
음하고 계시는 삼위일체 하나님을 해석합니다. 몰트만은 루터의 신
학이 너무나 실존적 차원에만 머물러 있다고 했고, 사회윤리적 차원
으로 전개되지 못하였음을 지적하면서, 오늘의 역사 현장에서 고난
당하는 사람들과 함께 아파하시는 삼위일체 하나님의 역사적 해방
운동을 해석합니다.

## 4. 루터의 생애를 통해 나타난 십자가 신학

루터는 고난을 통해 우리가 하나님을 만날 수 있다고 믿으며, 고난을 통해 우리가 하나님의 자녀임을 증명할 수 있다고 생각합니다. 여기에서 그는 고난은 인간을 겸손하게 만드는 제단이 된다고 말합니다. 고난의 목적은 은혜요 정결함입니다.

몰트만은《십자가에 달리신 하나님》에서, 재판을 받기 위해 보름스 국회(The Diet of Worms)로 가는 루터의 모습이 개혁자적인 결단의 정점(頂點)을 이루었으며, 그의 신학적 근거를 만들었다고 해석합니다(《십자가에 달리신 하나님》, 한국신학연구소, 1979, 215). 루터는 보름스 국회 이후 평생 정신적인 스트레스 때문에 불면증으로 시달렸고, 마침내 협심증으로 죽음을 맞이할 수밖에 없었다고 합니다. 그러므로 그의 일생은 고난의 연속이요, 그의 십자가 신학은 프로테스탄트(Protestant, 항의자)로서의 고난 체험 속에서 형성된 살아 있는 신학(Living theology)이었습니다.

루터의 대학생활 시절에 성직자로서의 그의 소명체험도 고난 속에서 이루어졌음을 우리는 익히 알고 있는 사실입니다. 루터는 아버지의 요구대로 법학을 연구할 계획이었습니다. 그러던 중 친구는 벼락을 맞아 죽고, 그는 당시 광부들의 수호성인 성 안나를 부르고 서원기도를 하였습니다. "성 안나여! 살려 주소서 수도사가 되겠습니다." 이 서원은 심사숙고한 결단이 아니라 큰 위기의 순간에 그의 입에서 튀어나온 고백이었습니다. 1505년 7월 17일 아버지와 친지들의 반대를 무릅쓰고 어거스틴 수도회 소속 에르프로트 수도원에 들어갔습니다. 루터가 수도원에 들어가게 된 가장 큰 요인은 영적 유혹, 즉 "자비로우신 하나님을 내가 어떻게 발견할 수 있을까?"라는 문제를 찾기 위한 기나긴 영적 투쟁의 결과였습니다. 이 질문은 "선행적 의인화"(work justification) 사상과 연결되어 있었습니다.

만일 그러한 영적 유혹이 없었다면, 당시 사람들은 자기들을 위해서나, 연옥에서 번민하는 가족들을 위해서나, 면죄부 같은 것을 사지 않아도 되었을 것입니다. 초기 루터의 고민도 바로 이러한 영적인 관심, 즉 자비로우신 하나님을 만나고 구원의 확신을 얻는 것이었습니다. 루터의 영적 실존적 갈등과 번뇌와 갈급함의 내적 아픔, 심리적으로 해명할 수 없는 상태에서 그는 결국 성직에의 좁은 길, 순례의 길을 택했던 것입니다. 루터는 그의 스승이자 어거스틴 수도원장이었던 스타우피츠(Staupitz)의 지도하에 1508-1509년 동안 영적인 문제를 신학적으로 극복하는 데 많은 도움을 받았습니다.

1510년 루터는 어거스틴 수도원이 규칙을 강화하고 재정비하는 일에 대표로 뽑혀 로마를 방문하였을 때, 로마 교황청의 빌라도 법정 계단을 무릎을 꿇고 올라가면서 구원의 확신을 얻으려 하였으나 오히려 심한 절망에 빠지게 되었습니다. 뿐만 아니라, 그의 로마 방문은 로마교회의 세속화를 개탄하고 비판하는 계기가 되었습니다. 그의 영적 갈망을 해결시켜 주기는커녕 오히려 깊은 영적 시련의 늪에 빠지게 되었습니다. 에르푸르트로 돌아온 루터는 스타우피츠에 의해 다시 비텐베르크로 재임명되어 1511년 이후 계속해서 살다가 그곳에서 여생을 마치게 되었습니다. 비텐베르크는 그의 삶의 중심지가 되었고, 또한 그의 종교개혁신학과 운동의 중심지가 되기도 하였습니다.

1512년 10월 루터는 신학박사 학위를 받았으며 동시에 그는 성서주석과 강의를 맡는 교수가 되었습니다. 루터는 스콜라주의의 기초를 이루고 있는 아리스토텔레스의 이성과 펠라기우스주의의 자유의지에 비판을 가하기 시작하였습니다. 인간의 이성적 사변에 의해서나 자유주의적 결단과 선행의 노력으로 구원을 얻을 수는 없다고 확신하였습니다. 그리고 루터는 어거스틴 신학에 입각하여 인간구원에 있어서의 의지의 노예 신세를 강조하고, 믿음으로, 은총을 통해서만 구원 받음을 주장하게 되었습니다.

루터는 로마서 강해 중에 특히 로마서 1장 17절을 명상하고, 읽고 하는 중에 무섭게 심판하시는 "하나님의 의"(righteousness of God)가 아니라, 우리를 용납하시고 사랑하시는 "하나님의 의"를 이해하게 되었습니다. 십자가 사건을 통하여 우리에게 베푸는 엄청난 용서의 은총을 믿으면 의롭다 하심을 받는다는 깨달음이었습니다. 그것이 1517년 10월 31일 비텐베르크 대학 성곽 예배당 정문에 게시된 95개조 항의문으로 이어지게 된 것입니다.

그는 1519년 라이프치히에서 가톨릭 측의 존 엑크와의 논쟁으로 인해 어려움을 당하게 되었고, 1520년 결국 가톨릭으로부터 파문을 받았으며, 황제 찰스 5세로부터도 '법의 보호를 받지 못하는 사람'으로 선포 받게 됩니다. 1521년 보름스 국회에서 루터는 유명한 최후진술 "하나님! 내가 여기 있나이다 나를 도우소서"(Here I stand, help me, God!)를 남겼습니다.

그 후 루터는 프레데릭 4세의 도움으로 변장을 하고 바르트부르크(Wartburg) 성에서 망명생활을 하는 동안 깊은 미로 속에 있는 골방에서 쉬운 독일말로 신약을 번역하는 위대한 작업을 하였습니다(지원용 편,《루터 사상의 진수》, 컨콜디아사, 1989, R. 프렌터, "십자가의 신학", 137-156 참조).

1523년 이후 농민전쟁으로 루터는 종교개혁에 오점의 사건을 남기게 됩니다. 물론 논의의 여지는 없지 않으나, 제후와 귀족계급을 옹호했고, 농민전쟁 지도자 뮌처나 농민들의 비난을 받게 됩니다. 1524년 에라스무스의 〈자유의지론〉과 1525년 루터의 〈노예의지론〉 논쟁으로 인문주의운동과 완전히 결별하는 아픔을 겪기도 하였습니다.

1525년 6월 13일 농민전쟁 중에 루터는 수녀였던 카타리나 본 보라(Katharina Von Bora)와 결혼하였습니다. 루터는 수녀원의 수녀들을 결혼시키는 중매쟁이 역할을 하였는데, 마침내 모두들 신랑을 찾아가고 카타리나만 남게 되었습니다. 그녀의 신랑감도 열심히 찾았으나 성사시키지 못하였습니다. 그래서 결국 그녀와 결혼함으로써 문제를 해결하였습니다. 장가를 가 준 셈입니다. 수도사로서 수녀와 결혼했다는 이유로 가톨릭으로부터 타락한 성직자로 비난을 받았습니다. 이런 일화가 있습니다. 한번은 절망에 빠진 루터에게 용기를 주기 위해서 부인 카타리나는 검은 장례복을 입고 그를 맞이하였습니다. 그때 루터는 전능하신 하나님이 살아 계시는데 왜 그가 죽은 것처럼 절망하였는가를 반성하고 다시금 용기를 얻고 종교개혁을 성공적으로 이끌어 갈 수 있었습니다.

참된 신학자는 책을 읽고 명상하고 사변하는 데서 만들어지지 않고 삶과 죽음, 비난과 고난 속에서 만들어집니다. 루터의 삶의 뼈아픈 고난의 십자가가 가시와 같이 그를 찔렀기에 그의 십자가 신학이 살아 있는 신학(Living theology)으로 발전할 수 있었다고 볼 수 있습니다.

## 5. 숨어 계신 하나님

루터는 우리의 신학은 오직 십자가뿐임을 말합니다. 또한 그는 하나님의 속성의 양면성, 곧 계시하는 하나님과 숨어 계신 하나님을 말합니다. 예수님의 "어찌하여 나를 버리셨나이까?"라는 절규 속에서도 침묵하고, 외면하고, 숨어 계신 하나님(the hidden God)은 숨어 계신 방법으로 현존합니다(the hidden presence of God).

루터의 십자가 신학은 다양한 방식으로 표현되었습니다. 신약의 바울, 고대교회 어거스틴, 중세의 베르나르드, 현대의 키에르케고르의 저술들에 나타나 있습니다. 루터의 십자가 신학의 독특한 점은 그의 히브리서 강해(1517-1518)의 이른바 히브리서 12장 11절 주석에서 나타납니다. "무릇 징계가 당시에는 즐거워 보이지 않고 슬퍼 보이나 후에 그로 말미암아 연단한 자에게는 의의 평강한 열매를 맺나니"라고 합니다.

루터의 하나님은 그리스도의 십자가 안에서 자신을 계시하시는 하나님이며 고통 속에 감추어진 하나님입니다. 하나님은 십자가 처형의 고통과 치욕 아래 감추어 있음으로 하나님의 계시는, 베일로 가려져 있습니다. 그러므로 "하나님이 그리스도의 십자가 안에서 자신을 계시하셨다"는 진술에는 두 가지 의미가 있습니다. 1) 죄인들에 대한 하나님의 사랑은 하나님의 아들이 우리의 모든 죄를 위하여 십자가에서 형벌을 받았다는 사랑으로만 알 수 있습니다. 2) 십자가에 나타난 하나님의 사랑은 우리가 자신의 십자가를 기꺼이 지는 한에 있어서만이 우리가 소유할 수 있는 것입니다. 골고다의 그리스도의 십자가와 우리 자신의 십자가의 신비한 동일성은 루터의 십자가 신학의 본질적 요소입니다.

루터의 십자가 신학은 근본적인 삼위일체의 방식을 따랐습니다. 창조자 성부 하나님, 구속자 성자 하나님, 구원자 성령 하나님은 십자가 안에서 계시되며 십자가를 통해서 우리의 구원을 이루십니다. 이런 이유로 섭리, 구속, 구원은 모두 십자가의 표지 아래 위치해 있습니다. 우리의 신앙과 전 삶을 십자가에 순응시키는 성령은, 성부와 함께 우리의 구속을 성취한 성자에게로, 그리고 하나님의 섭리 안에서 십자가에 달린 성자와 우리를 하나로 만드는 성부에게로 우리를 이끌므로 역사하십니다. 이리하여 십자가를 감금하려 드는 교회나 종교의 영역과, 세상의 영역 사이에 우리가 세우는 벽들을 부수어졌습니다. 이것이 루터의 십자가 신학의 본질입니다.

중세 수도원적 경건에 뿌리를 가졌던 십자가 신학은 루터를 수도원 밖으로 이끌어냈습니다. 왜냐하면 진정한 십자가는 더 이상 수도원생활 중에서 스스로 선택한 것이 아니라, 우리의 매일의 생활에서 그의 계급이나 직업이 무엇이든 간에 시련과 고통이 따르기 때문입니다. 십자가적 삶은 더 이상 종교개혁 이전의 수도원에서 금욕적 경건이나 고해실 안에서의 무절제한 시련이 아니라, 이웃에 대한 매일의 봉사 안에 있습니다. 루터는 성·속의 영역으로 구분하는 것을 거부하였습니다.

루터는 '마리아의 찬가'(Magnificent)를 해석하면서 신앙과 기도에 대해 말할 때, 신성한 영역이 아니라 지상의 삶에 대해서 언급하며 올바른 기도를 다음과 같이 아주 대담하게 묘사했습니다. "그의 팔로 힘을 보이사 마음의 생각이 교만한 자들을 흩으셨고 권세 있는 자를 그 위에서 내리치셨으며 비천한 자를 높이셨고 주리는 자를 좋은 것으로 배불리셨으며 부자는 빈손으로 보내셨도다"(눅 1:51-53). 여기에서 루터는 영적 굶주림과 갈증에 대해 말하는 것이 아니라 실제적인 육체적 굶주림과 갈증에 대해 말하고 있으며, 하나님의 일을 할 수 있도록 우리는 복음을 통하여 기아에 이른다고 말하고 있습니다(지원용 편, 《루터 사상의 진수》, 컨콜디아사, 1989, R. 프렌터, "십자가의 신학", 137-156 참조).

## 6. 고당 조만식의 신앙과 순민(殉民)의 길

고당(古堂) 조만식(曺晩植)은 기독교 신앙의 바탕에서 일제강점기와 해방 초기에 교육, 경제, 언론, 체육, 정치 등 근대 한국 민족 민주통일운동에 큰 족적을 남긴 위대한 인물입니다. 그가 태어난 1882년은 임오군란(壬午軍亂)으로 한국의 신·구세력이 치열한 대결을 벌이던 해였고, 그해 5월에 미국과 수호통상조약을 맺고 한국이 서양에 대해 문호를 처음 개방한 해입니다.

그의 생애를 일별해 보면, 대부분의 사회적, 민족적 활동은 기독교신앙이 바탕이 되었기에 가능하였습니다. 고당은 1905-1908년 숭실학교에서 좋은 벗들을 사귀며 새로운 신앙에 심취하며 내일을 준비하였습니다. 숭실과 기독교신앙, 그의 생애에 다가왔던 이 두 사건은 조만식을 하나님 앞에서 새로운 존재로 태어나게 하였습니다. 1908년 3월에 숭실을 졸업하고 4월에 동경 세이소쿠 영어학교에 입학하여 3년간 영어를 전공하였습니다. 이때 고당은 인도 간디의《자서전》을 읽고 그의 무저항주의와 채식주의에 철저히 공명하였습니다. 뒷날 그가 한국의 간디로 추앙 받게 되는 것은 이런 계기가 있었습니다. 29세에 영어학교를 졸업하고 그해 1910년 메이지대학 법학부에 진학하였습니다. 조국의 운명이 풍전등화 같아 많은 우국지사들이 조국을 떠나 망명길에 올랐습니다. 고당은 뜻이 있고 기독교신앙을 가졌기에 일시적인 분노와 좌절을 절제하였습니다. 고당은 귀국 후 오산, 광성 등 기독교학교에서 성경 교수와 설교를 통해, 산정현교회 장로로, 평양 YMCA 총무로 활동하며 한국 기독교계의 지도자로 등장하였습니다.

고당에게 중요한 것은, 그는 신앙을 자신의 인격 속에서 육화(肉化)되어 실천적인 삶으로서 이해하여 예수 그리스도의 인격을 자기의 인격으로 살려고 하였고, 그리스도의 삶을 자신의 것으로 만들려고 노력하였습니다. 그는 특히 초기부터 칼빈주의적인 청교도 신앙과 그 실천을 받아들인 것으로 보입니다. 그의 칼빈주의적 청교도성은 생활의 절제성을 강조하는 것으로 나타납니다. 서구의 칼빈주의가 갖는 프로테스탄트 윤리는 정직과 신의, 근면함과 절제, 절약으로 집약됩니다. 고당은 생활의 절제성을 대단히 강조하였습니다. 그의 물산장려운동도 이러한 절제운동에서 출발했고, 민족의 존재를 하나님 앞에서 깊이 인식한 데서 나온 신앙적 소산입니다. 고당은 교회와 그리스도인들이 민족경제에 깊은 관심을 가져야 한다고 강조했습니다.

고당의 삶을 요약한다면, 신앙과 절조-순교자와 동행하고 순민 (殉民)의 길을 걸으신 위대한 기독교 지도자였습니다. 산정현교회 장로로 당회에 참석하지만 별로 말이 없었고, 그의 감화와 위력에 의하여 당회는 일치단결하며 바른 결정을 하고 교인을 감독 선도하였으며, 교계의 거성인 강귀찬 목사, 박형룡 박사, 송창근 박사 그리고 한국 기독교 순교사상의 샛별인 주기철 목사 같은 분이 나올 수 있었습니다. 고당과 산정현교회의 이 같은 자세는 그의 제자였던 주기철 목사에게 큰 힘이 되었을 것이고 따라서 주 목사는 그 의롭고 고통스러운 길을 산정현 교우들과 함께했던 것입니다. 신사참배 반대라는 하나님의 뜻이 산정현교회 현장에서, 정치적인 면의 조만식 장로와 종교적인 면의 주기철 목사의 양립과 조화로서 영광의 승리가 성취되었습니다. 평양 산정현교회의 고당 조만식 장로는 우리 민족 역사에 길이 횃불이 될 것입니다.

옥문 밖에서 순교자와 동행했던 고당은 해방 후 자신을 기대하는 수많은 백성들을 위해 자기의 한 목숨을 버리는 순민(殉民)의 길을 걸었습니다. 살 수 있는 여러 번의 기회가 있었음에도 불구하고 "어찌 나 혼자만이 살기 위하여 이곳에서 고생하는 동포들을 버리고 떠날 수가 있겠는가", "나는 일천만 북한 동포와 생사를 같이하기로 했소"라는 비장한 결심은 바로 일제하의 순교자의 길을 걸었던 것과 다를 바 없습니다. 전자가 하나님 이외에 어떠한 존재도 숭배하지 않겠다는 '숭신(崇神)신앙'에 근거한 것이라면, 후자는 하나님이 창조한 그러나 의지할 데 없는 민중들을 끝까지 봉사하겠다는 '활인(活人)신념'에 근거한 것이라 할 것입니다. 그러나 이 두 가지는 모두 십자가를 지는 길이었고 민족의 고난에 동참하는 숭고한 신앙인의 길이었습니다(이만열,《역사에 살아 있는 그리스도인》, 한국기독교역사연구소, 2007, "그리스도교 신앙인 고당 조만식", 168-208 참조).

## 7. 한반도 분단 상황에서의 고난 사관

한국의 역사는 고난의 역사입니다. 고난의 역사! 한국 역사의 밑에 숨어 흐르는 바닥 가락은 고난입니다. 이 땅도 이 사람도, 큰 일도 작은 일도, 정치도 종교도, 예술도 사상도 무엇도 다 고난을 드러내는 것입니다. 이 말을 듣고 놀라지 않을 사람은 없을 것입니다. 그러나 부끄럽고 쓰라린 사실임을 어찌할 수 없습니다(함석헌,《뜻으로 본 한국역사》, 한길사, 2012, 93-94).

《뜻으로 본 한국역사》는 한과 압박과 억압과 부끄러움과 고난과 가난은 한국 역사의 기초이기에, 그것은 함석헌의 개인적 경험과도 연결되는 것이다. 또한 그가 소위 역사 교사로서 한국 역사를 가르치기 위해서 이 글을 썼으나, 공교롭게도 1930년대의 한국 민족의 현실이요, 20세기 한국 역사의 현주소라고 볼 수도 있습니다.

함석헌 선생은 또한 한국이 지정학적 이유에서 고난을 받을 수밖에 없음을 지적합니다. 한반도는 아시아 대륙과 일본 열도 사이에 위치해 있어서 통로가 됩니다. 새로운 문화를 받아들이고 확장시키는 장점을 지니지만, 잦은 외국의 침략과 독립을 유지하기 어려운 것이 약점입니다. 그래서 열강의 세력다툼의 장이 되어 왔고 한때는 중국과 일대일로 싸우기도 했지만 결국은 수, 당, 명, 청 등 중국의 지배를 당하였고, 근대에는 몽고의 침입과 임진왜란이 있었으며, 현대에는 청일전쟁, 노일전쟁 그리고 한일합방의 아픔이 있었습니다.

장공 선생은 "분단의 한과 한풀이"에서 한반도 분단의 역사적 의미를 찾고 있습니다. 전 세계가 두 진영으로 갈라져 38선에서 딱 부딪쳤는데 그 운명에서 새로운 사명을 발견함이 38선이 창조할 소명이라 했습니다(《김재준 전집 18》, 332-340 참조). 그럼에도 한민족은 역사상 한 번도 다른 나라를 침범하지 않았습니다. 한민족은 평화를 사랑하고 자비로운 높은 도덕 수준을 가졌습니다. 아마도 이러한 평화의 심성이 고난의 역사의 원인이 되었는지도 모릅니다. 그래서인지 함석헌 선생은 이 민족을 큰 길가에 앉은 거지 처녀, 수난의 여왕이라고 비유했습니다(함석헌, 《뜻으로 본 한국역사》, 110).

함석헌 선생의 역사 이해의 주춧돌인 '고난 사관'의 뿌리와 토양이 성서의 '고난의 메시아' 사상과 접촉점이 있음은 확실합니다. 이스라엘의 역사가들이 주전 6, 7세기 포로기 시대에 겪은 고통과 시련 속에서 율법서, 예언서, 역사서 등을 남긴 '삶의 자리'와 동일하다고 할 수 있습니다. 특별히 제2이사야의 '고난의 종의 노래'(53장)는 징계와 훈련을 통한 사랑의 채찍질이라는 도덕적·교육적 시각을 넘어섰다고는 하지만, 일반적으로 이스라엘 사가들의 사관은 인과응보적인 시각의 차원이 있습니다. 이스라엘 백성이 고난과 치욕과 멸망과 징계를 받은 것은 야훼와의 계약을 어겼기 때문이라는 것입니다(김경재, "함석헌사관의 기독교적 요소",《민족의 큰 사상가 함석헌 선생》, 한길사, 2001, 365-382 참조).

함석헌 선생은 "고난은 인생을 심화합니다. 고난은 역사를 정화합니다. 평면적이던 이도 이를 통하고 나면 입체적인 신앙을 가지게 되고, 더럽던 압박과 싸움의 역사도 눈물을 통하여 볼 때에는 선으로 가는 힘씀 아닌 것이 없습니다. 중국의 교만, 만주의 사나움, 일본의 영악, 러시아의 음흉이 다 견디기 어려웠지만, … 우리가 고난의 길을 걷는 것은 살고자 하기 때문이요, … 살려주시는 것은 할 일이 있는 증거라고 하였습니다. 우리의 맡은 역사적 사명을 다하기 위하여 고난의 초달(楚撻)을 견뎌야 한다"고 강변하셨습니다(함석헌,《뜻으로 본 한국역사》, 130 참조).

노명식은 그의 논문 "토인비와 함석헌의 비교시론 – 고난 사관을 중심으로"에서 함석헌의 고난 사관은 그의 삶의 절규에서, 토인비의 고난 사관은 그의 학문적 탐구과정에서 형성된 것으로 민중과 내적 프롤레타리아(inner proletariat)의 고난이 역사 탄생의 수단임을 비교, 연구하였습니다. 쇠망해 가는 낡은 문명 속에서 고난 받는 내적 프롤레타리아는 새 문명 탄생의 수단이요 번데기(chrysalis)인데, 이 내적 프롤레타리아의 정치적, 경제적, 정신적 고뇌의 산물이 고등종교라고 해석합니다. 노명식은그 내적 프롤레타리아가 함석헌의 민중 개념과 유사함을 밝힙니다(노명식, "토인비와 함석헌의 비교시론 – 고난 사관을 중심으로",「한국기독교연구논총 제3집」. 서울: 숭전대학교출판부, 1985, 182-183).

## 8. 분단 상황의 재조명과 과제

우리는 분단 70년을 맞으며 분단의 재조명과 과제를 위한 이정표를 바로잡아야 합니다. 1) 분단 역사의 원천을 제2차 세계대전 말엽 테헤란, 카이로, 얄타, 포츠담 등지에서 찾는 일에서 깨어나서 우리 민족 내부의 분열에서 찾아야 합니다. 2) 8·15 해방 직후 '신탁통치안'을 분별 있게 판단하여 겨레의 운명을 결정할 만한 지혜가 당시 지도자들에게 결여되어 있었습니다. 반탁, 찬탁 성명으로 싸움만 하는 동안 38선은 점점 공고한 분단의 성벽으로 바뀌었습니다. 백범 김구는 분단의 제물로 한민족의 골고다를 거룩하게, 장엄하게 가신 분입니다. '민족의 지상명령', '바른 길', '양심'을 좇아 '38선 취소'와 '남북통일'을 주장하며 남과 북의 단독정부수립을 죽음으로 반대했던 것입니다. 3) 남북이 38선으로 굳어져 버린 후 쌍방 간에 높인 구호들은 남한의 '북진통일'이고 북한의 '무력통일'이었습니다. 양쪽이 분단체제를 더 강화하고 백성을 괴롭히는 강압 정책, 독재정권을 유지해 온 과거였습니다. 냉전의 높은 철벽은 낮아질 줄 몰랐습니다. 4) 분단 40년의 험준한 가시밭길 위에 민족사에 남을 꽃밭이 있었다면, 1972년의 "7·4공동성명"이었습니다(이윤구, "분단현실의 극복을 위한 제언", 「기독교사상」 1985, 6월호). 5) 동·서독의 통일 과업 수행을 보면서, 남북한을 재조명하고 통일 과제에 대하여 다시 생각해 봐야 합니다. 독일교회는 민족의 분단과 상황에 처한 한국교회에 중요한 관심사입니다. 물론 분단의 역사와 상황이 비슷한 것 같지만 한국과 독일은 그 역사적, 정치문화적, 민족사회적 상황이 너무나 다릅니다. 그러나 그래도 한국교회는 독일교회로부터 배울 바가 있다는 것은 사실입니다.

독일 민족은 1970년대 초에 브란트 정부의 동방정책(Ostpolitik)으로 동·서독 관계의 정상화를 할 때, 절대 통일이 불가능한 상황에서도 한 민족 두 국가라는 생각으로 이산가족을 결합시키고, 방문과 교류를 증대하고, 학술, 종교, 문화의 공동 작업을 통해서 민족의 단일성(Einheit des Volkes)을 유지해 나갔습니다. 즉 아직 통일은 못 했으나 자녀교육 문제, 제사 문제, 가문의 예절이나 체통 문제는 함께 이야기를 나누며 유지하자는 방안입니다. 실제로 서독교회는 동독을 위해서 서독교회 예산의 42%를 나누어 주었습니다. 참으로 놀라운 이야기입니다.

남북한 통일에 대한 중요성은 동북아는 물론 전 세계의 평화안전 유지에 직·간접적인 영향을 줄 수 있습니다. 지정학적으로 한반도는 미·일·중·소의 4대 강국의 관심사이며, 한반도 긴장이 고조되거나 완화될 때 세계평화에 미치는 영향은 엄청납니다. 그러한 이유로 주변 강대국들은 남북한 관계 변화에 예민한 반응을 보이고 때로 한반도가 그들의 적극적 정책 대상이 되기도 합니다. 오늘날의 상황에서 강대국들이 한반도에서 추구하는 궁극적인 목적은 전쟁 재발을 억제하고 현상을 유지함으로 그들의 국가 이익을 극대화하는 것입니다. 남북통일 문제에 강대국들은 일반적으로 부정적인 태도입니다.

그러므로 통일은 남북 당사자 간에 자주적인 방법으로 남북 주도적으로 나아가야 할 중대한 과제가 있음을 명심하여야 합니다. 남북은 서로 간에 상대방을 자극 비방해서는 아니 됩니다. 우리 한민족 남과 북이 주변 강대국들과 편 가르기로 군사적 힘이나 훈련을 하는 것도 지혜롭지 못할 뿐 아니라, 평화를 위해 고려해야 할 부분입니다. 그러한 의미에서 남북 평화통일은 예수님의 원수 사랑의 정신을 구현하는 것이어야 합니다. 6·25한국전쟁의 아픔은 우리 민족이 서로 원수 됨을 용서하고 화해하며 자존심을 심어 주고 신뢰하며, 대화하고 사랑과 물질을 나누는 운동을 펴는 일로 전환해야 합니다. 이것은 바로 예수님의 하나님 나라 운동이기도 합니다. 이 시대에 하나님이 한민족에게 주시는 하늘의 뜻이고 사명입니다.

# 오직 성실함으로

잠언 3:1-10, 디모데전서 1:12-17

지혜의 왕 솔로몬에게는 마지막 결정적인 소원 한 가지가 있었습니다. 솔로몬은 21살에 왕이 되었습니다. 하나님께서 새로 임금이된 솔로몬에게 꿈에 나타나셔서 한 가지의 소원을 요청하도록 하셨습니다. 이때 솔로몬은 지혜를 구하였습니다. 실로 솔로몬의 지혜는고명한 것으로, 그는 초기 유대문학과 후기 이스라엘의 지혜문학 전통에 가장 많이 연관된 인물이 되었습니다. 그는 7년에 걸쳐 부왕다윗이 준비하였던 건축 자재로 성전 건축을 완성시켰습니다. 그 후13년에 걸쳐서 왕궁을 건축하였습니다. 20여 년 동안을 건축을 한셈이니 위대한 건축가라 할 수 있습니다.

솔로몬은 하나님 앞에 나아가서 간절히 구하는 중에 부귀도, 영화도, 장수도 그리고 군사의 힘도 아니었고, 하나님이 기뻐하시는지혜를 구하였습니다. 그는 지혜를 구할 줄 아는 지혜의 사람이었습니다. 전무후무한 지혜의 왕으로서 역사에 길이 남는 일, 지혜로 나라를 다스리고, 지혜로 세계를 제패했습니다. 그는 전쟁 없이 지혜로 나라를 평안하게 다스리면서 40여 년의 왕의 영광을 누렸습니다.

그러나 그는 나이가 많아 세상을 떠나게 될 때가 임박했을 때 깨달은 것이 있었습니다. 그것은 이제 그의 마지막 소원이었습니다. 그것은 지혜가 아니라 성실(sincerity, faithful)이었습니다. "하나님이여 내 입에서 허탄한 말을 하지 않게 해 주세요. 죽기 전에 이 소원을 이루어 주세요." 이렇게 간절히 하나님 앞에 기도한 것을 잠언에서 읽을 수 있습니다. "너는 마음을 다하여 여호와를 의뢰하고 네 명철을 의뢰하지 말라. 너는 범사에 그를 인정하라 그리하면 네 길을 지도하시리라"(잠언 3:5-6). 계속해서 말씀합니다. 7절 이하에서 "스스로 지혜롭게 여기지 말지어다. 여호와를 경외하며 악을 떠날지어다. 이것이 네 몸에 양약이 되어 네 골수로 윤택하게 하리라 네 재물과 네 소산물의 처음 익은 열매로 여호와를 공경하라. 그리하면 네 창고가 가득히 차고 네 즙틀에 새 포도즙이 넘치리라"(잠언 3:7-10).

사실 솔로몬 제국은 교역에 매우 중요한 위치를 확보했고, 주변 국들과 군사적으로 협조관계를 잘 유지했습니다. 솔로몬은 어떤 나라들과는 결혼을 통하여 긴밀한 관계를 맺었습니다. 그러나 불행하게도 그의 외국인 아내들은 솔로몬으로 하여금 이스라엘의 하나님께 대한 순수한 예배에서 멀어지도록 했습니다. 이로 인하여 그의 사후에 나라가 분열되는 결과를 낳게 되었습니다. 청년의 때에 솔로몬의 소원은 지혜였습니다. 그러나 세상을 끝낼 때의 그의 소원은 성실이었습니다.

진실이 얼마나 귀하다는 것을 알 때, 진실이 가장 귀한 것임을 깨달을 때 비로소 인생의 의미를 알게 되는 것입니다. 진실하기가 얼마나 어려운가! 진실하기 위해서 애써 본 사람이 아니면 진실이 얼마나 어렵다는 것을 모릅니다. 진실해 보지 않은 사람은 진실이 가장 귀하다는 사실도 모릅니다. 이보다 큰 보화도 없고, 이보다 큰 영광도 없고, 진실보다 무서운 힘도 없습니다. 하나님 앞에 진실하고 이웃에 대하여 진실하고, 자기 자신에 대하여 진실한 사람보다 더 큰 영광과 지혜와 보화는 없다는 말입니다.

신약 본문에 "충성"이란 말이 나옵니다. 공동번역에는 "성실함으로" 되었습니다. "그리스도께서 나를 충성 되이 여겨 내게 직분을 맡기심이니"(딤전 1:12)라고 바울은 말씀했습니다. 이 충성이란 헬라 원문에는 faithful, piston, 즉 "진실, 성실, 충성" 그런 의미입니다. 하나님께서는 언제나 그 중심에 있는 진실을 보십니다.

'한국판 테레사' 서서평 선교사를 기억하시나요! 재미동포 양국조 씨가 서서평 선교사의 내한 100돌을 맞아 그를 기리는 두 권의 평전, 《조선을 섬긴 행복 – 서서평의 사랑과 인생》과 《바보야, 성공이 아니라 섬김이야 – 엘리제 쉐핑 이야기》를 펴냈습니다.

성녀 테레사 수녀(1910-1997)는 동유럽의 세르비아에서 태어나 18살에 수녀회에 입회한 데 이어 1930년 인도의 빈민가로 파견돼 버려진 채 죽어 가던 사람들을 돌봤습니다. 테레사 수녀는 '인도인'이 아닙니다. 하지만 인도의 권위지가 인도인 5만 명을 대상으로, 간디를 제외하고 '역대 위대한 인도인이 누구냐'고 물은 설문조사에서 '가장 위대한 인도인'으로 꼽혔습니다.

엘리제 셰핑(1880-1934), 한국 이름으로 서서평 선교사는 독일에서 태어나 9살에 미국으로 건너가 간호학교를 나와 간호사로 지내던 중 개신교에 투신해 테레사 수녀보다 18년 앞선 1912년 3월 조선선교사로 파견됐습니다. 그는 최초의 여자신학교인 이일학교(한일장신대 전신)와 여성운동의 산실인 부인조력회와 조선여성 절제회, 조선간호부회(대한간호협회 전신), 여전도회연합회 등을 창설해 이 땅의 여성운동과 간호계, 그리고 개신교에 지대한 역할을 했습니다. 하지만 그런 업적들만으로 그를 제대로 알긴 어렵습니다.

그는 전라도 일대의 나환우들과 걸인들을 돌보고 고아들을 자식 삼아 한 집에서 살다가 이 땅에서 병들어 생을 마쳤고, 자신의 주검마저 송두리째 병원에 기증하고 떠났습니다. 광주시에서 최초로 시민사회장으로 거행된 그의 장례식엔 수많은 나환우와 걸인들이 상여를 메고 뒤따르면서 "어머니"라 부르며 애도했습니다.

서서평이 활동하던 광주, 전남은 1930년도에 45만 가구, 220만 인구 가운데 굶주리는 인구가 무려 88만 명, 걸인이 11만 명에 이르렀다고 합니다. 서서평은 1년 가운데 100일 정도 나귀를 타고 전라남북도와 제주도까지 전도여행을 다니며 병자들을 돌보고 여성들을 교육시켰습니다. 서서평의 당시 일기엔 "한 달간 500명의 여성을 만났는데, 하나도 성한 사람이 없이 굶주리고 있거나 병들어 앓고 있거나 소박을 맞아 쫓겨나거나 다른 고통을 앓고 있었다"고 당시의 시대 상황을 말해 주고 있습니다.

서서평은 당시 이름조차 없이 '큰년이', '작은년이'. '개똥어멈' 등으로 불리던 조선 여성들에게 일일이 이름을 지어 불러주고, 자존감을 살리도록 했습니다. 그리고 자신이 세운 이일학교 여학생들과 함께 농촌으로 가서 매년 3만~4만여 명의 여성을 교육시켜 존중받는 한 인간으로서의 삶을 일깨웠습니다.

그는 한 나환우가, 같은 나환우였던 아내가 죽고 나서 병든 자신이 더 이상 키울 수 없다고 생각하여, 버리려 했던 아이를 데려다 양아들로 삼은 것을 비롯해 버려진 아이 14명을 양아들, 양딸로 삼았습니다. 소박맞거나 오갈 데 없는 미망인 38명도 데려와 한집에서 함께 살았습니다.

1926년 이 땅의 한 매체는 서서평 인터뷰 기사에서 그를 "사랑스럽지 못한 자를 사랑스러운 존재로 만들고, 거칠고 깨진 존재를 유익하고 이름다움을 지닌 그리스도인으로서 단련된 생명체로 만들고자 하는 것이 서서평의 열정"이라고 썼습니다. 서서평이 별세하자 선교사 동료들은 그를 '한국의 메리 슬레서'라고 추모했습니다. 메리 슬레서는 아프리카 나이지리아로 가서 버려진 아이들을 돌보다 숨져 아프리카 아이들의 어머니로 추앙된 인물입니다.

또 1930년대 미국 장로회는 전 세계에 파견된 수많은 선교사 가운데 한국 선교사로는 유일하게 서서평을 '가장 위대한 선교사 7인'으로 선정했습니다.

서서평의 부음을 듣고 그의 집에 달려간 벗들은 그의 침대 밑에 걸려 있던 좌우명을 보았습니다. "성공이 아니라 섬김이다"(Not Success, But Service).

우리가 반드시 그를 회상해야 할 교훈적인 것은, "미국에서 온 초기 선교사들이 교회와 병원, 학교와 고아원을 세워 좋은 일을 많이 했지만, 그러나 대부분 그들은 미국식 삶을 고수했을 뿐 조선인과 같이 된장국 먹고 고무신 신고 함께 자며 사는 서서평 같은 인물은 없었다"는 것입니다. 하나님이 이 땅에 오신 것은 우리와 하나가 되고 스킨십을 하기 위한 것이 아니겠습니까? 요즘 외국으로 파송된 2만여 명의 한인 선교사 가운데 상당수가 제3세계에 가서도 자녀교육 등을 위해 주요도시에 머물며 살고 있고, 정작 필요한 곳에 들어가 현지인들과 함께 살지 못하는 것에 대해 안타까움을 평전의 저자 양국조 씨는 피력하였는데 이에 대하여 공감을 갖게 합니다. 서서평 선교사가 추구한 선교국 위주의 성공 지향의 삶보다는 섬김의 거룩한 삶은 선교사의 귀감이 된다 하겠습니다.

다시 신약의 본문을 말씀하신 바울에 대하여 생각해 보겠습니다. 바울은 수십 년간 율법을 배워왔고, 율법을 믿어 왔지만 부활하신 그리스도를 만나서 "네가 핍박하는 예수다" 하는 말씀을 듣는 순간부터 철저하게 주님과 복음을 위하여 진실하고 충성을 다해 살았습니다. 전에 그토록 소중히 여기던 지식과 가문, 자기의 믿음과 율법에의 확신, 그의 과거의 모든 것들을 배설물과 같이 여겼다고 고백하고 있습니다(빌 3장). 바울은 깨끗이 자기를 부정했고, 체면이고 뭐고 하나도 뒤돌아보지 않았습니다. 그는 깨닫는 대로 꼭 실천하여 행동으로 옮기는 데도 진실하였습니다. 그러기에 방금까지 예수 믿는 사람을 채포하기에 분망했던 그가 변화 받고 다메섹에 들어가서 예수를 그리스도라고 전도하는 진실함의 용기를 보여 주고 있습니다.

바울은 "전에는 비방자요 박해자요 폭행자였다"고 고백합니다. 부끄럽지만 그는 과거를 숨기지 않고 과거를 인정하는 성실이 있었습니다. 그는 현재의 솔직함과 진실함을 보여 주고 있습니다. 즉 그는 이중적 자아에 대한 고민을 털어 놓았고, 그는 복음을 전할 때에 때로는 억지로 마지못해 전했다는 솔직함도 보여 주고 있습니다. 그는 또한 미래에 대하여도 성실했습니다. 앞에 순교가 있든지 어떤 비참한 핍박이 있든지 그대로 받아들이는 성실을 가지고 있었습니다. "그리스도 예수 우리 주께 내가 감사함은 나를 충성되이 여겨 내게 직분을 맡기심이니"(딤전 1:12)라고 하나님께와 모든 성도들 앞에 고백하고 있습니다.

오늘 우리의 삶의 주변과 나라는 어떠합니까? 먼저 우리 그리스도인들부터 그리스도 중심의 바른 삶의 가치관을 꼭 정립해야 합니다. 그리고 마음의 부정직함과 비리를 반드시 청산하고, 오직 성실함으로 살아가야 합니다. 우리의 고질적 병폐인 한탕주의, 돈과 명예를 위해서라면 수단 방법을 가리지 않는 몰 양심적인 탐욕 등을 멀리 떨쳐 버려야 합니다. 정직과 성실이 우리 개개인의 삶과 사회의 정신적 기틀이 되고, 그래서 양심이 회복되고 도덕이 회복되고 신뢰가 회복되어야 합니다.

남북관계의 개선을 중요시하는 남북이 서로 인내와 진실, 성실하게 임해 가야 합니다. 남과 북은 상생의 원리에 신실해야 합니다. 북한의 국가주의는 시대착오적인 모습을 보게 합니다만, 남한의 개인주의도 이기적이며 탐욕적인데 이를 과감히 청산해야 합니다. 남북을 이어줄 매개체로 코이노니아(교제, 사귐)으로 고난과 아픔을 함께 나누며 민족 동질성 회복에 주력해야 합니다. 우리 그리스도인들이 누구보다도 남북관계 개선을 위하여 삶의 모든 면에서 솔선수범해야 합니다.

예수님은 사람이 무슨 일을 하며 어떻게 살게 되든 어떠한 생각과 생의 자세를 가지고 사는가가 중요함을 친히 가르치셨습니다. 자신의 유익이나 복리가 아니라 "오직 남을 위한 관심과 삶"이 예수님의 기본적인 생의 정신입니다. 이 남을 위함에는 불행하고 어려운 이웃과 세상이 다 포함됩니다. 일찍이 본회퍼 목사가 성숙한 이 시대에 모든 전제를 빼고, '예수님'을 현대인에게 무엇이라 가르칠 것인가 물으면서 "오직 남을 위한 존재"라 했듯이, 오늘의 우리 그리스도인들이 오직 남과 세상을 위한 존재로 성실히 진실히 살 수만 있다면 무엇을 더 바라겠습니까? 우리 그리스도인 신자만이 아니라 주님의 몸 된 땅 위의 신앙공동체인 교회도 스스로를 위한 존재가 아니라 불행과 고난의 세계를 위한 존재이기에, '오직 고난의 세계'를 위해 예수님의 생과 같이 자기를 희생하며 세상의 십자가를 친히 지고 살며 봉헌할 수 있어야 합니다. 오늘의 우리의 시대는 이러한 그리스도인과 교회를 요청하고 있습니다.

고난은 인생을 위대하게 만듭니다. 고난을 견디고 남으로서 생명은 일단의 진화를 합니다. 핍박을 받음으로 대적을 포용하는 관대가 생기고, 궁핍과 형벌을 참음으로 자유와 고귀를 얻을 수 있습니다. 고난이 닥쳐 올 때 사람은 사탄의 적수가 되든지 그렇지 않으면 하나님의 친구가 되든지 둘 중의 하나가 되어야 합니다. 고난이 주는 손해와 아픔은 한때이나, 그것이 주는 보람과 뜻은 영원한 것입니다. 개인에 있어서나 민족에 있어서나 위대한 성격은 고난의 선물입니다. 고난은 인생을 하나님께로 이끄는 길입니다. 하나님의 은혜가 우리 모두와 함께하시기를 바랍니다.

# 그리스도의 부활과 신앙

## 1. 만물이 부활하는 봄

만물이 소생하는 봄의 계절에 왜 그리스도의 부활은 중요한가요? 그리고 부활신앙의 의미는 무엇인가요? 기독교는 예수님의 부활로, 부활을 믿으면서부터 시작되었습니다. 그리고 참 삶은 죽음도 감히 가두지 못한다는 것을 보여 준 역사적 사건입니다. 오늘날 우리에게 의미가 있는 이유는 그 당시의 유일회적인 것이 아니라, 오늘날에도 이 부활사건은 계속 역사 속에서 진행되고 있다는 사실인 것입니다.

우리는 매년 만물이 소생하는 봄의 계절을 맞습니다. 일제의 식민지시대의 어떤 시인은 '빼앗긴 들에도 봄은 오는가?'라고 읊었지만, 일제의 암혹 시대에도 봄은 어김없이 왔던 것처럼 오늘도 만물의 소생의 봄의 계절은 찾아옵니다.

겨울은 생명을 가두어 버리는 역할을 합니다. 겨울은 추위대로 대지를 돌처럼 동결시켜서 싹들도 영원히 질식시켜 근절시켜 버리듯 완전히 내리누르고 가두어 버립니다. 만일 이 겨울이 오래 계속된다면 갇힌 생명들은 땅속에 묻힌 채 그대로 죽고 말 것입니다.

그러나 만물소생의 봄의 계절은 어김없이 찾아옵니다. 봄은 땅에 갇힌 생명들을 불러일으킵니다. 땅에 갇혔던 생명의 싹들이 굳은 흙덩이를 떠밀고 굳게 밀폐시킨 무덤을 막은 큰 돌을 떠밀고 나오는 어떤 역사적 사건처럼 만물을 소생시킵니다. 참 신기할 정도입니다. 봄을 맞은 새싹의 순 끝은 한없이 부드럽게 싹 뜨고 꽃을 피웁니다. 땅에 갇힌 생명의 씨앗들은 봄을 만나기 위해 안간 힘을 다 쓴 결과도 있겠지만 어떤 신비한 위력을 느끼지 않을 수 없는 것입니다(안병무, 《생명을 살리는 신앙》, "오늘의 부활현장", 19-28).

## 2. 부활의 의미

우리는 그리스도의 부활로 만물이 소생하는 봄의 계절을 증명하려는 것이 아닙니다. 우리는 죽음도 생명을 가두지 못한다는 인류 역사의 결정적 사건을 증거하려는 것입니다. 부활은 봄과 함께 어김없이 찾아옵니다. 부활의 메시지는 세계에 널리 퍼져서 무덤 속에 갇힌 수많은 혼들을 불러일으켜 돌처럼 굳어진 저들의 숙명적인 삶, 구조적인 박해의 돌문을 열고 일어나게 합니다. 부활의 메시지가 봄의 태양이라면 그 소식을 들은 혼들은 봄의 새싹들입니다. 그런데 부활은 봄의 계절이 가져다주는 것이 아니라 2천여 년 전에 일어난 그리스도의 부활사건이 가져다준 것입니다.

그리스도의 부활이란 무엇이며, 그것은 어떤 의미를 가지는 것입니까? 실의에 빠졌던 제자들이 절망에서 소생함으로써 예수의 부활의 축제를 벌였습니다. 실의와 절망에 빠져 사선을 헤매는 자가 다시 소생함으로써 새로운 삶의 용기를 얻는다는 사실은 현존한 그리스도의 부활의 기쁜 소식입니다. 그는 죽었다가 다시 살아났던 것입니다.

부활은 옛 몸의 회복이 아니요, 옛 생명의 회생도 아닙니다. 옛사람의 죽음에서부터 새 생명이 시작됩니다. 완전한 죽음, 그 죽음에서부터 부활하는 또 다른 창조적 생명을 의미합니다. 그러나 부활은 말로 설명할 수 없습니다. 다만 예수의 부활사건, 예수의 부활하신 모습, 그 사건과 내용으로만 설명할 수 있는 것입니다. 부활의 개념은 예수께서 부활하신 그 순간부터 시작됩니다. 이것은 말로 표현할 수 없는 놀라운 하나의 사건이며, 동시에 우주적인 사건입니다. 부활에는 세 가지 차원이 있습니다.

1) 예수의 역사적인 부활입니다. 과거의 사건입니다. 십자가에서 죽고 장례되었다가 사흘 만에 부활하신 그 사건을 말합니다. 2) 현재적 성도의 부활 체험입니다. 예수의 부활 생명에 접하여 부활한 예수를 만날 때, 그 사람에게 또 다른 부활의 능력이 나타납니다. 예수의 부활 생명을 그의 인격, 그의 영혼의 지성소에서 만나게 될 때, 전혀 생각지 못한 생명의 변화가 일어납니다. 사람이 달라지고 변화합니다. 옛 사람의 완전 죽음과 함께 그리스도적인 새 생명이 나타

납니다. 부활한 예수를 만날 때에는 반드시 인격의 변화가 오고 그의 인생이 변화합니다. 세계관에 변화가 오고 가치관에 변화가 오고 그의 인생이 변화합니다. 그래서 우리는 이것을 현재적, 실존적 부활이라고 합니다. 3) 미래적이고 완성된 부활입니다. 주님이 재림하시는 날에는 이미 죽은 자, 산 자가 다 같이 부활하여 주님과 함께하는 영광된 잔치에 참여하게 됩니다. 이 종말론적인 부활, 이것은 예언적인 것이며 부활의 완성입니다. 주께서 부활하신 그 몸, 그 신령한 몸으로 우리 모두가 부활하게 된 것입니다. 이 사실은 성경이 증거하는 바요, 2천여 년 동안 우리 신앙인들이 믿어 온 유산입니다. 예수 그리스도의 사건 속에 있는 부활, 이것이 현존하며 또한 종말에 있다는 것입니다.

찰스 알렌(Charles L. Allen)은 《하나님의 정신병학》(*God's Psychiatry*)이라는 저서에서 세 가지의 시력을 들고 있습니다. 첫째, 신체적 시력인데, 우리가 눈을 떴기에 아름다운 경치도 감상하고 여러 가지 생각도 가능한 것입니다. 둘째, 정신적 시력입니다. 이성이 밝아야 하고, 비판하고 추리하고 통합하는 사고능력입니다. 합리적으로 사물을 판단하고 이해할 수 있는 총명이 있어야 합니다. 이러한 이해력으로 진리를 알게 됩니다. 셋째, 제3의 시력이 필요한데, 바로 영적 시력입니다. 하나님을 볼 수 있는 영의 눈이 있어야 합니다. 마음이 청결한자 만이 하나님을 볼 수 있습니다. 마음의 눈으로, 영의 시각으로 하나님을 볼 수 있습니다.

## 3. 부활의 역사적 증언들

누가복음 24장에 "연다"는 말이 세 번 나옵니다. 희랍어로 '디아노이고'라 하는 이 단어를 다르게 번역 사용하였습니다. 31절에는 "눈이 밝아져"—눈을 열었다는 뜻이요, 32절에는 "성경을 풀어"—이것도 성경을 열었다는 뜻입니다. 또 45절에는 '디아노이고'를 직역하여 "마음을 열어"라고 표현합니다. 이 세 가지 표현을 종합해 보면, 하나님이 여십니다. 주도권(initiative)이 우리에게 있지 않고 하나님께서 주도하십니다. 우리 눈을 열어 주시고, 성경을 열어 주시고, 우리 마음을 열어 주십니다. 성경을 열어 주시고 읽는 사람의 마음을 열어 주실 때에 성경 안에서 우리는 주님을 만날 수가 있는 것입니다. 엠마오로 가는 그들의 마음은 두려움과 의심, 세속적인 욕망, 편견, 더디 믿는 마음으로 가득 차 있었습니다. 이제 주님이 밝은 마음을 주시고 성경을 열어 주심으로 비로소 그들은 진리를 이해하게 됩니다.

이와 같은 경험의 재통합, 만남의 관계(encounter, confrontation)의 문제를 성경은 "뜨거워지다"라고 표현합니다. 이것은 의식 이전의 일입니다. 생각보다 먼저 가는 것입니다. 중생의 체험도, 생명의 역사도 그러합니다. "뜨겁다" 하면 빼놓을 수 없는 유명한 이야기가 있습니다. 요한 웨슬리(John Wesley)의 뜨거움의 신앙체험을 좀 소개하겠습니다. 사실 그는 신대륙 인디안들을 위한 선교에서 실패를 하고 우울하고 답답한 나날을 보내고 있던 때였습니다. 그는 1738년 5월 14일 새벽 5시 성경공부 시간에 베드로후서 1장 4절

"우리는 그 영광과 능력을 힘입어 귀중하고 가장 훌륭한 약속을 받았습니다. 여러분은 그 덕분으로 정욕에서 나오는 이 세상의 부패에서 멀리 떠나 하느님의 본성을 나누어 받게 되었습니다"(공동번역)는 이 말씀을 읽고 이상한 느낌을 가지고 있던 중 그날 밤 런던 올더스게이트 거리에 있는 모임에 참석했다가 역사적인 회심을 경험하였습니다. 그 모임에서 마르틴 루터의《로마서》주석 서문을 읽는 것을 듣다가 가슴이 뜨거워지는 경험을 했습니다. 웨슬리는 "그때 내 일생에 처음으로 경험한 뜨거움이었습니다. 내가 그리스도 안에 있다는 사실을 깨닫고 내 마음속의 모든 정욕과 죄악이 물러가면서 주님만을 모시는 기쁨으로 충만했습니다." 웨슬리는 이 기쁨을 참을 수 없어서 밖으로 뛰어나가 증거하였고, 그가 나가서 간증할 때에 사람들의 마음이 뜨거워지는 역사가 일어났다고 합니다. 이러한 성령운동이 크게 번져 지금의 영국성공회로부터 감리교가 파생하게 되었고, 나아가 부패와 타락으로 멸망 직전의 위기에 처한 영국을 도덕적, 영적 혁명으로 건져 내는 큰 역사를 이룩한 것입니다.

사도행전의 오순절 다락방의 120문도의 성령강림의 뜨겁고 용기 있는 새 출발의 경험은 처음교회를 탄생시킨 것이고, 그들은 모두 십자가에서 죽은 예수의 부활의 역사적 증인이라고 증언했습니다. 우리의 신앙, 초기 교회는 바로 이 부활의 증거 위에 세워졌습니다. 우리는 생명을 죽음이 가둘 수 없다는 사실을 보여 준 그리스도의 부활사건이 오늘에도 현존한다는 사실을 증거해야 합니다. 원래 증인이란 헬라어로 '마루투스'인데 영어로는 '마터'(martyr)라고 합니다. 순교자란 것입니다. 증인은 순교적 자세로 증거하게 됩니다.

순교할 각오가 되어 있어야 합니다. 순교자만이 진실한 의미에서 부활의 증인이 됩니다. 그들은 목격자이고, 진실해야 하고, 정확해야 하고, 용기가 있어야 하고, 사랑이 있어야 합니다. 성령의 능력을 덧입어야 합니다. 우리는 부활절의 절기에 다시 성경 안에서 성령의 인도하심에 전적으로 순종해야 합니다. 부활의 그리스도를 만나야 합니다. 그 귀한 경험의 순간, 모든 정욕은 물러가고, 감정이 순화되어 모든 지혜가 바로 서게 됩니다. 그리스도를 바로 보게 되고, 나 자신을 바로 보게 됩니다. 내가 해야 할 사명의 길도 깨닫게 됩니다. 절망의 원인은 정치나 경제, 외적인 세계에 있기보다 나 자신이 하나님과 만나는 그 뜨거운 체험이 없기 때문에 낙심하게 되는 것입니다.

예수 부활은 우리로 옛사람은 죽고 새 사람이 되는 증거를 주셨습니다. 예수 부활은 절망 속에 허덕이는 우리에게 새 희망을 주셨습니다. 예수 부활은 슬픔과 눈물과 한숨에서 기쁨과 즐거운 힘을 주셨습니다. 예수 부활은 불안과 공포의 무덤에서 일어나 새 생명과 산 용기와 새 꿈을 주셨습니다.

## 4. 죽임의 현장에서 새 역사를 이룩하는 부활

알버트 슈바이처는 예수의 죽음과 부활을 그의 《예수전》에서 이렇게 그린 적이 있습니다. "예수라는 한 청년이 단신으로 굴러오는 역사의 바퀴를 가로 막았습니다. 그러나 이 역사의 바퀴는 그대로 굴러서 이 청년을 그대로 압살하고 말았습니다. 그러나 이상한 일이 생겼습니다. 그것은 압살된 그 시체는 그 바퀴에 그대로 붙어서 돌아갔는데 그것이 점점 커져서 마침내 굴러가던 바퀴를 정지시켰을 뿐만 아니라 반대방향으로 굴러가게 했습니다. 이것은 분명히 한 역사적 사실을 말합니다. 예루살렘에서 일어난 이 조그마한 사건을 발단으로 마침내 로마가 굴복하고 역사의 방향을 다른 데로 돌린 것은 기적과 같은 일입니다. 그러나 이것도 어떻게 이런 일이 있을 수 있었는지를 설명한 것은 아니며, 예수의 죽음의 뜻이 포함되어 있지 않습니다."

그러나 우리가 알아야 할 중요한 것은 예수의 죽음은 불법자들의 손에 죽었다는 사실입니다. 우리 그리스도인들은 단순히 우리의 죄를 대신했다는 데만 강조점을 두었는데 물론 그것도 옳은 말입니다. 그러나 가장 중요한 또 하나의 사실이 있습니다. 그것은 예수가 불법자들의 손에 죽음으로써 바로 불법자들의 손에 의해 죽은 그 죽음을 대신하고 그 죽음과 싸워서 이겼다는 사실입니다.

예수의 부활은 불법자들의 손에 의해 말 못한 채, 억울함, 배신, 수치, 모욕, 절망, 그 가난함, 그 울음, 그 고통을 안은 채 깔려 죽은 저들을 살려 일으킨 첫 열매라는 사실입니다. 예수의 부활은 죽음의 권세를 깨뜨렸습니다. 이것은 죽이는 것을 최후의 무기로 협박한 권력자들에게서, 인간을 공포에서 해방했다는 뜻입니다. 예수의 죽음이 불법자들의 손에 죽은 것처럼 그의 부활도 바로 불의한 자들에게 깔려 죽은 자들을 해방하는 사건이고 새 역사라는 사실입니다.

그렇다면 오늘 부활사건의 현장은 어디에서 찾을 수 있을까요? 매우 중요한 역사적 사실인데, 바로 어떤 물리적인, 폭력적인 힘을 최고 지상으로 알고 죽음으로 협박하면서 불법으로 구조적인 악법으로 순수한 민중을 억누르는 삶의 상황, 삶의 현장에서 찾아야 할 것 아닌가 합니다.

우리는 4·19혁명을 그 예로 들 수 있습니다. 독재체제의 유지를 위해 추악한 수단과 방법을 다 동원한 부정선거에 대해 무흠한 학생들을 중심으로 하여 일어났던 것을, 우리 민족의 저항사에서 역사적 유산으로 남겨 준 것을 잊어서는 아니 됩니다.

또 하나의 사건은 역사를 좀 더 거슬러 올라가서 1919년 3월 1일 민족대표 33인의 이름으로 독립선언서를 발표하면서 시작된 이후, 이에 호응한 각계각층의 참여로 거의 1년간 지속된 거족적인 항일 민족 독립운동을 기억하지 않을 수 없습니다. 3·1운동은 일제가 한국을 강점하여 총칼의 무단통치를 강행한 지 9년 만에 일어난 민족적 거사로서, 한국의 민족, 민중운동사에서뿐만 아니라 한국교회사에서도 하나의 중요한 분수령으로 평가되고 있습니다. 그것은 불법자들과 불의한 자들의 손에 죽은 듯한 민중들이 죽음과 대결하면서 그 위협 아래에서도 '우리는 살아 있다'는 것을 증거한 사건이기 때문입니다(이만열, "3·1운동과 한국기독교",《한국기독교와 민족의식》, 지식산업사, 2014, 335-355 참조).

그러한 의미에서 이 4·19혁명, 3·1운동 사건은 불법자들의 손에 죽었다가 다시 살아난 그리스도의 부활사건의 구현이라고 볼 수 있는 것입니다. 오늘도 우리는 세계의 도처에서 불법과 불의의 현장에서 억울한 혼들이 아벨의 피가 땅에 묻히듯이, 그대로 깔려 버리는 것을 보게 됩니다. 그러나 동시에 죽은 듯했다가도 땅의 들풀들이 밟혀도 또 솟아 살아나듯이 불의에 대항하여 일어나는 진리와 정의가 반드시 승리하는 민중의 소리를 듣습니다. 여기에서 우리는 부활한 그리스도가 저들 속에 살아서 역사화한다는 것을 알게 됩니다. 실제로 또한 역사의 예수는 눌린 자와 가난한 자들을 위하여 하나님 나라 운동을 하셨습니다. 부활사건은 죽음까지도 그 뜻을 단절하지 못한다는 하나님의 위대한 능력을 드러낸 역사적 사건임을 믿게 됩니다. 이리하여 오늘의 세계, 지구촌에서 그리스도인들은 눌린 자의 편에 서서 그들의 억울함, 소외, 부자유, 압박으로부터 해방되게 하기 위하여 힘쓰고 노력하는 삶과 그리스도의 부활의 증인된 삶에서 오늘의 부활의 그리스도를 만나는 것이어야 합니다.

## 5. 톨스토이와 도스토예프스키의 부활이야기

1) 톨스토이의《부활》의 주인공 네흘류도프는 상류계급의 청년으로서 지식인입니다. 그는 그 시대의 상류층에 속한 사람으로 별다르지 않는 일상생활을 보냈습니다. 그는 하류층에 속하는 카츄사라는 소녀를 범했습니다. 카츄사는 그 뒤로 집에서 쫓겨나고 마침내 창녀가 되고 범죄자가 되어서 감옥에 갇힙니다. 네흘류도프는 그 여인을 범하고 물건 값을 치르듯이 그녀에게 돈을 주고 할 일을 다 한 듯이 생각했습니다. 그는 그 외에 계속 많은 여인과의 관계를 당연한 일처럼 감행하고 있었습니다.

톨스토이의《참회록》에 의하면 그 외에도 그는 수많은 범죄를 저질렀다고 고백하고 있습니다. 그는 어떤 계기로 그 자신의 삶이 무엇인가에 의해 속박되어 있다고 하는 사실을 고백하기에 이릅니다.

《부활》의 주인공 네흘류도프는 어느 날 "나를 속박하고 나에게 아무 가치도 없는 허위를 없애야겠다"고 합니다. 그는 단호히 소리를 내어 중얼거렸습니다. "카츄사에게 나는 악당이다. 그녀에게 죄를 졌으니, 그녀의 죄를 덜어 주기 위해 할 수 있는 일이라면 무엇이든지 하겠다고 말하자. 그렇다. 그녀를 만나서 사과하자. 그렇다. 어린애가 하듯이 빌자. 필요하다면 결혼도 하자."

그는 걸음을 멈추고 어렸을 때 하던 것처럼 두 손을 가슴에 포개고 눈을 위로 치뜨고 이렇게 말했다. "주여, 저를 도와주소서. 저를 가르쳐 주소서. 나의 마음속에 들어 오셔서 모든 더러움을 깨끗이 씻어 주소서." 이렇게 비는 동안에 그의 소원은 성취되었습니다. 그의 마음속에 살고 있던 '신'은 그의 의식 속에서 눈을 떴습니다. 그는 자신이 '신'이라고 생각했습니다. 그래서 자유와 용기와 삶의 기쁨만이 아니라, 선의 위력을 느꼈습니다. 그는 이제 사람이 할 수 있는 선한 일은 모두 할 수 있다고 자신감에 취합니다.

이것이 톨스토이가 말하는 부활입니다. 톨스토이는 그의 《인생론》에서 인간에게는 동물적인 면과 이성적인 면이 있는데, 그 동물적인 내가 지배할 때는 결국 죽게 되고, 이성적인 내가 동물적인 나를 극복하고 마음을 정화하고 이성적으로, 윤리적으로 올바르게 사는 것이 바로 갱생, 즉 부활이라고 진술합니다.


2) 도스토예프스키의 부활은 그의 저서 《죄와 벌》의 주인공 라스콜리니코프와 소냐를 통해 보여 줍니다. 그는 8년 징역으로 시베리

아 유배를 가야만 했습니다. 그에게 자수를 권한 소냐도 그리로 가서 그림자처럼 그를 돌보았습니다. 라스콜리니코프는 심히 앓고 난 다음 그의 고민을 이렇게 말합니다. "현재는 대상도 없고 목적도 없는 불안, 미래에서는 아무것도 주어지지 않는 끊임없는 희생, 이것이 이 세상에서의 나를 기다리고 있는 모든 것이다. 또 새 생활을 출발할 수 있다고 하더라도 대체 그게 무슨 의미가 있으랴! 무엇 때문에 살아야 하나! 무엇을 목표로 삼아야 한다는 말인가?"

지금은 이미 감옥 속에 있으면서도 내적인 자유인이 된 그는 자기의 과거 행위를 다시 한번 속속들이 음미하고 숙고해 보았으나, "나의 양심은 태연하다. 물론 형법상의 범죄는 저질렀다. 그러면 법률조항에 비추어 보아서 내 목을 자르면 청산될 게 아닌가!"라고 말합니다. 오히려 그는 자기가 저지른 죄는 바로 자수했다는 그 점 하나뿐이라고 생각합니다.

그러던 그가 부활절 기간에 꿈을 꾸었습니다. 아시아에서 시작되어 유럽을 휩쓰는 전염병이 퍼져 나갔습니다. 그것은 인간의 육체를 파고드는 일종의 새 미생물이었습니다. 그런데 그 미생물은 이성과 의지의 소유자입니다. 그 병에 걸리기만 하면 모두 절대자로 자부하게 되고 결국 서로 물고 뜯어서 죽입니다. 여기서 라스콜리니코프는 인간의 교만이 결국 어디로 갈 것인지, 이성이라는 인간의 운명이 어디로 갈 것인지, 자기를 포함한 인간절대주의의 운명이 어떻게 될 것인지를 내다보았습니다. 양심의 소리, 윤리적인 갱생, 초인적인 명상, 그런 것들에서 그는 새 희망을 보지 못했습니다.

그러던 어느 날, 그는 부활의 경험을 합니다. 그는 맑게 갠 어느 날 어느 새벽, 통나무에 걸터앉아 있었습니다. 광막한 넓은 강을 바라보았습니다. 높은 강가로부터 주위의 경치가 펼쳐져 있었습니다. 먼 저쪽 강 건너에서 노랫소리가 아련히 들려왔습니다. 거기에는 햇빛이 활짝 퍼붓는 끝없는 초원 위에 유목민의 천막이 아득히 점을 이루며 까맣게 보였습니다. 거기에는 자유가 있었습니다. 그리고 이곳 사람들과는 판이한 전혀 다른 인간이 생활하고 있었습니다. 여기에서 도스토예프스키는 이 세상이 아닌 저쪽의 새 세계를 봅니다. 그는 이 세계를 표현하기를 "거기서는 시간조차 걸음을 멈추고 흡사 아브라함과 그의 가축 무리의 시대가 아직 사라지지 않을 성 싶었다"고 말합니다.

그때 소녀가 와서 말없이 곁에 앉았습니다. 그리고 손을 내밀었습니다. 그는 그녀의 손을 처음 굳게 잡고 떨어지지 않았습니다. 어떤 말할 수 없는 감격! 그들은 무슨 말을 하고 싶었으나 할 수 없었습니다. 두 사람의 눈에는 눈물이 맺혔습니다. 그들은 둘이 다 창백하고 수척했습니다. 그러나 이 병든 창백한 얼굴에는 새 삶을 향하는, 다가오는 미래의 다시 남, 완전한 부활의 서광이 빛나고 있었습니다. 사랑이 그들을 부활시킨 것입니다! 두 사람의 마음은 서로 삶의 끊임없는 샘을 간직하고 있었습니다. 그들은 '기다리자 참자'고 다짐했습니다. 그들에게는 아직 7년의 세월이 남아 있습니다. 그때까지 얼마나 어려운 고통과 한없는 행복이 있을지는 모르겠습니다. 그러나 그는 부활했습니다(안병무, 《생명을 살리는 신앙》, "부활신앙", 53-60 참조).

## 6. 톨스토이와 도스토예프스키의 부활 이해

여기서 두 사람의 부활은 전혀 다르게 경험한 것으로 보입니다. 톨스토이에게 부활이란 내 윤리적 죄를 청산하고 희생적인 삶에 들어가는 이성적 윤리생활을 하는 '본래의 나'로서의 회귀라고 보았습니다. 도스토예프스키는 좀 다르게 부활 이해를 하였습니다. 부활이라는 새로운 삶은 절대로 내게서 내 가능성의 실현으로 오는 것이 아니라, 저 피안의 마을, 시간이 정지된 참 자유하는, 이쪽의 생과는 전혀 다른 저쪽에서 오는 것이었습니다! 그 부활은 막혔던 너와의 담, 내 얼음장 같은 마음이 녹고 사이에 막힌 담이 툭 트여서 너와 내가 일치를 경험하는, 죽은 관계가 열림으로써 오는 새 삶! 그것은 지평선에서 이루어진 것이 아니라, 너와 내가 타협함으로써가 아니라, 너와 내가 지평선 넘어 저쪽 한 점에서 다시 만날 때 비로소 이루어진다는 것입니다. 그 저쪽에 다시 만나는 그 지점, 그것이 사랑입니다.

그 상태를 그는 설명해서 '7년이 7일로, 기다림이 곧 기쁨으로' 되는 현실이라고 합니다. 그는 일찍이 소냐가 주었으나 눈여겨보지도 않던 《성서》를 처음으로 손에 들었습니다. 그때 그의 머리에 "이젠 이미 그녀의 확신은 동시에 나의 확신이 아니냐? 적어도 그녀의 강점, 그녀의 의욕이 곧 내 확신이 아니냐?"는 생각이 들게 되었습니다.

여기에 그는 사랑, 사랑 안에서의 부활을 경험합니다. 그것은 너와 나, 주관과 객관, 주는 자와 받는 자가 하나로 통일되는 그런 것이었습니다. 진실로 바울이 말한 "그때에는 서로 거울을 통해 보는 것 같이 희미했으나, 또는 부분적으로 밖에 몰랐으나, 그러나 그때는 얼굴과 얼굴을 마주보는 것 같다"(고전 13:12)고 한 바로 그 현실입니다.

## 7. 나가는 말

부활이 장차 어떻게 될 것인가는 신비에 싸여 있고, 앞으로 많은 논의 점을 갖는다는 것을 부인할 수 없습니다. 우리는 지금까지 사랑 안에서 이루어지는 부활을 보았습니다. 요한복음 11장에는 나사로의 부활을 앞두고 한 대화가 나옵니다.

> 예수: "당신의 오라비가 다시 살아 날 것이요."
> 마르다: "마지막 날 부활 때 그가 다시 살아 날것을 압니다."
> 예수: "예수께서 이르시되 나는 부활이요 생명이니 나를 믿는 자는
> 영원히 죽지 아니하리니 이것을 네가 믿느냐?"

이 "나"를 "사랑"으로 바꾸어 생각해 봅시다. 마지막 날 부활하는 것 말고, 지금 사랑하면 죽어도 살고, 살아서 영원히 죽지 않을 것입니다. 육체가 안 죽는다는 말이 아닙니다. 사랑에는 죽음이 없다는 말입니다. 정말 부활은 사랑하며 더불어 영원히 살아야 합니다.

부활은 희망입니다. 바울은 "너희가 그리스도와 함께 다시 살리심을 받았으면 위의 것을 찾으라 거기는 그리스도께서 하나님 우편

에 앉아 계시느니라"(골 3:1). 바울은 또 "그런즉 누구든지 그리스도 안에 있으면 새로운 피조물이라 이전 것은 지나갔으니 보라 새 것이 되었도다"(고후 5:17).

성도 여러분! 부활의 신앙으로 살며, 부활의 은총이 가득하기를 기원합니다.

# 부활을 누릴 수 있을까?

고린도전서 15:1-8, 16-18

부활절은,

어두움이란 아무것도 아니며

죽음 역시 생명의 한 과정일 뿐이므로

결국에는 빛이 승리할 수밖에 없다는 식의,

빛과 어두움의 싸움에 관한 이야기가 아닙니다.

부활절은

겨울과 봄의 싸움이라든지

얼음과 태양의 싸움에 대한 이야기도 아닙니다.

부활절은

하나님의 숭고한 사랑에 대항해서 싸우는 죄인들,

더 나은 표현을 들자면, 죄 가운데 있는 인류를 향한

하나님의 숭고한 사랑의 싸움입니다.

성 금요일,

그 싸움에서 하나님은 패자가 된 것처럼 보입니다.

그러나 하나님은 패자가 되심으로,

아니 스스로 패자가 되는 길을 선택하심으로

부활절에 승리하셨습니다.

(디트리히 본회퍼)

## 부활의 승리, 평화

우리는 매년 교회력에 따라 예수 그리스도의 고난주간과 부활절을 맞이합니다. 그리스도의 고난과 부활은 도대체 우리에게 무슨 의미를 지니고 있습니까? 기독교 신앙에서 십자가의 가장 큰 의미는 그리스도의 대속과 화목의 죽음입니다. "곧 우리가 원수 되었을 때에 그의 아들의 죽으심으로 말미암아 하나님과 화목하게 되었은즉 화목하게 된 자로서는 더욱 그의 살아나심으로 말미암아 구원을 받을 것이니라"(롬 5:10). 이 사도 바울의 말씀은 기독교 신앙의 중심 메시지입니다.

### 1. 그리스도의 대속의 죽음과 부활

사도들의 전승에 의하면, 그리스도는 하나님의 아들로서 인간 세계 속에 오셨습니다. 그는 인간들이 스스로 정복할 수 없는 개인 악과 집단 악—그 거대한 심연 같은 죄악과 그 죄악의 열매로서의 사망—을 제거하려 하였습니다. 그는 죄 없는 인격으로서 모든 인간의 더러움과 부끄러움과 죄악 등을 대신 짊어지고 그 몸으로 속죄 제물 삼아 십자가에서 죽는 것을 스스로 택하였습니다. 이사야 선지자의 '고난의 종'의 자발적 대속적 죽음입니다. 만인의 죄를 짊어진 죄인으로서의 죽음의 짐에 눌리어 하나님에게까지 버려진 절대고독까지도 견디었습니다. 그리고 티끌만한 증오도 원망도 복수심도 후회도 없이 자기를 죽이는 살인자들에 대한 하나님의 용서를 빌며 사랑으로 화신으로 마감 숨을 내쉬었습니다. 이것은 만인대속의 대업을 죽음으로 나타낸 역사적 사건이라 할 수 있습니다. 이 대속의 죽음이 하나님의 '아멘'으로 나타난 것이 그의 부활입니다. 그는 죄를 짊어짐으로 죄를 정복했으며 죽음을 당하심으로 죽음을 이기었습니다.

## 2. 부활은 믿는 자들의 역사적 증거입니다

예수는 공개적으로 십자가에 못 박혔고, 그래서 사망했습니다. 그러나 그의 '부활'을 체험한 자들은 오직 예루살렘의 그의 무덤을 찾아간 충성스러운 여인들과 도주한 갈릴리의 제자들뿐입니다. 그 후에 이들은 예루살렘으로 되돌아왔고, 십자가에 못 박힌 예수가, 하나님이 죽은 자들 가운데서 일으킨 세상의 주님과 구주라고 공공연히 선포했습니다. 이것은 비교적으로 확실한 역사적 증거입니다. 놀랍게도 이 증거는 충분합니다. 물론 그 가운데서 역사적으로 입증할 수 있는 것은 단지 예수의 빈 무덤에서 천사로부터 그의 부활 소식을 들었다고 하는 여인들과 갈릴리에서 그리스도의 현현을 보았다는 제자들의 확신뿐입니다.

예수의 죽음 후에 분명히 대단히 많은 그의 남녀 제자들이 그의 현현을 접하였으며, 이 현현은 예수를 하나님 안에서 영원히 살아 있는 그리스도로 보게끔 했습니다. 특히 누가는 과학적 소양이 있는 의학자로서 모든 자료를 수집하여 "그 모든 일을 근원부터 자세히 미루어 살핀"(눅 1:3) 뒤 복음을 저술했으니 그 역사적 진실성을 의심할 여지가 없습니다. 특히 바울이 고린도전서 15장 3절에 말한 부활 기록은 부활의 최초 전승으로서 하르낙(Harnack)의 연대표에 의하면 기원후 53년에 쓴 것으로 최고(最古)의 부활 기록입니다. 이 부활 전승의 기록은 바울이 회개한 후 1, 2년 내에 된 일로서, 이 기록을 고린도에 보낼 때에 부활한 그리스도를 목도한 게바, 열두 제자, 그리고 500명의 형제에게 한 번 출현했고, 이들 중 태반이나 아직도 살아 있다 하였으니, 그러면 자기 이외에 적어도 250여 명의 현존한 목격자를 열거하면서 이 부활을 증거하고 있는 것입니다. 마지막으로 그는 자기 자신을 추가하고 있습니다. 바울의 이러한 보도는 특별히 가치가 있습니다, 왜냐하면 그리스도의 현현에 대한 바울 자신의 경험의 한 인격적인 보도이기 때문입니다. 그의 말에 따르면, 바울은 주님을 "보았다"(고전 9:1). 그렇지만 이것은 분명히 하나의 내적인 경험입니다. 이 현현은 기대 밖에 그리고 완전히 그 자신의 뜻과는 상반되게 주어졌습니다. 왜냐하면 그는 랍비 가운데 한 사람이요, 회당에서 그리스도를 핍박하도록 위임 받은 자였기 때문입니다. 후에 바울은 "나는 그리스도에게 붙들렸다"(빌 3:12)고 말합니다. 그리스도 경험이 그를 완전히 회심시켰습니다.

베드로는 내가 보고 들은 것을 말하지 아니할 수 없다고 목숨 걸고 부활을 증거했습니다. "내가 못 자국과 옆구리의 상처에 내 손을 넣어보기 전에는 믿을 수 없다"고 고집하던 도마도 "내 주 내 하나님!" 하고 부활하신 주 앞에 그의 부활신앙을 고백했습니다. 우리는 사도들의 진실을 의심할 수가 없습니다.

## 3

그리스도 부활의 역사적 사실은 '무덤이 비었다'는 '빈 무덤 이야기'와 '그리스도를 보았다'는 '현현 이야기'를 유기적으로 관련시켜야 합니다.

부활 이야기는 안식일이 지난 첫날 새벽 '아직도 캄캄한' 미명의 이야기로 시작합니다. 부활한 그리스도의 발견은 어둡고 슬프고 절망스러운 속에서 일어난 것입니다. 확실히 예수가 십자가에서 죽음을 맞이했을 때 어두움은 온 세계를 덮고 있었습니다. 막달라 마리아가 무덤을 찾은 것은 예수가 운명하고 모든 희망이 다 사라진 때였습니다. 죽은 시체라도 찾으러 무덤에 갔다가 빈 무덤을 보고 시체마저 누가 훔쳐갔다고 여겼기에 절망 속에 눈물을 흘리지 않을 수 없었습니다. 구주로, 메시아로 믿고 그가 하늘의 권세로 이스라엘을 회복하고 로마와 원수나라들에 대한 원한을 풀어 줄 것을 기대했으나 다 헛된 것이었습니다.

마리아가 무덤에 와 빈 무덤을 발견하고 절망 속에 눈물을 터뜨리고 맙니다. 그리고 천사의 음성을 들은 것은 바로 그 순간입니다. "그는 여기 계시지 않고 … 살아나셨고 너희보다 먼저 갈릴리로 가시리라"(마 28:7)고 제자들에게 전하라는 것입니다. 무서워 떠는 여인들에게 예수는 친히 "무서워 말라"며 "빨리 가서 그의 제자들에게 갈릴리로 가리라 전하라. 그들은 거기서 나를 만나게 될 것이다"라고 했습니다. 빈 무덤에 놀란 제자들에게 이 사실을 고하자 저들 모두는 어찌할 바를 몰랐으나 예수는 이런 저들에게 나타난 것입니다. 물론 부활한 그리스도가 모든 사람에게 나타난 것이 아닙니다. 다만 하나님이 택한 소수의 증언자들에게 나타났습니다. 여기서 깊이 유념할 것은 부활한 예수가 세상 모든 사람에게 다 알아보도록 나타난 것이 아니라 예수를 잃고 슬퍼하며 그를 찾던 하나님의 택한 증언자들에게 나타났다는 사실입니다.

2천 년 전 예수가 부활한 그때에도 그는 로마인이나 헬라인, 유대인들 누구나 다 볼 수 있게 나타난 것이 아닙니다. 문을 잠그고 모여 있는 제자들에게 나타나고 바닷가에 나타나 물을 마시고 생선을 먹었다고 하지만, 도대체 어떤 모습의 예수인지에 대해선 증명할 길이 없습니다. 예수는 택함 받은 소수의 제자들, 비록 저들이 두려워하고 슬퍼하며 실망 가운데 있었으나 그들에게 나타나 보였다는 증언입니다. 그러므로 우리는 부활의 역사적 사건 여부를 따지기보다는 우리 삶의 한 방도로, 신앙의 근거로 삼아야 합니다. 그리고 부활 증언을 그렇게 받고 사는 사람들은 하나님의 놀라운 은총을 발견하며 비로소 흘린 눈물은 기쁨으로 변하며 생은 새롭고 의미 있게 됩니다.

## 4. 부활신앙의 의미는 무엇이어야 합니까?

그리스도의 부활이 없이 우리의 신앙은 없는 것입니다(고전 15: 17). 사도들은 부활을 그리스도교의 터전으로 잡고 이를 증거하기 위하여 사도를 택정하였으며(행 1:22), 사도 바울도 '예수의 십자가와 그 몸의 부활'을 전하였습니다. 온 초대교도들이 외친 것 또한 "이 예수를 하나님이 살리신 것을 우리가 다 증거하노라"는 것이었습니다. 특히 베드로는 의기충천하여 "너희가 나무에 달아 죽인 예수를 우리 조상의 하나님이 살리시고 그를 오른손으로 높이사 임금도 삼고 구주로 삼아 이스라엘로 하여금 회개케 하여 죄를 사하여 주고자 하셨다"(행 5:30)고 외치게 되었습니다. 부활이 있음으로 말미암아 나사렛 예수는 "주시요 그리스도시며"(행 2:36), "생명의 주"(행 3:15)요, "구원의 유일한 이름이시라"(행 4:12)고 베드로는 전하게 되었습니다. '그가 하나님의 아들'이 되신 것도 또한 이 부활로 말미암아 최후의 입증을 얻게 된 것입니다. 베드로의 신앙고백처럼 "주는 그리스도시요 살아 계신 하나님의 아들"이십니다.

그리스도의 부활은 진리가 반드시 승리함을 증거합니다. 예수께서 만약 십자가의 죽음으로 끝나셨다면 이 세상은 죄악과 저주, 거짓과 절망으로 가득 찼을 것입니다. 그리스도교가 계속 진리를 외치고, 정의를 실현하고, 사랑을 실천하면서 생명의 존엄을 일깨워 온 것은 부활신앙을 가진 때문입니다. 오늘날 그리스도인들이 세상 속에서 거짓에 대한 진리, 불의에 대한 정의, 미움에 대한 사랑, 죽음에 대한 승리를 의미하는 부활신앙의 승리를 실천할 때 참 평화의 세계가 열립니다.

우리가 부활의 내면적 실재에 관해 좀 더 정확히 말할 수 있는데, 최소한 부활절에 예수의 제자들은 예수가 그들에게 살아갈 능력, 사랑할 은총, 존재할 용기를 위한 능력을 가져다주었다고 깨닫게 되었습니다. 그들은 비록 예수를 부인했고 배반했으며, 포기했고 오해했지만, 예수는 여전히 그들을 사랑했다는 사실을 깨닫게 되었습니다. '그리스도의 부활'의 선포는 그 자체에 의해 열린 해방(멸망과 죽음의 세력으로부터의 인간과 탄식하는 피조물의 해방)의 역사의 지평 안에서 하나의 의미심장한 진술입니다.

## 5. 부활의 전망과 자연적 전망에서 본 부활

그들은 또한 종말에 있을 신자들의 부활도 선포했습니다. 그 유일한 근거는 그리스도의 부활이었습니다. 그리스도는 "처음 익은 열매"라고 불렀습니다. 그리스도 안에서 죄의 용서를 받은 인간은 그리스도 안에서 부활의 생명에도 동참한다는 것입니다. 이제는 죽음이 삶의 주가 아닙니다. 그것은 삶의 권세에 정복당했습니다. 종말에는 영원한 생명체로서 영의 몸, 영광의 몸, 부활의 몸을 입게 된다는 것입니다. 하늘과 땅의 모든 권세를 가진 부활한 예수가 삶과 죽음의 주가 되었습니다(마 28:18).

예로부터 그리스도의 교회는 그리스도의 부활을 봄 축제와 함께 경축해 왔습니다. 그 이래로 우리는 유럽에서 '부활절'을 말해 오고 있습니다. 교회는 성령의 경험을 여름의 시작과 함께 경축해 왔습니다. 그 이래로 우리는 '오순절'을 말해 오고 있습니다. 우리는 한 날의 아침, 한 해의 봄, 그리고 생명의 출생에서 자연적인 유비를 발견했습니다. 그 결과로 그리스도의 부활과 함께 자연의 재탄생에 대한 기쁨과 이에 대한 피조물의 즐거움이 경축되었습니다. 아침, 봄 그리고 탄생은 자연의 생성과 소멸의 자연스러운 리듬에서 벗어나서 매우 높이 평가되었기 때문에, 그리스도의 부활과 함께 만물이 영원한 생명으로 새로이 창조됨으로써, 사멸할 온 자연이 구원될 것을 희망할 수 있게 되었습니다.

## 6. 부활신앙은 평화로 이어져야 합니다

게오로그 피히터는 《유토피아의 용기》에서 현대사회가 겪고 있는 위기 세 가지를 지적하기를 현대인은 유토피아를 그리다가 원자탄을 만들었고, 현대인은 의학의 발달로 수명이 길어져 인구 폭발 현상이 일어나 가난한 나라는 더욱 빈곤해졌고, 현대인은 과학기술의 발달로 생활은 편리해졌으나 환경오염의 위기에 직면해 있다고 합니다. 이 세 가지를 다른 말로 표현하면, 현대의 위기를 핵전쟁, 빈곤의 갈등, 환경오염으로, 이 세 가지 위기를 극복할 수 있는 길은 오로지 "평화"라 했습니다.

참 평화는 모든 인간이 존엄성을 지닌 인간으로서 자유를 누리고, 육체만이 아니라 정신적·영적으로 인간답게 숨 쉬고 살 수 있을 때 바로 그곳에 평화가 있습니다. 평화는 인간이 진정 참 인간이 되기 위해 필요하고, 이 지구상의 생명이 자라고 인류공동체가 생존하기 위해서 꼭 필요한 것입니다. 평화는 정의의 실현인 것입니다, 정의란 인간 서로가 올바른 관계에 서서 의롭게 사이좋게 사는 것입니다. 이것을 실현하는 것이 평화입니다. '平和'라는 한자 두 글자를 보아도 '벼' 즉 밥이 모든 입에 골고루 들어감을 드러내고 있습니다. 인도의 캘커타에서 '빈자들의 어머니'로 평생을 살다가 가신 마더 데레사 수녀는 "가난한 사람은 왜 있는 것입니까?" 하고 묻는 기자에게 "우리가 나누지 않기 때문이라"고 말했습니다. 그러자 기자는 "어떻게 하면 가난의 문제를 해결할 수 있습니까?" 하고 다시 물었습니다. 그러자 데레사는 "우리가 서로 나눔으로써입니다"라고 대답했습니다. 성서가 가르치는 평화도 '의로운 관계를 이루어 가는 것입니다.' 하나님과 인간과 자연과의 올바른 관계를 이루어 가는 것이 평화입니다. 이러한 평화를 이루어 가는 자가 복이 있고, 하나님의 아들이 된다고 예수께서 산상보훈에서 가르치셨습니다. 부활의 주님은 지금도 우리에게 평화의 구주가 되십니다. 사도들도 로마에서 예수를 전할 때, '평화의 복음'이라고 했습니다.

지금 우리 겨레는 역사의 올바른 선도자, 양심의 구심점, 희망의 밝은 빛을 갈구하고 있습니다. 이 갈구를 채워 줄 역사의 근본적인 발전을 이루기 위해 변혁의 누룩을 찾고 있습니다. 이제 그리스도인들이 부활의 승리를 믿고, 하나님 나라 건설을 위해 존재한다면, 우리의 활동무대는 교회이며 동시에 세상입니다. 갈수록 물질과 향락이 지배하는 세상에 복음적 가치를 받아들이도록 우리 스스로가 복음적 부활신앙의 삶을 살고 세상에 나아가 변화를 일으켜야 합니다. 부활신앙의 확신을 갖고 구원의 선포자, 평화를 위해 일하는 자, 부활신앙의 증인이 되시기를 바랍니다. 부활의 승리와 평화가 충만하시기를 기원합니다.

## 7. '남북교회와 민족도 하나로' 이루어 주시기를 기도드립니다

부활하신 주님, 주님을 찬양합니다. 수많은 상념과 고뇌로 격동하던 기나긴 어둠과 죽음의 밤도 주님의 부활을 막을 수 없었습니다. "어찌하여 살아 계신 분을 죽은 이들 가운데서 찾고 있느냐?" 이 말이 어찌 2천 년 전에만 해당하는 말이겠습니까? 주님은 지금도 살아 계셔서 만물을 새롭게 하시고 변화시키시는 분이십니다.

주님, 당신의 부활이 우리의 부활임을 믿는 남과 북의 교회와 민족에게 힘을 주소서. 대립과 갈등으로 아직도 다른 어느 민족보다도 동족끼리 더 미워하며 지내야 하는 우리의 현실이 안타깝고 숙명처럼 생각하는 우리의 현실이 아픕니다. 이 죽음과 같은 분단의 세월을 걷어 내시고 이 땅의 평화의 통일, 부활의 승리를 이룩하여 주소서. 이 민족에게 아픔과 고뇌의 시련을 주심은 대속하는 고난의 종을 일으키고자 하심의 섭리라도 있으시다면 우리 남과 북의 교회가 먼저 자각하고 깨달을 수 있게 하소서. 어둠의 역사를 대속할 고난의 종들이 우리 그리스도인들 중에서 일어나게 하소서. 한반도의 통일을 통한 평화는 동북아 평화의 길이며, 나아가 세계의 평화를 위한 길이며, 주님께서 걸어가시는 평화의 길입니다. 우리 남과 북의 교회와 민족이 이루는 평화의 길을 볼 수 있는 날이 반드시 오게 하소서. 그리하여 세상의 수많은 이들에게 평화의 본을 보일 수 있게 하소서. 이 일이 결코 꿈이 아니기를 믿고 기도드립니다. 부활과 생명의 주님, 우리와 진정 함께 하소서. 부활의 주 예수님의 이름으로 기도드립니다. 아멘.

(「성서한국」 2013년 5-6월호, 통권 21호)

**가정의 달**

# 산 돌과 믿음의 공동체

베드로전서 2:1-10

## 1. 베드로전서 해설

베드로전서는 가장 중요하면서도 설득력이 있는 신약성서 문서들 가운데 하나입니다. 루터는 베드로전·후서를 요한복음과 바울서신들과 함께 "우리가 마땅히 으뜸가는 책으로 간주해야 할 책들 가운데서도 진정한 핵심이요 정수가 되는 책"이라고 말했습니다. 루터는 1523년 이 서신을 주석하면서 이 서신이야말로 "신약성서 가운데 가장 고상한 책들 중의 하나요 올바르고 순수한 복음"이라고 평가했습니다.

이 서신은 고난과 환란을 당하는 그리스도인들을 향하여 그들과 마찬가지로 고난과 환란을 당하는 그리스도인들 즉 종말론적인 영광과 세례를 생각할 것을 매우 강력하게 주장합니다. 이 서신은 무엇보다도 종말론적인 희망을 세례로, 세례 자체는 "산 희망"을 목표로 하고 있습니다.

본문 단락은 부활하신 그리스도 즉 "산 돌"에게로 나아가서(4절) 그들 스스로 산 돌이 되어 교회인 "신령한 집"을 짓는 데 사용되어야 하며 하나님께 "신령한 제물"을 바쳐야 합니다(5절). 6-8절은 하나님의 은혜와 심판을 동시에 제시하는 "모퉁잇돌"인 그리스도의 이중적인 기능을 밝히기 위해 성서적인 전거를 끌어들입니다. 불복종하는 자들과는 달리 그리스도인들은 특별히 하나님의 백성으로 표현되었습니다(9-10).

5절에 그리스도는 "산 돌"로서 그리스도인들을 살게 하며 죽음의 세력으로부터 이들을 해방시킵니다. 그리스도인들은 스스로 "산 돌"이 되어 "신령한 집"인 '하나님의 집'(4:17)으로 "세워져야" 합니다. 무엇보다도 묵시문학적 종말론은 하나님의 성전이 기적적으로 건립될 것을 기대했으며, 이 성전은 믿음의 공동체로 이해했던 것 같습니다. 종말적인 하나님의 성전에 대한 기대는 원시 그리스도교에서는 성취된 것으로 간주되었습니다. 그리스도교 공동체는 "신령한 집"으로서 하나님의 영에 의해 다스려지는 마지막 때의 하나님의 집입니다(고전 3:16 참조).

모든 그리스도인들은 "신령한 제사"를 드리는 "사제"입니다. 기도, 찬양, 감사, 회개가 참된 제물이라는 제의의 정신화는 이미 구약에서 시작된 것이며 여기서도 시종일관 관철되고 있습니다. 여기에서 요구하고 있는 "신령한 제물'이란 내면적이고 영적인 실재들뿐만 아니라 그리스도인이 자신의 전 존재를 바치는 것(롬 12:1, 빌 4:18,

히 13:15-16 등)을 의미합니다. 그리스도인들은 "예수 그리스도로 말미암아" 하나님이 기뻐하시는 자가 되며 예수 그리스도가 출현할 때에야 비로소 그 의미와 가치를 지니게 됩니다.

"하나님의 집"은 그리스도 안에서만 굳건한 토대를 가집니다(고전 3:9-11). 믿음을 갖지 않고, "산 돌"이 되어 "하나님의 집"에 접합되지 않은 자는 걸려 넘어지고 부끄러움을 당할 것입니다. 그리스도가 구원의 돌이 되느냐 아니면 파멸의 돌이 되느냐는 것은 오로지 말씀에 대해 순종하느냐 불순종하느냐에 따라 결정됩니다(W. 슈타게,《베드로전서》, 국제성서주석. 한국신학연구소, 1987).

## 2. 네 명의 대통령의 얼굴

미국 사우스다코타 주의 러시모어 산에는 미국인이 존경하는 네 명의 대통령의 얼굴이 화강암 벽에 조각되어 있습니다. 조지 워싱턴, 토마스 제퍼슨, 프랭클린 루즈벨트, 아브라함 링컨의 얼굴입니다. 이 조각상은 이집트의 피라미드보다 더 큰 것으로, 워싱턴의 머리만 18m, 5층 건물 높이나 되며, 그 전체는 142m나 됩니다. 구름이 스쳐 가는 저들의 모습은 춘하추동 다른 인상을 줍니다. 그들의 공통점은 모두가 하나님을 믿는 그리스도인으로서 성경말씀을 자기 생의 이념과 지침으로 삼은 것입니다. 워싱턴은 미국 초대 대통령에 취임하는 자리에서 "성경이 아니면 세계를 다스릴 수 없다"고 하며 성경에 손을 얹고 선서했습니다.

미국 독립선언서를 작성한 제퍼슨은 "미합중국은 성경을 반석으로 서 있다"고 강조했습니다. 링컨은 가난하여 초등학교도 졸업하지 못했으나 성경을 생의 교재로 삼고 그 가르침을 배워 그대로 실천하며 살려 하였고, 대통령이 된 뒤에도 집무실 책상에 늘 성경을 두고 읽으며 "성경은 하나님이 주신 가장 좋은 선물이라"고 고백했습니다. 신실한 그리스도인 부모 밑에서 성장하고 연소자로 대통령에 당선된 루즈벨트는 "어떤 방면에서 활동하든 그 생이 참되고 성공하기를 원하는 사람은 이 성경을 연구하고 그 가르침을 따라 살라"고 권했습니다. 확실히 러쉬모어 산상의 이 네 얼굴의 주인공은 "산 돌" 같은 모습의 사람들이며, 그들을 멀리서 찾아온 사람들에게 생의 용기와 힘을 줍니다.

베드로전서의 오늘 본문은 예수를 생명의 자원인 "산 돌"이라 하고, 우리도 생명 있는 삶을 위해선 산 돌인 그에게 나아와 거룩한 집을 짓는 자로 자신을 맡기라 합니다. 그는 하나님의 성전의 모퉁이 돌이기에, 누구나 이 돌을 기초로 의지하는 자는 결코 후회함이 없을 것입니다. 사람들은 그의 가르침을 무시하여 버렸으나 하나님은 그를 "모퉁이의 머릿돌"이 되게 하여, 그 위에 얼마든지 크고 아름다운 건물을 짓게 한 것입니다. 그들이 전에는 이름도 없는 무명의 사람이었으나 이제는 그리스도를 따르는 하나님의 백성의 믿음의 공동체가 되었습니다. 그러므로 아무리 천하고 무명한 자라 할지라도 산 돌인 예수의 생명에 접붙임을 받고 새로운 존재로 거듭날 때에, 그들은 귀한 왕 같은 존재가 됩니다.

우리가 분명히 알아야 할 것은, 사실 러시모어 산정에 새겨진 네 명의 미국 대통령도 처음에는 대단한 사람들이 아니었습니다. 그러나 이들은 하나님의 말씀을 따라 살며 어떤 어려운 처지에서도 끝까지 굴하지 않았습니다. 생의 자원인 산 돌이신 예수 그리스도에게서 새 힘을 얻고 진리를 따라 꿋꿋하게 살았던 사람들입니다. 그러나 오늘날은 그들이 살았던 때보다도 더 무섭고 힘든 세상입니다. 세상의 유혹이나 위협에 넘어지지 않기 위해서는 이전보다 더 강인한 힘과 결의가 필요합니다. 옛날에는 눈을 감으면 코를 떼어 간다며 정신 차릴 것을 경고했습니다. 그러나 지금은 눈을 뜨고 정신을 차려도 눈까지 후벼 가며 사람을 송두리째 없애려는 시대입니다.

## 3. 수신제가치국평천하의 교훈

옛날부터 우리 조상들은 "수신제가치국평천하"라 하여, 자신을 바로 수양하고 가정을 잘 다스릴 줄 알아야 나라도 잘 통치하고 천하가 평화롭다고 믿고 살아 왔습니다. 세월이 흘러도 일반적인 일상생활에서 그 진리는 변함이 없는 듯합니다. 사람이 자신의 인격이나 자기 가정 하나를 제대로 다스리지 못한다면 그에게 다른 기대를 하기는 어렵습니다. 이는 결코 출가나 혹은 홀로 살거나 가정을 이루고도 인류의 복지를 위해, 자신이나 가족이 희생되는 특출한 생을 의미하지 않습니다. 그러한 생은 세상이 감당 못 할 축복받은 특별한 생이기에 일반의 생과는 구별됩니다.

오늘과 같은 지구촌의 좁아진 세상에서 세계나 나라가 잘되지 않고는 한 가정이나 개인이 행복하기 어려운 의미에서 "평천하치국제가수신" 같이 우선순위가 거꾸로 된 것도 알고 있기에 그런 문제는 별도로 생각합니다. 특히 가정문제에 있어서 아무런 책임감도 없는 사람은 비록 결혼을 하여 가정을 이룬다 하더라도 그 가족들을 더 괴롭히는 경우가 많습니다. 심지어 신앙을 가진 성인이 되어서도 철저하고 진지하게 자기가 믿는 하나님이나 성경의 가르침으로 거듭나지 아니하고 불성실한 인격이나 생활자세가 그대로라면 그가 이룬 가정과 그 가족들의 불행은 더 심각해집니다.

"수신제가"라는 말이 저절로 떠오릅니다. 우리가 예수를 믿고 신앙을 가지며 하나님 말씀을 듣고 공부하며 신앙생활을 한다는 것이 무엇일까요? 우리가 믿고 고백하는 주 예수를 닮고 그의 가르침으로 깨우치고 변하며 당장에는 다 그리 못 할지라도 조금이나마 변하고 새롭게 되어 더 나은 생을 살자는 것 아니겠습니까? 가정이나 사회나 교회에서든 사람은 누구나 나이를 더할수록 그의 인격, 언동, 책임감이 함께 성장하지 않으면 무익하고 해독이나 끼치는 존재가 된다는 사실을 동감하는 것입니다.

중세기 스페인의 사라센 제국의 황제 압둘 라멘 3세의 고백은 오늘날도 우리 모든 사람에게 생생한 교훈으로 여겨야 합니다. 그는 당대에 세계에서 가장 큰 사라센 제국을 49년이나 통치했습니다. 오늘날로 환산하면 약 3억4천만 달러의 연 수입에 강력한 육해군을 통솔하고 3천3백여 명의 왕후처첩을 거느리고 6백여 명의 자녀를 두었으나, 그가 숨질 때의 고백은 "진정으로 행복을 누린 날은 14일간뿐이었다"고 합니다. 그 행복했다는 14일이 무엇 때문이었다는 기록은 없으나, 그것이 무엇이든 간에 우리가 깨달은 것은 인간의 참된 행복이란 그 많은 돈에도, 여자에도, 지위와 권리에도 있지 않다는 사실입니다. 진정 하나님을 만나기까지 그 영혼은 참 평화를 가질 수 없다던 어거스틴의 참회록의 고백은 다시금 행복과 평화와 기쁨의 원천이 어디에 있는가를 가르쳐 줍니다.

## 4. 가정의 달에 몇 가지 생각해 봅니다

"가정의 달"에 우리 그리스도인들은 우리의 가정과 가족이 하나님의 사랑하고 아끼는 가정과 가족이 되기를 기도합니다. 그리고 기쁨과 활기 넘치는 우리의 가정이 되고 서로 염려하고 사랑하여 지치고 피곤할 때 위로와 안식처가 되기를 원합니다. 또한 우리 믿음의 공동체도 그런 가정과 같은 믿음의 공동체, 가족과 같은 믿음의 일원이 되기를 간구합니다. 더 나아가 우리의 가정이나 가족의 개념은 혈통이나 기독교 연고를 넘어 세상의 어렵고 외로운 사람들까지도 다 품어 안는 폭넓은 가정과 가족이 되어야 합니다. 이것이 산 돌이신 부활하신 그리스도의 믿음의 공동체인 것입니다.

마더 테레사가 아직 살아 활동할 때 다음 같이 고백했다고 전해집니다.

"우리 모두는 하나님이 계신 천국을 고대합니다. 그러나 우리는 지금 그분과 함께 천국에 있을 수 있는 그 능력 안에서 천국을 발견합니다. 바로 이 순간에 그분과 함께 행복해지는 것입니다. 그러나 지금 그분과 함께 행복해진다는 것은 이런 뜻입니다.

그분이 사랑하는 것처럼 사랑하고, 그분이 도우시는 것처럼 돕고,

그분이 주시는 것처럼 주고, 그분이 섬기는 것처럼 섬기고, 그분이 구하는 것처럼 구하고, 24시간 그분과 함께 있으며, 빈궁한 자의 모습으로 나타나신 그분을, 어루만지며 사는 것입니다."

그 내용의 대부분은 다 잊은 상태지만 신학교 시절 한 교수의 간곡한 권고로 읽은 책《퀴리 부인》을 회상해 봅니다. 메리 퀴리는 1903년에 방사능에 관한 연구로 남편 피에르 퀴리와 함께 노벨 물리학상을 받았고, 남편과 사별 후 1911년에는 노벨 화학상을 받았습니다. 저들 부부 과학자는 파리 소르본 대학의 리프만 교수 연구실에서 1894년에 만나 결혼하여 과학적 업적을 남기기도 했으나 더 큰 소득은 한 가정을 이루고 행복한 부부가 된 사실입니다. 한번은 부인의 생일에 남편이 값비싼 가죽 옷을 선물로 사왔습니다. 저들 월급으로는 과분했고 저들은 과학 실험을 위해 한 푼이라도 저축하자고 약속한 터입니다. 부인은 그런 선물을 받을 수 없다고 거절하자 남편은 실망했습니다.

"나는 당신이 행복해 할 모습을 상상하며 샀으니 꼭 받아 주오."
"당신 마음은 고마우나 내가 생각하는 행복은 내적인 것이요. 당신이 내 곁에만 있다면 무엇도 그보다 더 중요하지 않아요."

풍족하지는 않지만 서로에 대한 격려와 사랑으로 과학의 풍부한 꿈을 이루어 갔습니다. 훗날 메리는 가죽옷 선물을 받던 때를 이렇게 회상했습니다. "그 귀중한 선물은 모든 시름을 잊게 할 만큼 나를 감동시켰지요. 하지만 선물보다 남편이 내 곁에 있다는 것이 가장 행복했어요."

어찌 큰 선물을 싫어할 사람이 있겠습니까? 그러나 내 곁에 함께 있는 것만으로도 기쁘다는 퀴리 부인의 고백은 저들 부부를 더 행복하게 했습니다. 이런 마음과 마음, 정신적인 결합은 그들 간의 사별의 경우에서지만 노벨상을 한 번씩 아닌 두 번씩이나 창출하는 생을 살게 한 것입니다. 한 가정에서 부부의 이런 정신적인 화합과 협력은 실로 위대한 힘을 발휘하게 합니다.

신명기 6:6-9는 쉐마 교육의 가장 중심적인 현장이 가정임을 보여 줍니다. 자녀세대에게 쉐마 교육을 철저히 시키는 것은 이스라엘의 존립 자체를 확보하는 관건이 됩니다. 먼저 부모세대가 계명들을 심장에 새겨야 합니다. 그래야 마음속 깊이에서의 감동을 일으킵니다. 자녀세대에게 부지런히 가르쳐야 합니다. 집안에서, 누웠을 때, 일어날 때든지 변함없이 사랑의 하나님을 강론합니다. 길을 갈 때, 문설주와 바깥문을 통과하여 사회생활을 할 때도 쉐마가 그들의 삶을 지배하도록 가르쳐야 합니다. 자녀들의 심장에 새겨 주어야 합니다. 손목의 표와 미간의 표로 부착시킨다 함은, 손은 행동의 중추며 미간(두 눈 사이)은 판단과 사유행위의 중추기관입니다. 쉐마의 교육은 제2의 본성으로 만들 만큼 내면적으로 이해시켜야 합니다. 우리 몸의 일부와 가옥의 일부가 되고, 거주지, 도시 안에 부착되고 유지돼야 합니다. 5월 가정의 달에 하나님의 은혜가 여러분과 함께하시기를 바랍니다.

# 사귐을 창조하는 성령이여 오소서!

요한1서 1:1-7

1

온 땅의 그리스도인들은 성령강림절을 보내고 있습니다. 우리는 지금 하나님과의 사귐, 정의와 진리 그리고 참된 삶이 그리워지는 때에 살고 있습니다. 그래서 "사귐을 창조하는 성령이여 오소서"라는 말씀으로 우리의 무겁고 침통하게 힘들어하며 보내는 데서 생기를 얻고 깨어나 보고 싶음이 간절합니다.

요한서신들과 요한복음 간의 관계는 근본적으로 서로 간에 어떤 관계가 있는가 하는 질문입니다. 두 문서가 언어와 신앙 내용에 있어서 상당히 밀접히 연관되어 있기에 저자가 같은 인물이라는 주장과 그에 동조하지 않는 주장이 있습니다. 그 이유는 요한복음의 싸움의 상대는 요한1서와 다르다는 것입니다. 요한복음은 "세상"에 대해서, 즉 세상을 대표하고 있는 유대인들, 또한 비그리스도인들을 상대로 싸우고 있는 반면에, 요한1서에서 공격당하고 있는 거짓교 사들은 그리스도교 신앙공동체 안에 있으면서 순수한 그리스도교 신앙을 대표한다고 주장하는 사람들입니다(불트만, 《요한서신》).

요한1서는 일반적 형식에 속하는 서두와 종결이 없다는 점에서 그리스도교 신앙의 근본문제들을 해설하는 한편의 설교라고 합니다. 그 주요목적은 참된 그리스도교의 믿음을 버린 사람들이 가르치는 이단적 사상에 대항하도록 경고하는 것입니다. 본 서신은 공동체를 파괴적으로 위협하는 이들 거짓 가르침들을 물리치기 위해서 쓰인 것입니다.


2


요한1서 1장 1-7절은 요한이 전해 주는 메시지의 중심사상이라고 보입니다. 요한이 전해 주는 것은 하나님은 처음부터 우리 인간과 교제(사귐)를 가지기를 원하셨다는 것입니다. 그래서 하나님은 예수님을 이 땅에 보내셨고, 그로 말미암아 생긴 교회는 우리가 하나님과 수평적 교제를 갖도록 해줍니다. 그리고 하나님 자신은 수직적 교제의 역할을 또한 감당하신다는 것입니다. 하나님은 사랑이라면 또한 하나님은 코이노니아이기도 합니다. 왜냐하면 코이노니아는 사랑의 구체적인 표현이기 때문입니다.

우리는 아가페(agape)를 하향적인 사랑이라고 부릅니다만 코이노니아는 주고받는 사랑이라고 말할 수 있습니다. 하나님은 우리가 그를 사랑하기 전에 우리를 먼저 사랑하셨습니다. 우리가 이 하나님의 사랑에 반응을 나타내어 다시 그분을 사랑하게 되면 우리는 그분과 코이노니아를 가지게 되는 것입니다.

그뿐만 아니라 우리와 함께하시는 성령은 우리 주위사람들에게 하나님의 일반적인 사랑을 베풀도록 해 주십니다. 이렇게 하여 우리는 보고 만지고 경험해 본 생명의 말씀을 그들에게 전하게 됩니다. 그 결과 사람들은 우리와의 교제 속으로 들어오고 그들은 다시 하나님 아버지와 그의 아들 예수 그리스도와 교제를 가질 수 있게 되는 것입니다. 그러면 이제 우리는 깊은 의미에서 코이노니아란 성경의 기본 주제임을 알았을 것입니다. 하나님의 사랑이 그것을 원하고 있으며 예수 그리스도의 은혜가 그것을 가능하게 만들었으며, 성령이 그것을 하도록 역사하기 때문입니다.

3

위에서 언급했지만, 성경에는 사랑을 의미하는 두 종류의 단어가 있는데 하나는 아가페(agape)이고, 다른 하나는 필리아(philia)입니다. 아가페는 자발적이며 무조건적 사랑, 즉 성령이 공급해 주시는 일방적인 사랑을 말합니다. 그리고 필리아는 주관적이며 서로 호감을 갖고 주고받는 친구 간이나 부부 사이 또는 부모와 자식 간의 자연세계에서 볼 수 있는 사랑을 말합니다. 구약성경에는 번역하면 '사랑하다'(to love)가 되는 아가포(agapo)란 동사가 19개의 히브리어 단어로 번역되고 있습니다. 코이노니아란 단어 속에 깃들여 있는 한 가지 개념을 위해서는 샬롬(shalom), 야다(yada) 등의 히브리어가 사용되고 있습니다.

요한1서 1장 3절에 "우리의 사귐은 아버지와 그의 아들 예수그리스도와 더불어 누림이라"고 말해 줍니다. 요한복음(14:9, 17:3, 10-11)에서와 같이 요한1서(2:22-24)과 요한2서(1:9)에서도 아버지와 아들이 하나로 연결되어 있습니다. 아버지와의 사귐은 동시에 아들과의 사귐이기도 하고 그리고 아들을 부인하는 사람은 아버지를 부인하는 것입니다. "아버지와 그의 아들 예수 그리스도와의 사귐"을 "우리의 사귐"이라고 나타낸 점으로 보아, "여러분도 우리와 함께 사귐을 가지게 하려는 것입니다"란 문장은 이것이 단순히(세속적으로) 인간 존재들 간의 사귐을 뜻하는 것이 아니라 오히려 그것과 더불어 아버지와 아들과의 사귐이 주어진다는 뜻으로 해석되고 있습니다 (불트만,《요한서신》).

요한1서(1:4)에서 말하는 "기쁨"은 아버지와 아들과의 사귐과 함께 주어지는 구원, 즉 종말론적 구원입니다. 그 기쁨은 이미 아버지와 아들과 더불어 저자와 독자 간에 성립된 사귐 가운데서 맛보는 구원이지만 그러나 그 기쁨은 아직 완성된 기쁨이 아닙니다. 왜냐하면 믿는 자의 존재는 결코 정적인 존재가 아니라 오히려 그가 계명의 요구 아래 서 있기 때문에 항상 되어 가는 존재, 즉 "걸어 나아가는 존재"이기 때문입니다(불트만,《요한서신》).

코이노니아에 해당하는 순수한 우리 한국말 하나를 소개 사용하면 소 우리, 양 우리(요 10:16)와 같이 쓸 수 있고 인칭대명사로는 '나'의 복수형으로 쓸 수 있는 '우리'라는 말입니다. 그러나 이 말들은 같은 어원에서 나왔습니다. 즉 한 울(fold) 안에 있는 사람은 모두 우리(we)라고 부를 수 있는 것입니다. 그리스도라는 울타리 안에서 '우리'가 되면 그 우리는 누구입니까? 바로 형제와 자매입니다. 그런데 형제와 자매가 교제로 나누지 않으면 진정한 형제요 자매가 될 수 있겠습니까?(예수원 편지)

  "하나님은 빛이시라"(요1서 1:5), 이 문장은 4장 8절과 16절에 나오는 "하나님은 사랑시시라"는 문장과 또한 요한복음(4:24)에 나오는 "하나님은 영이시다"라는 문장과 마찬가지로 결코 하나님의 본질을 그 자체만 가지고 정의하고 있는 것이 아닙니다. 오히려 그 문장은 하나님이 인간에게 어떤 의미가 있는지를 말해 주고 있습니다. 구약성서와 유대교, 그리고 그리스사상과 영지주의에서도 하나님, 하나님의 본질, 신적인 것의 영역들 등을 빛으로 나타내고 있습니다. 그리고 플라톤의 '선'의 개념을 '빛'으로 설명할 수 있었던 것과 같이 '빛'은 일반적으로 구원 특히 종말론적 구원을 나타내 주는 표현입니다.


4


  요한1서는 이원론적인 용어를 사용하고 있는 점에서 영지주의와 공통점을 갖고 있습니다. 그러나 영지주의는 우주론적 이원론에, 즉 빛과 어두움을 두 개의 상반된 세력에 근거하고 있는 반면에, 요한1서와 요한복음은 어두움이 신적인 세력에 대립되어 있는 우주적 세력이 아니라, 하나님에 대한 인간의 폐쇄성, 즉 모든 인간이 각 개인을 지배하는 세력이 되어 버린 폐쇄성을 뜻합니다. 그러나 빛의 계시가 인간에게 어두움 속에 폐쇄되어 있는 상태에서 빛 가운데로 나아갈 수 있는 가능성을 열어 주고 있습니다. 그때에 우리는 "어두움 가운데 사는 것"과 "빛 가운데 사는 것" 간에서 신앙적 결단을 해야 합니다(불트만,《요한서신》).

분명히 저자는 요한복음에 사용된 자료와 연관성이 있는 '계시설교'의 자료를 제시하고 있습니다.

> 1장 6절 "만일 우리가 하나님과 사귐이 있다 하고 어둠에 행하면 거
>        짓말을 하고 진리를 행하지 아니함이거니와"
> 1장 7절 "그가 빛 가운데 계신 것 같이 우리도 빛 가운데 행하면 우리
>        가 서로 사귐이 있고"

이것이냐 저것이냐의 결단이 6절과 7절 상반절 및 중반절에 분명히 설명되어 있습니다. 하나님과 사귀고 있다고 하면서 어두움 속에 살아간다면 그런 주장은 거짓말입니다. 거짓말을 하는 것은 어두움 속에 살아가는 생활의 특징입니다. "진리"와 "거짓"의 이원론은 "빛"과 "어두움"이란 이원론과 일치되고 있습니다. 그리고 '빛'이 인간 존재의 양식인 것과 마찬가지로 '진리'도 그러합니다. 왜냐하면 진리는 요한복음에 있어서와 마찬가지로, 그리스적인 의미인 인식을 통해 밝혀진 존재하는 사물에 대한 지식을 뜻하는 것이 아니라 오히려 하나님의 실재를 의미하기 때문입니다. 그런고로 진리가 "우리 속에 존재"하는 것에 대해서(1:8, 2:4), 우리가 "진리로부터 존재"하는

것에 대해서(2:1, 3:19, 요 18:37), "진리 속에 살아가는 것"에 대해서
(요2서 4), 진리를 "알고" "인식"하는 것에 대해서는(2:21, 요2서 1, 요
한 8:32) 같은 의미이면서도 여러 가지의 표현들이 있습니다.

결과적으로 "진리를 행하는 것"이 본질적이고 실재적인 행동이
라고 묘사할 수 있습니다. 이와 대립된 표현인 "거짓말을 하는 것"은
생의 허무성을 나타냅니다. 왜냐하면, 만일 진리가 본질적인 실재를
나타낸다면, 거짓은 비본질적이며 비실재적인 것, 허무한 것, 즉 근
본적으로 죽음을 뜻하기 때문입니다. 모든 거짓말은(요 8:44) 거짓
말쟁이로서 "처음부터 살인자"인 마귀로부터 유래되고 있습니다.
예수를 그리스도로 고백하지 않고 또한 그 안에 계시된 생명(1:2)을
부인하는 자는 거짓말쟁이이며(2:22) 도리어 하나님이 거짓말쟁이
라고 주장합니다(5:10).

하나님이 빛인 것과 같이 또한 사랑이며(4:8, 16), "서로 사랑한
다"(4:7-8)는 근거가 하나님의 본질이 사랑이라는 데 있습니다. "서
로 간의 사귐"도 "서로 사랑합시다"(4:7)라는 명령형이 형제들에게
주어졌다면, 사람들은 "서로 간의 사귐"을 "너희도 서로 사랑하라"
(요 13:34)고 한 것 같이 신자들 상호 간의 형제적 관계를 가리키는 것
으로 해석합니다.

5

우리 그리스도인들이 분명히 깨닫고 해야 할 일이 무엇입니까?
사귐이 깨진 이 세상 한가운데서 사귐을 창조하는 것, 곧 화해의 사

절이 되는 것입니다(고후 5:17). 악령이나 성령은 영이기에 우리의 눈으로는 볼 수 없습니다. 그러나 그들이 하는 역할과 결과는 알 수 있습니다. 악령은 대립시키고 분열시키는 힘(power of separation)을 말한다면, 성령은 화해시키는 힘(power of reconciliation)을 뜻합니다.

참된 신앙이란 무엇입니까? 한국교회는 이제 기적신앙과 기복신앙을 과감히 청산할 때가 되었습니다. 참된 신앙이란 자기를 변화시키고 사회와 세상을 변화시키려는 것 아닙니까? 이기적이고 아전인수격인 기복신앙은 결코 자기를 변화시키지 못하고, 물론 사회도 변화시키지 못합니다.

참된 신앙은 하나님과 '전부 아니면 전무'의 도박이며 키에르케고르의 말대로 비약입니다. 어떤 특정한 사안을 놓고서 하나님과 구차한 거래를 하려 들지 않습니다. 신앙은 파트타임 비즈니스가 아닙니다. 자신의 전 존재, 전 삶을 걸고 하나님과 빅딜(Big Deal)을 하는 것이 신앙입니다. 하나님께 몽땅 바치고 몽땅 얻는 것입니다. 죽어야만 산다는 '사즉생'의 용기야말로 그리스도교가 증언하는 참 생명의 길, 참 신앙의 길입니다. 다음은 뉴욕 대학교 부속병원 재활센터 벽에 붙어 있는 〈축복의 기도〉라는 글입니다. 축복받은 삶의 의미에 대해 생각해 볼만 합니다.

큰일을 이루기 위해 힘을 주십사, 기도했더니 겸손을 배우라고 연약함을 주셨다.

많은 일을 해낼 수 있는 건강을 구했는데 보다 가치 있는 일을 하라고 병을 주셨다.

행복해지고 싶어 기도했는데 지혜로워지라고 가난을 주셨다.

세상 사람들의 칭찬을 받고자 성공을 구했더니 뽐내지 말라고 실패를 주셨다.

삶을 누릴 수 있게 모든 걸 갖게 해 달라고 기도했더니 모든 걸 누릴 수 있는 삶 그 자체를 주셨다.

구한 것 하나도 주시지 않았지만 내 소원 모두 들어주셨다.

하나님의 뜻을 따르지 못하는 삶이었지만 내 맘속에 진작 표현하지 못한 기도는 모두 들어주셨다. 나는 가장 많은 축복을 받은 사람이다.

(길희성,《길은 달라도 같은 산을 오른다》, 65-66)

## 6

알렉산더 대왕이 사로잡은 해적에게 물었습니다. "바닷사람들을 괴롭히는 의도가 무엇이냐?" 해적이 대답했습니다. "온 세상을 괴롭히는 당신의 의도와 똑 같습니다. 다만 나는 작은 배를 가지고 그런 일을 하기 때문에 해적이라 불리고, 당신은 같은 일을 함대를 거느리고 하기 때문에 제왕이라고 불릴 따름입니다." 어거스틴(354-430)의 《신국론》에 나오는 이야기입니다. 나라가 정의를 잃어버리면 노략질하는 해적과 다를 바 없다는 것인데, 어거스틴은 이 이야기를 로마 공화정 말기 정치가였던 키케로(기원전 106-43)의 《국가론》에서 빌려 왔습니다. 이 일화 외에도 《신국론》에는 키케로의 저작에서 가져온 구절이 많이 나옵니다.

어거스틴과 키케로는 공통점이 많은데, 두 사람 모두 국난의 시대를 살았습니다. 키케로는 로마 공화정을 지키려고 분투하다가 정적 안토니우스가 보낸 군사들의 칼에 목이 잘렸습니다. 그의 머리가 로마 광장에 내 걸림으로써 공화정은 막을 내렸습니다. 어거스틴 시대에 로마제국은 동서로 나뉘었고 서고트족이 로마를 짓밟았으며 반달족이 북아프리카를 휩쓸었습니다. 히포의 주교 어거스틴은 반달족에게 포위당한 상태에서 죽음을 맞았고, 얼마 뒤 서로마제국은 멸망했습니다.

키케로는 어거스틴 철학의 스승이었습니다. 키케로의 저작을 만났을 때의 감격을 어거스틴의《고백록》은 이렇게 전합니다. "키케로는 내 생각을 확 바꿔 놓았습니다. 나는 믿기 어려울 만큼 거센 정열로 불멸의 지혜를 사모하게 되었습니다." 키케로는 어거스틴의 마음에 '지혜에 대한 사랑'의 불을 질렀습니다. 그리스도교로 회심하기 전에 그는 먼저 키케로의 철학으로 회심했습니다. 그리스 철학과 역사에 정통했던 키케로는 그리스 문헌들을 라틴어로 각색했습니다.《국가론》만 해도 플라톤의 〈국가〉를 로마의 정치상황에 맞춰 다시 쓴 것이었습니다. 키케로는 국가란 인민의 것이며, 인민의 안녕, 복지야말로 공화국의 본령이라고 선언했습니다. 키케로가 그리스 사상을 공화주의 언어로 번역했듯이 어거스틴은 앞의 시대사상을 신의 정의에 비추어 다시 짰습니다. 그렇게 재구성한 사상으로 그는 당대 로마를 비판했습니다.

"정의가 없는 국가는 강도떼와 같습니다." 이 어거스틴의 말은 시대를 넘어서 꼭 깊이 기억해야 할 명언입니다. 최근 한국 개신교와 천주교를 비롯하여 원불교 등 종교계와 서울시민과 전국 곳곳에서 국정원의 대선 개입을 규탄하는 시국선언을 하고 촛불시위로 정의와 진실을 외치고 있습니다. 이러한 한국 정치사회 상황에서 선인들의 가르침이 어느 때보다 그리워집니다.

430년 8월 뜨거운 태양 아래서 76살의 어거스틴은 열병으로 쓰러졌습니다. 그가 병상에서 움직일 수도 없었을 때, 한 신자가 아픈 가족을 데리고 와서 그에게 안수 받기를 간청했습니다. 어거스틴은 자리에서 일어날 힘도 없다고 속삭였습니다. 그러자 신자는 꿈에 "어거스틴 주교 앞으로 가라. 그가 안수하면 병이 나을 것이다"라는 말을 들었다고 말했습니다. 그 말을 듣자 어거스틴은 아픈 사람의 손을 잡았는데 그의 병이 바로 나았습니다. 이 전해 오는 이야기가 말하려는 것은 무엇일까요? 간절한 마음의 치유하는 힘 아닐까요. 지금 간절함으로 어거스틴의 후예들이 어두운 나라를 위하여 기도할 때가 아닐까 합니다. 사귐(코이노니아)을 창조하는 성령이여 오소서!

# 자기개혁의 의미

갈라디아서 2:16-20

## 1

*Total Woman*이란 책의 저자 모건 여사의 일화 하나를 소개합니다. 모건 여사가 결혼을 하고 살아 본즉 남편의 일상생활 태도가 마음에 들지 않았습니다. 그래서 그녀는 결혼생활을 통해서 남편의 성격을 바꾸고자 계획을 세웠습니다. 아침이면 늑장을 부리는 남편을 흔들어 깨워서 출근을 재촉했습니다. 또한 그날의 해야 할 일들을 낱낱이 적어서 지시하고, 꼭 해야 한다고 몇 번이고 당부하였습니다. 퇴근 후에는 곧바로 집으로 돌아오라고 다그쳤습니다. 그렇게 2년이 지났습니다. 하지만 아무 효과도 없었습니다. 오히려 모건 여사는 자기의 성격까지 나빠지고 있다는 것을 의식하게 되었습니다. '이대로 가다가는 우리 부부 관계가 파멸에 이를 것 같아….' 그녀는

중대한 결단을 내렸습니다. 남편은 그대로 내버려두고 스스로 바꿔야겠다고 생각했습니다. 아침에는 전보다 훨씬 더 일찍 일어났습니다. 남편이야 일어나든 말든 상관하지 않고 자기 앞의 본분을 다했습니다. 저녁에는 남편이 일찍 돌아오든 말든 자기는 자기대로 정성껏 남편의 귀가를 대비하여 준비했습니다. 혹 남편이 밤늦게 돌아오는 일이 있어도 그 이유를 묻지 않고 편안한 마음으로 집에 들어설 수 있도록 배려했습니다. 자기편에서 생각을 고친 것입니다. 그런데 이게 웬일입니까? 이렇게 생활해 나가다 보니 남편의 생활 태도가 서서히 달라지는 것이었습니다.

유명한 철학자 소크라테스의 아내 크산티페는 악처로 소문나 있습니다. 밖에서 돌아오는 남편에게 다짜고짜 물 한 양동이를 덮어씌울 만큼 괄괄하고 사나운 여자였습니다. 스승의 이 딱한 사정을 보다 못 한 제자들은 소크라테스에게 이렇게 권고하였습니다. "스승님, 그렇게 지내지 마십시오. 차라리 이혼하시고 다른 좋은 여자분을 만나 사시는 것이 아무래도 좋을 것 같습니다." 그러자 소크라테스는 조용히 대답하는 것이었습니다. "글세… 나도 내 아내의 불손을 잘 알고 있네. 하지만 나는 수양이 부족한 사람일세. 만약 지금의 아내가 내 곁에 있지 않았다면, 나는 오히려 내 마음을 닦고 수양할 기회를 잃게 되는 셈이지. 그러니 아내는 내게 아주 소중한 사람일세."

2

우리는 '개혁'이란 말을 쉽게 하고 있지만, 중요한 것은 무엇을 위한 개혁이고, 어떻게 개혁을 할 것이냐, 나 자신이 개혁해야 하느냐, 혹은 상대편이 개혁해야 하느냐의 문제를 생각할 수 있어야 합니다. 첫째, 무엇을 위한 개혁이냐 즉 무엇을 구체적으로 바꾸어야 하느냐는 문제입니다. 개혁의 목적이 바로 서 있어야 합니다. 가령 교회를 개혁해야 한다고 할 때, 교회 개혁의 목적이 바로 서 있어야 한다는 말입니다. 우리는 바른 신앙인이 되기 원하고, 바른 교회가 되기를 원하기 때문입니다.

둘째, 개혁자는 나 자신부터 스스로 개혁(변화)할 수 있어야 합니다. 다른 사람이 바뀌기를 바라는 것보다 나 자신부터 스스로 바뀌는 것이어야 합니다. 즉 자기개혁의 의미가 여기에 있습니다. 다른 사람에 대하여 이렇다 저렇다 평가하기보다는 나 자신을 스스로 평가하고 변화해 가는 것이 곧 자기개혁이라 할 수 있습니다. 우리는 성인(성숙한 사람)입니다. 그러니 누구의 권면이나 충고보다는 자기 스스로 발견하고 변화되어 가고 일을 만들어 가는 성숙한 신앙인이 될 수 있기를 바랍니다.

셋째, 개혁이라 할 때 몇 사람의 일로만 생각하지 말고, 그 개혁적 의식과 역사가 모든 사람에게 적용되고 확산되어 나가야 합니다. 나라의 개혁을 말할 때, 어느 정치집단, 지도자들의 개혁도 중요하지만 국민 한 사람 한 사람이 변화되고 개혁되어야 합니다. 남의 개혁만 구경하고 있다면 거기서 멈추고 말 것입니다. 구체적으로 신앙인의 자세와 삶이 바르게 정립되고 변화된 새로운 삶을 추구하며 실천해 갈 수 있어야 한다는 말입니다.

## 3

10월은 종교개혁의 달입니다. 종교개혁의 깊은 의미를 잘 깨닫고 실천에 옮길 수 있어야 합니다. 종교개혁은 세계의 역사를 바꾸어 놓았습니다. 그러나 종교개혁은 처음부터 세계 문제를 고민한다든가, 인류를 염려한다든가, 민족의 장래를 걱정해서 주도해 낸 것이 아닙니다. 즉 종교개혁은 처음부터 세계 변화를 지향하면서 외친 구호에서 나온 것이 아닙니다. 그런데 종교개혁이 마침내는 정치개혁도 이루고, 문화개혁도 이루고, 사회개혁도 이루고, 세계마저도 개혁했습니다. 본래 이 종교개혁의 역사가 그렇게 거창하게, 세계지향적으로 시작했던 것이 아닌데 말입니다.

사실, 우리가 알고 있는 종교개혁은 한 크리스천의 진실한 신앙적 고민에서부터 출발했습니다. 한 사람이 바뀌었다는 것에서부터 종교개혁이 시작되었음을 잊지 말 것입니다. 사도 바울처럼 예수를 믿지 않던 사람이 믿었다는 이야기가 아닙니다. 원래가 믿었던 신앙인입니다. 더욱이 수도원에 들어가 하나님을 위하여 몸과 마음을 다 바치고 평생을 헌신하기로 한 사람입니다. 바로 그 사람, 마르틴 루터(Martin Luther, 1483-1546) 한 사람의 심령 속에 이루어진 변화가 그 인격과 그 생활을 바꾸고, 나아가 세계를 바꾸어 놓는 역사를 이루게 된 것입니다.

# 4

마르틴 루터의 파란만장한 생애를 한번 회상해 보겠습니다. 루터는 1483년 독일 작센 주의 아이스레벤(Eisleben)에서 광산업에 종사하는 아버지 한스 루터(Hans Luther)와 어머니 마가레테 린데만(Margarethe Lindeman) 사이에서 태어났습니다. 1501년 에르푸르트(Erfurt) 대학에 입학해 법학을 전공하였습니다. 그 후 1505년 여행 도중 천둥을 동반한 폭풍우를 만나 친구가 죽는 일을 당한 후 소명을 받아 같은 해 에르푸르트의 어거스틴 수도회에 들어가게 되었습니다. 그리고 1508년 비텐베르크(Wittenberg) 대학에서 신학을 공부한 후 이 대학의 교수가 되었습니다.

그는 이때 하나님은 인간에게 행위를 요구하는 것이 아니라, 예수 그리스도를 통해 인간에게 은혜를 베풀어 구원하는 것임을 재발견하였습니다. 이 결과 당시 교회의 관습이 되어 있던 면죄부 판매에 대한 비판으로 1517년 루터의 95개조가 나왔는데, 이것이 큰 파문을 일으켜 마침내 종교개혁의 발단이 되었습니다. 결국 그는 교황으로부터 파문 칙령을 받았으나 불태워 버렸습니다.

1521년에 신성로마제국의 의회에 소환되어 그의 주장을 취소할 것을 강요당했으나 이를 거부한 후, 그로부터 9개월 동안 작센의 영주의 비호 아래 바르트부르그 성에서 숨어 '융거 게오르그'라는 이름을 가진 귀공자로 변장해 지내면서 신약성경의 독일어 번역을 완성하였습니다. 이것이 독일어 통일에 크게 공헌하였음은 잘 알려진 사실입니다. 그리고 그는 저술에서 사제직과 수도생활, 공로, 교계제도, 고해성사를 거부하였습니다.

비텐베르크로 돌아와서는 새로운 교회 형성에 힘썼는데, 처음에는 멸시의 뜻으로 불리던 호칭이 마침내 통칭이 되어 '루터파 교회'가 성립되었습니다. 그러나 종교개혁에서 파생된 과격파나 농민의 운동, 농민전쟁에 대해서는 성경신앙적 입장을 취함으로써 이들과는 분명한 구분을 지었습니다. 한편 1521년 말부터 사회혁명가이자 종교개혁자인 토마스 뮌처를 비롯하여, 루터의 영향을 받은 과격한 종교개혁가들이 줄기차게 등장하여 사회적 혼란은 더욱 심화되어 갔습니다. 특히 1524년과 1525년 사이에 토마스 뮌처 등의 지도로 일어난 농민혁명에서 루터는 처음에는 농민들의 편을 들었으나, 제후들의 착취에 대항하는 농민들의 혁명 활동이 점점 과격해짐에 따라 결국 태도를 바꾸어 제후들에게 폭력 진압을 촉구함으로써 농민들의 혁명은 잔인하게 진압당했습니다. 이러한 태도는 루터의 영웅적 이미지를 크게 손상시키게 되었습니다. 그는 영주들 간의 분쟁 조정을 위하여 고향인 아이스레벤에 갔다가 그곳에서 죽었습니다. 루터에 의해 시작된 종교개혁운동은 칼빈이나 다른 종교개혁자들에게 이어졌고 종교개혁은 르네상스운동과 함께 중세에서 근세로의 전환점이 되었습니다.

5

루터는 에르푸르트의 어거스틴회 수도원에 있었습니다. 수도원에서 그가 무슨 죄를 지었겠습니까? 돈을 번 것도 아니고, 남자 수도원이라 여자가 있는 것도 아닌데, 죄를 지을 만한 사건이 없었는데도 수도원에 있는 루터는 죄로 인해서 고민합니다. 언제나 루터는 '내 죄 내 죄, 말씀 말씀' 하며 살아갑니다. 한번은 어떤 사람이 도대체 루터가 고백한 죄가 무엇인가, 궁금해서 그 옛날 루터가 고백했다던 죄가 무엇인지를 집중적으로 연구해 보았는데 그것은 별난 것이 아니었습니다. 전부가 그저 마음으로 지은 죄입니다. 의심하는 죄, 절망하는 죄, 세상으로 기우는 죄, 특별히 시기와 질투하는 죄…. 참으로 많은 죄를 지었다고 생각한 루터는 그 죄가 고민이 되어 견딜 수가 없었습니다.

루터는 당시 어거스틴회 수도원장 요한네스 폰 슈타우비츠를 찾아가 고해성사를 하였습니다. 아침에 가고, 점심에 가고, 저녁에 가고…. 어떤 날은 20여 회를 찾아갔다고 합니다. 가자마자 문을 두드려 슈타우비츠에게 "내 죄를 고백하겠습니다" 하며 한참을 이야기하고, 또 이야기하고… .나중에는 슈타우비츠는 지칠 대로 지친 나머지 "루터야, 죄 좀 모았다가 가져오너라" 하고 말할 정도였습니다. 그만큼 루터는 죄로 괴로워했습니다. 견딜 수 없어 했습니다. 다른 사람이 들을 때는 죄 같지도 않은 것들입니다. 고해 받는 슈타우비츠 원장은 들으면서도 "그런 것이야 죄라고 할 수 있겠느냐?"라고 말할 정도였습니다. 그러나 루터는 그것을 죄로 생각했기에 견딜 수가 없었습니다. 슈타우비츠 원장은 몸부림치는 루터에게 하나님의 분노를 사색하지 못하게 한 말이 있습니다. "우리 성부께서는 너무나 고귀하시다. 당신 자신을 그리스도께 맡기라. 그리하면 모든 것이 합력하여 선을 이루실 것이다. 하나님의 섭리는 그리스도의 상처

속에서 이해되고 발견될 수 있으며, 그 외 다른 곳에서는 불가능하다"고 했습니다.

6

여러분, 우리에게도 마땅히 이런 고민이 있어야 합니다. 정말로 자기 자신의 죄, 바른 신앙생활을 위한 안타까워하는 자기 고민과 변화가 있어야 합니다. 다른 사람의 죄가 아니요, 사회의 죄가 아니요 세상의 부정부패에 앞서서 내 죄가 먼저 해결될 수 있도록 고민해야 합니다. 그리고 나아가서 사회와 나라를 위한 일도 참여하고 고민할 수 있어야 합니다.

예수께서 빌라도 법정에서 재판 받으실 때 친히 올라가셨던 계단이 있습니다. 훗날 콘스탄틴 대제의 어머니 헬레나(Helena)가 예수님을 믿게 되고, 그녀는 예수님을 극진히 사랑했습니다. 그래, 예수께서 올라가셨던 그 빌라도 법정의 계단을, 예루살렘에서 뜯어다가, 로마(Rome)에 옮겨 놓았습니다. 로마의 성 계단교회에 가 보면 정말 나무로 된 그때의 계단이 있습니다. 이것을 거룩한 계단이라고 해서, 여기를 무릎으로 기어오르며 회개하면 죄를 깨끗이 사함 받는다는 전설이 있습니다. 그래서 마르틴 루터는 2천 년 된 이 계단을, 그 당시로 말하면 1500년이 된 계단을 무릎으로 기어 올라가면서 눈물로 회개했습니다. 엉금엉금 기어서 올라가고 내려오고, 또 올라가고 내려오고… 그러나 아무리 오르고 내려도 이로 말미암아 죄 사함의 확신을 얻을 수가 없었습니다.

그러던 어느 날, 여느 때와 다름없이 무릎으로 그 계단을 기어오르던 루터의 귀에 번개처럼 들려오는 음성이 있었습니다. "오직 의인은 믿음으로 말미암아 살리라(롬1:17)." 루터는 정신이 번쩍 납니다. 익히 읽던 말씀입니다. 그러나 늘 듣던 말씀이 그날 새롭게 알게 됩니다. 새로운 뜻으로 들려옵니다. 루터는 그 자리에서 벌떡 일어났습니다. 저 위대한 종교개혁은 바로 이 순간에 비롯되는 것입니다.

여러분, 종교개혁이 있기 전에 루터의 자기 개혁이 있었습니다. 그것은 자기의 의를 다 부정한 것이요, 의롭다고 하는 많은 노력까지도 포기한 것입니다. 죄인이 행하는 모든 선행은 공로가 될 수 없고, 죄인 된 관계에서는 어떠한 의도 존재할 수 없음을 깨닫게 됩니다. 자기 의를 완전히 포기합니다. 철저하게 부정합니다. 그럴 때에 그 속에서 비로소 개혁(Reformation)이 이루어졌던 것입니다. 자기 개혁(Self-Reformation), 이것은 스스로 이루어지는 것이 아니요, 오직 은혜라는 것을 또한 알게 됩니다. 내가 하나님께 나아가는 것으로는 불가능하고, 하나님께서 내게 오심으로만 가능한 것임을 깨닫게 됩니다.

종교개혁자 마르틴 루터는 말했습니다. "하나님으로 하나님 되시게 하라. 하나님으로 하나님 되시게 하는 길은 내가 하나님께 나아가는 것이 아니라, 하나님께서 내게 보여 주신 길로 가는 것이다." 그 길은 오직 믿음으로, 오직 긍휼로, 오직 은혜로만 갈 수 있습니다. 이 모두는 하나입니다. '오직 믿음으로'라는 말은 '오직 은혜로'라는 말이요, '오직 은혜로'라는 말은 '오직 긍휼로'라는 말입니다. 곧 그 은혜와 그 긍휼을 그대로 내가 수용하는 데서부터 출발하라는 말입니다. 이것이 바로 루터에게는 '믿음'이었습니다. 마침내 그는 그리스도를 재발견하게 됩니다. 평생 믿던 그리스도였지만 그 그리스도가 새로운 의미로 다가옵니다.

여러분, 2천 년 전의 예수가 아니요, 바로 오늘의 예수님입니다. 성경에 기록된 역사적 예수가 아니요, 바로 내 생명에 직결된 예수입니다. 내 죄를 짊어지신 분, 사해 주신 분입니다. 그래서 우리는 죄와 사망과 사탄과 율법과 진노로부터의 해방과 자유를, 그 엄청난 새로 난, 중생된 자유와 체험을 가진 자로 살게 됩니다. 이제는 그리스도 예수의 증인으로 살게 됩니다.

## 7

본문 말씀대로 "사람이 의롭게 되는 것은… 오직 예수 그리스도를 믿음으로 말미암는 줄 아는 고로 우리도 그리스도 예수를 믿나니…"(갈 2:16). 또 "내가 그리스도와 함께 십자가에 못 박혔나니 그런즉 이제는 내가 산 것이 아니요 오직 내 안에 그리스도께서 사신 것이라 이제 내가 육체 가운데 사는 것은 나를 사랑하사 나를 위하여 자기 몸을 버리신 하나님의 아들을 믿는 믿음 안에서 사는 것이라"(갈 2:20)고 말씀합니다.

여러분, 십자가는 오래전 사건입니다. 그러나 그 십자가사건이 오늘 내 사건으로 여기 내게 나타나게 됩니다. "내가 십자가에 못 박혔다"—나는 율법을 향하여 죽었습니다. 그러나 그리스도를 믿는 믿음 안에서 은혜 안에서 내 모습이 새로 태어난 것을 체험합니다. 십자가를 향한 내 마음에 새로운 변화(transformation)가 이루어집니다. 여기에서 우리는 비로소 거룩하고, 의롭고, 온전히 겸손하고, 온유한 하나의 그리스도인 탄생이 되는 것입니다.

종교개혁자 마르틴 루터는 주님의 음성을 듣습니다. 오직 성경은 하나님의 말씀입니다. 그래서 "오직 말씀"이 개혁교회의 표어가 된 것입니다. 그리고 주님 앞에 홀로 섭니다. 이것이 "만인 제사"입니다.

여러분, 자기 개혁을 바랍니까? 나 아닌 다른 사람에 앞서서 먼저 나 자신부터 변화되는 귀하고 중대한 역사가 여러분 앞에서 일어날 수 있기를 바랍니다. 그때에 이웃이 변화되고 세상나라가 개혁해 가는 역사가 이루어지는 현실을 대할 것입니다. 하나님의 평화가 여러분과 함께하시길 바랍니다.

# 하나님의 은혜에 감사

신명기 26:5-11, 데살로니가전서 5:18

매년 11월 셋째 주일에 드리는 추수감사절 축제가 시작되면 미국 인들은 3,500만 명의 귀성 인파가 고향을 향하여 행진을 하고, 흩어 져 있던 가족들이 한자리에 모여 칠면조 파티를 합니다. 한국도 미 국의 추수감사절처럼 한국인들의 마음을 움직이고, 축제분위기를 일으키고, 고향을 찾고 잔치를 하는 명절이 있는데, 그것이 바로 '추 석'입니다. 교회생활에 충실한 사람들도 추석과 주일이 겹치면, 교 회를 떠나 고향으로 갈 정도로 추석은 온 한국인들의 마음을 움직이 는 명절입니다. 축제와 감사가 살아 있고, 한국인의 마음을 움직이 는 감사절예배는 미국인의 추수감사절이 아니라, 한국인의 '추석감 사절'이어야 한다는 것입니다. 1970-80년대부터 추석이 한국교회 의 감사절이 되어야 한다는 주장이 제기되어 왔습니다. 그리고 나아 가 우리 문화를 소중하게 여기고, 한국인의 마음을 움직이고 있는 추석 명절을 존중하는 차원에서 한국교회의 감사절은 '추수감사절' 보다 '추석감사절'이 더 바람직하다는 것입니다.

1492년 10월 12일 카리브 해의 바하마 제도에 속한 섬에 도착한 이래 콜럼버스는 오랫동안 역사 속에서 영웅으로 인식되어 왔으나 실상은 그렇지 않았습니다. 우호적으로 대해 온 인디언들에게 오히려 칼을 겨누고 그들 고유의 문화를 파괴한 것은 유럽인들이었습니다. 스페인의 정복자들은 멕시코 지역의 아스텍 문명과 남미의 잉카 문명을 파괴하였습니다. 1620년 필그림스 믿음의 조상들이 플리머스에 도착하여 감사절을 지낸 후 350년째인 1970년 추수감사절에 인디언들이 몰려와 이 날을 '통곡의 날'(Day of Mourning)로 선포하며 항의하는 사건이 벌어졌습니다. 이후 감사절 때마다 인디언들의 항의 시위는 해가 갈수록 그 수도 늘어 가고 열기도 높아 가고 있습니다. 따라서 미국 감사절의 유적지를 찾는 많은 순례자나 관광객들은 실망하고 언짢아 돌아가기도 합니다.

그리고 인디언의 '통곡의 날' 항의 시위는 뜻있는 미국 그리스도인 후예나 미국인들에게 필그림스 청교도들의 플리머스 도착과 그들이 시작한 감사절을 추수감사절의 시작으로 보는 일을 반성케 하고 있습니다. 역사가들은 백인들이 미대륙에 도착하기 전 멕시코 이북의 북미 인디언 인구를 1천만 내지 1천 2백만으로 추산하며, 250여 년 뒤인 1890년에 그 인구는 23만 정도라고 했습니다. 미대륙 백인 조상과 인디언의 투쟁, 아니 백인들의 인디언 말살 정책이 얼마나 잔혹했던가를 상기할 수 있습니다.

이러한 역사적 배경을 본다면, 우리는 프리머스 필그림스 청교도들의 감사절 연원으로부터 추수감사절을 해방시켜야 함이 옳습니다. 청교도들의 감사절 유래보다는 벌써 수천 년 전, 신·구약 성서에 이스라엘과 그리스도인들이 하나님께 감사하던 역사에 기원하여, 하나님의 온갖 크신 은혜에 복귀하는 감사절이 되게 해야 합니다. 필그림스의 청교도들이 아니라 천지를 창조하고 땅과 하늘, 해와 물, 온갖 곡물과 은총을 주신 하나님께 감사하게 될 때, 적대의 감정이나 그동안 저질러진 백인의 인디언에 대한 죄책의 참회의 뜻도 포함되기에, 이런 감사절만이 '통곡의 날'을 치유하는 새로운 감사절로 변하게 하리라 믿습니다.

신명기의 말씀은 히브리(이스라엘) 사람들이 애굽에 가서 살다가 후에 애굽의 정권이 교체되자 애굽 사람들로부터 탄압과 억압을 받았습니다. 이스라엘 백성은 하나님께 구원해 달라고 호소했습니다. 하나님은 모세를 불러서 애굽에서 동족을 탈출시켜 가나안 땅으로 인도하도록 하였습니다. 가나안 땅에 정착한 이스라엘 백성은 목축업과 함께 농사를 배워 농사를 짓고 살게 되었습니다.

농사를 지은 첫 추수를 하나님께 바치는 예배를 드리는 내용이 신명기 본문에 나옵니다. 각종 햇곡식을 광주리에 담아 예배를 집례하는 제사장에게 전달하였습니다. 제사장은 이를 받아 하나님의 제단 앞에 놓았습니다. 그리고 하나님께 아뢰는 신앙고백을 했는데, 신명기 26장 5-9절을 학자들은 이를 '옛 신앙고백'이라고 부릅니다. 이 신앙고백을 한 다음에, 온갖 햇곡식을 먹고 즐길 때 레위인과 거류하는 객과 함께 먹고 즐기었습니다.

이스라엘 사람들의 역사는 고난의 역사의 연속이었습니다. 옮겨 다니고 이사하는 떠돌아다니고 해매고 다닌 방랑자, 나그네의 삶을 이어 왔습니다. 사막과 광야를 해매고 유리방황해 온 아픔의 역사를 체험한 민족입니다. 그뿐만이 아니었습니다. 약 4천 년에 걸쳐서 12개의 강대국 민족의 침략을 받아 고생한 방랑의 나그네 생활을 해 왔습니다. 애굽, 앗시리아, 바벨론, 페르시아, 그리스, 로마, 비잔틴 제국, 아랍권, 십자군, 또다시 아랍인, 터키, 영국 등의 민족들에 의하여 점령, 포로, 강제 이주, 피난 이주, 학살, 약탈 등을 당해 왔다고 보면, 떠돌이들의 흩어지고 피난 가고 정착했다가 또 잡혀 가고, 헤어지고, 죽고 하는 수난의 악순환의 역사를 걸어 온 이스라엘 민족의 고난을 짐작하고도 남음이 있습니다. 오늘의 유대인들도 제2차 세계대전 때 독일 나치에 의한 아우슈비츠에서 6백만 명의 대학살(Holocaust)이라는 나그네들의 민족 수난을 잊지 못하고 있습니다.

강대국들에 둘러싸인 이스라엘 민족의 역사는 고난의 연속의 역사, 하나님의 거룩한 백성을 삼기 위하여 특별히 훈련시킨 민족 역사라고 해석하기도 합니다. 구약성서에 나타난 이스라엘 민족사를 보면 그러한 유리방황의 유랑생활을 해 오면서도 이른바 야훼 하나님을 섬기는 하나님 신앙을 계속 이어 온 신앙의 역사를 배울 수 있습니다. 평화롭고 안정된 때에만 감사의 예배를 드린 것이 아니라, 항상 위험과 불안과 혼미한 상황 속에서 의로운 싸움으로 신앙의 지조를 지켜 온 예언자들의 신앙전승을 발견할 수 있습니다. 그리고 하나님이 자기 민족을 구원해 주셨고 또 구원해 주신다는 확신을 유지하고 전승하면서 떠돌이같은 나그네들의 감사 예배를 드리는 전통을 이어 나갔습니다. 그러기에 감사라는 것은 고생과 수난의 삶

속에서 진행되고 이어져 간 것입니다.

수천 년 역사에 걸쳐서, 우리 한국 민족은 외국으로부터 976회나 침략을 받은 나라라고 알려져 있습니다(1998년 9월 5일자 〈타임〉지에 "남한" 특집). 돌이켜 보면, 한국의 역사는 고난의 역사입니다. 고난의 역사! 한국 역사의 밑에 숨어 흐르는 바닥의 가락은 고난이 주제입니다. 이 땅도, 이 땅의 사람도, 큰 일도, 작은 일도, 정치와 종교, 예술과 사상도 다 고난을 드러내고 있는 것이라 할 수 있는 것입니다. 한국이 위치한 지정학적으로 보아도 이미 결정된 한국 역사의 성질이라고 할 수 있을지, 한반도의 지리적 위치와 민족 역사의 변천에서 고난을 볼 수 있습니다. 그러나 성경은 고난의 역사 가운데서 진리와 고난의 의미를 보여 줍니다.

한반도 세 면에서 보면 세 세력에 두루 싸여 있음을 알 수 있습니다. 서쪽의 중국과 북쪽의 만주와 러시아와 동쪽의 일본입니다. 이 위치는 마치 능동적인 힘을 행사할 수 있는 자라면 동북아를 뒤흔드는 중심이요 다스리는 서울일 수가 있습니다. 그러나 만일 억세지 못한 자가 그 자리에 선다면 그때는 수난과 압박의 위치가 될 수밖에 없겠습니다. 한국의 역사는 불행히도 후자의 것이 되었습니다. 한국의 고대, 중세는 생략하더라도 현대사에서 겪어 온 것만 봐도 알 수 있습니다. 일제의 침략과 강제징집, 동원을 비롯하여 8·15 이후의 남북분단과 6·25전쟁으로 인한 행방불명과 피난, 가족 이산 등을 따져 볼 때, 오늘 우리 모두도 살아남은 나그네들의 후예들이라고 볼 수 있습니다.

우리는 추수의 계절, 11월을 맞아 하나님 앞에 감사의 예물을 가지고 나와서 감사의 예배를 드립니다. 이스라엘 민족이 나그네들이었지만 하나님께 구원을 요청하여 출애굽의 해방과 구원을 얻은 것에 대한 감사의 신앙고백을 했던 것 같이, 우리 한국인의 고난의 역사 속에서도 복음이 들어왔고 믿음으로 민족의 해방과 구원의 역사를 체험할 수 있게 된 우리의 처지에서도 감사의 신앙고백을 할 수 있다고 말할 수 있습니다. 우리 개인의 삶을 회고해 볼 때도 집을 옮기고 직업을 바꾸고 또 어떤 이는 이민을 가서 살면서 여러 어려운 일을 겪었지만 오늘이 있게 해 주신 것 하나님의 은혜입니다. 영적이며 육적으로 방황하면서 나그네 같은 삶이었지만 그런 중에도 하나님 신앙과 삶의 변화를 체험했다면 이를 하나님의 축복으로 알고 감사하는 신앙고백을 할 수 있다고 봅니다. 특별히 우리 그리스도인들은 1970, 80년대 인권회복과 민주주의 실현(민주화 회복기)와 90년대 이후 민족의 일치와 화해(평화통일 실현, 남북개선)에 40여 년을 보내면서, 약속의 땅을 향한 40여 년의 히브리(이스라엘) 백성들의 여정과 연계하여 생각해 볼 수 있습니다.

구약성서의 모세오경이나 성문서, 예언서들은 물론이고 신약성서에도 하나님을 향한 그 모든 은혜에 대한 감사와 찬송은 넘치고 있습니다. 예수님과 바울도 범사에 하나님께 감사와 영광을 돌리도록 일깨우고 있습니다. "범사에 감사하라 이것이 그리스도 예수 안에서 너희를 향하신 하나님의 뜻이니라"(살전 5:18)라고 가르쳐 주십니다. 감사는 신앙의 척도입니다. 우리는 모든 것을 하나님께로부터 받지 않은 것이 아무것도 없습니다. 그러니 내 모든 것은 하나님의 것입니다. 거저 받았으니 감사하며 살아야 합니다.

우리가 또 자기의 삶의 자리에서 깊이 뉘우치며 감사해야 할 일들이 있음을 알아야 합니다. 더욱이 오늘과 같이 온 세계가 살기 어려운 세월을 살면서, 세계에 가장 부강한 나라에 살고 있는 자들로서는 한국도 포함하여 그 어떠한 형편에서도 감사하지 않을 수 없습니다. 먹을 것과 몸에 걸칠 것, 지붕을 덮은 곳에서의 잠잘 곳이 있다면 우리는 세계에서 75% 이상의 부유한 자입니다. 은행에 돈이 있고 지갑에 현금이 있으며 집의 어디에든 잔돈이 있다면 지구의 부유한 자들의 상위 8%에 해당합니다. 아침에 건강하게 일어나고 병이 없다면 이 한 주간에도 살아남지 못하는 백만 인보다 운이 좋은 자입니다. 전쟁의 위험이나 감옥의 외로움, 고문의 고통 또는 굶주림의 처절함을 오늘 경험하고 있지 않다면 이 세계 5억 인들보다 행복한 자입니다. 만약 위협 구금 고문이나 죽음의 위험 없이 자유스럽게 예배드리거나 종교 활동을 할 수 있는 자라면 축복된 자입니다. 지구상의 수십억 인구에게 아직도 이런 자유가 없기 때문입니다. 우리의 축복을 계산하고 명단을 작성하자면 아직도 한이 없겠습니다. 가족과 친구들, 의식주와 자동차, 건강과 일터, 자유와 기회, 작은 아파트라도 상·하수도와 냉·온방에 침대 욕실 샤워대까지 가진 상태입니다. 누릴 수 있는 최고의 혜택을 다 가지고 있으나, 우리는 아직도 고마움보다는 불만과 짜증이 더 많은 것은 어찌된 연고입니까?

그러나 우리의 감사가 잘살고 성공하고 만사형통해서 감사하는 것이라면 이는 온전한 감사일 수 없습니다. 그러한 것이 없는 경우 우리는 감사하지 않을 수 있다는 말이 됩니다. 언제나 듣고 읽어도 아름답고 공감이 가는 감사정신을 일깨우는 하박국의 고백을 우리의 신앙고백으로 삼아야 할 것입니다. "무화과나무 포도나무 감람나무에 딸 것이 없고 밭에서 거둘 것 없고 우리와 외양간에 양과 소가 없어도 나는 주님 안에서 즐거워하며 나를 구원하신 하나님 안에서 기뻐하리라"(합 3:17- 18).

생텍쥐페리(Antoine de Saint-Exupery)의 고전 《어린 왕자》(*The Little Prince*)에 한 교활한 친구가 왕자와 작별하며 비밀을 말하는 장면이 나옵니다. "여기 나의 비밀, 아주 간단한 비밀 하나가 있습니다. 사람이 바로 볼 수 있는 것은 오직 가슴으로만 가능합니다. 본질적인 것은 눈에 보이지 않습니다." 왕자는 본질적인 것은 눈에 보이지 않는다(what is essential is invisible to the eye)는 말을 반복하며 마음에 간직합니다. 이는 바울이 이미 터득한 진리와 같은 맥을 갖습니다. 우리는 보이는 것을 바라보는 것이 아니라, 보이지 않는 것을 바라봅니다. "보이는 것은 잠깐이지만 보이지 않는 것은 영원하기 때문입니다"(고후 4: 18).

"너희는 감사하는 자가 되라"(골 3:15). 아무리 가져도 충분하지 않아 끝없이 더 가지려고 발버둥치는 문화, 영원한 불만족의 딱지가 붙은 문화에서, 창조주의 형상에 따라 새롭게 된 그리스도인 공동체는 '급진적인 감사'를 그 특징으로 삼아야 합니다. 오늘날 우리는 불만족의 포로가 되었습니다. 그 결과 돈의 문화에 속한 모든 사람의 얼굴에는 전혀 감사할 줄 모르는 배은망덕이라는 낙인이 찍혀 있습니다. 이런 방식으로 죄가 우리 속에 그 형체를 드러내고, 우리의 습관을 좌우하며, 우리를 포로로 사로잡고 있습니다. 어떻게 감사를 깊이 체험하고 표현할 수 있을까요? 창조에 대하여, 우리가 받은 생명의 선물에 대하여, 그리스도의 구속과 평화에 대하여만이 감사할 줄 모르는 문화와 그 영향력을 깨뜨릴 수 있을 것입니다.

바울은 결코 보석이나 돈, 가죽 옷이나 값비싼 물건들에 관심을 갖지도 않았으며, 오직 본질적이고 영원한 것들 즉 믿음, 사랑, 지혜의 영 하나님이 주시는 능력 같은 것이 귀함을 알고 그런 것들을 위해 살며 그런 유산을 우리에게 전해 주려 애썼습니다. 이런 본질적인 귀함을 알고 깨닫게 될 때 그 위력은 세상 무엇과도 바꿀 수 없습니다. 그는 세상적인 부귀영화 같은 이 모든 것을 분토 같이 여기며 그리스도가 보여 주시고 가르친 그 영원한 것을 향해 진력할 뿐이라고 고백했습니다.

역사가 토인비는 왜 소수집단인 그리스도교가 로마제국의 공인 종교가 되었는가에 대해 연구한 바 있습니다. 토인비에 따르면 그 이유는 인명 존중이요, 형제 사랑이요, 이웃에 대한 관심이라 했습니다. 사실 그리스도교는 유대인은 물론이고 이방사람들도 형제로 대하고 그들을 따뜻하게 영접했다는 것입니다. 서로 돕고 사랑하는 삶에서 놀라운 역사가 일어납니다. 우리가 다시 형제가 되고 이웃이 되는 길은 사랑의 친교, 코이노니아의 회복인 것입니다.

성도 여러분, 우리는 오늘의 한반도의 상황, 동서냉전의 마지막 결전지로 여기는 한반도에서 오늘을 사는 그리스도인들입니다. 우리는 정의와 형제애, 평화의 새날을 이루어 낼 것이라는 남북 간의 공존과 동포애, 관심으로 소통되고 평화의 감사제가 일어나는 꿈을 꾸어 봤으면 좋겠습니다. 제10차 WCC총회의 주제인 "생명의 하나님, 우리를 정의와 평화로 인도하소서." 이렇게 기도하며 찬송하며 감사의 축제를 가졌으면 좋겠습니다.

어거스틴의 저서에 보면, 당시 그리스도인들은 서로 만나서 여러 가지 이야기를 하며 성도의 사귐을 하다가 헤어질 때는 언제든지 우리 '하나님께 감사합시다', 이것이 한 인사처럼 되었다고 전해 줍니다. 어떤 때는 그리스도인들이 만나서 억울한 이야기 핍박당하는 이야기 순교당하는 이야기 등을 하다가도 마지막 헤어질 때에는 우리 '하나님 앞에 감사합시다'라고 했다는 것입니다. 이와 같이 참 신앙인들은 감사를 생활화하였습니다.

사실 감사절은 어느 한 날 한순간의 사건이 아닙니다. 그것은 하나의 과정(process)입니다. 마치 이스라엘인들이 광야를 여행하고 가나안을 향해 움직이던 나그네의 길과도 같이 끊임없습니다. 추수 감사절은 하루만이 아니라 감사하는 마음과 표현이 범사에 나타나야 합니다. 동시에 어떤 은혜를 받으면 이웃과 함께 나눌 수 있어야 합니다. 한 감사는 다른 감사를 낳고, 작은 감사는 큰 감사를 가져오며, 그런 감사의 자세는 온 나라 모든 백성에게 돌아옵니다. 진정한 감사는 그 어떤 외적인 조건이나 소유에 상관없이 하나님의 은혜에 대한 무조건적인 감사(Thanks for Nothing)입니다.

우리 교회는 지금 신앙순례자로서 견디기 힘든 역사의 터널을 통과하고 있습니다. 그러나 용기를 갖고 눈을 들어 새로운 비전(vision)을 보시기 바랍니다. 이스라엘 신앙의 조상들의 대열과 한국 고난의 역사 속에서도 지켜 주신 하나님께 뜻있고 정성된 감사예배를 드릴 수 있기를 바랍니다. 교회의 본연의 상(image)을 찾기 위해 더욱 힘

있게 결속하고 하나 되어 새 출발을 다짐하기를 바랍니다. 감사의
절기에 우리 모두에게 하나님의 은혜가 풍족히 임하기를 기원합
니다.

(2013. 11. 24)

# 3부

## 죽어서도 사는 믿음

# 장공 김재준 목사 27주기 추모사

1

50여 년 전 장공 선생님을 만나서 그 후로 그분의 저서들과 〈십자군〉과 〈제3일〉을 통하여 바른 신앙과 나아갈 방향에 대하여 가르침 받게 된 것을 감사하고 있습니다. 장공 선생님은 이 나라의 민주화 운동을 위한 대표적인 지도자셨고, 기독교계의 거성이셨습니다. 장공 선생님 27주기에 즈음하여 그의 진리 추구의 순례적 삶과 교회 개혁적인 삶, 그리고 그의 역사관, 역사 참여적인 삶을 회상하며 추모하고자 합니다.

## 2

장공 선생님은 20세 무렵에 13세기 아시시의 성 프란시스의 전기를 읽고 많은 영향을 받았고 평생 그 가르침을 실천하면서 보냈습니다. 그의 무소유의 순례적 삶이 청년 장공의 마음을 온통 사로잡았고 흠모케 하였습니다. 장공은 본인이 읽었던 프란시스 전기를 만우에게 보냈고, 두 분이 아시시의 성자와 친하게 된 것은 그때를 계기로 시작된 것입니다. 얼마 후 만우는 장공의 원고 뭉치를 받고 '장공'이라는 호를 지어 보냈는데 그 속에는 '무일푼의 방랑자'라는 뜻도 포함되어 있지 않을까 생각했습니다("아시시 프란시스와 나", 《김재준 전집 18》, 213-217). 젊은 시절 장공의 그 청빈사상은 80세가 된 후에도 변함없는 것이었습니다. 성 프란시스의 청빈사상과 진리 추구의 순례적 삶이 만우와 장공의 신앙 여정의 뿌리였습니다.

새 역사 60주년 기념 심포지엄에서 "만우·장공의 비전, 기장의 비전"이란 주제(김경재 교수 발표)에서 "만우의 복음주의적 경건신학과 장공의 개혁주의적 역사 참여 신학은 기장교단과 신학교육의 구심력과 원심력으로 동시에 살아 있도록 해야⋯ 생명의 빛의 원무를 출 수 있다"고 한 점에 전적으로 공감합니다.

만우는 '정통은 밥통'이라는 글귀를 쓰신 적이 있었고, 독립운동과 복음전도, 교회와 사회, 진보와 보수신학 사이의 경계선에 서서 서로를 배척하려는 양측을 아우르며 '조화와 일치'를 이루려 애쓰다가 결국 남북분단과 전쟁의 경계선(38선)을 넘는 것으로 생을 마쳤습니다(이덕주, 《한국영성 새로보기》, 2010, 231).

그런데 '만약의 경우'에 대하여 한번 추론해 봅니다. 만우가 1950년에 북한에 납치되지 않고 1960-70년대까지 살았더라면 그분 역시 장공과 함께 역사참여 신학을 나 몰라라 하지 않았을 것이라고 거슬러 추리해 보는 것입니다. 한국교회의 개혁적 사명과 역사참여의 신앙과 신학을 함께 수행했을 것이라고 가정해 보는 것입니다. 두 위대한 선생님의 신앙과 신학은 필시 한국교회와 역사참여에 새로운 변화를 가져왔을 거라는 것입니다. 그런 의미에서 오늘의 후학들은 딜레마 같은 긴장, 갈등 그 어떤 차이라도 뛰어넘어야 한다고 생각합니다. 만우·장공의 신앙여정에서 끈질기게 엮어지고 상호존중의 넓고 깊은 코이노니아적 우정과 신뢰로 보아서 반드시 복음주의적 경건신학과 개혁주의적 역사참여 신학은 동일전선을 폈을 것이라고 생각합니다.

그와 함께 한 가지 제안하고 싶은 것은, 우리 기장 후학들은 13세기 성 프란시스의 신앙과 신학을 오늘의 상황에서 재조명하고, 새로운 목회적 삶의 원동력이 될 경건신앙과 신학을 수립해 보았으면 합니다.


3


장공 선생님은 "한국역사와 그 원점"(《김재준 전집 18》, 228-247)에서 한민족의 뿌리인 환단시대의 웅좌와 주도적 역할 그리고 윤리는 신률에 속한다고 하면서 이를 중요시하고 있습니다. '민족의 자주성'이라는 척도에 따라서 고구려의 자주정신, 나라의 자주를 위해서 중국과 일대일로 대결한 을지문덕, 연개소문, 양만춘 등을 민족 정신의 효시로 삼고, 평가하고 있습니다. 고구려의 멸망은 한국인의 자주성과 한국 역사의 결정적 분수령이 되었다고 합니다. 그때부터 우리 민족과 우리 역사는 외세에 눌려 기를 펴지 못하고 위축일로를 걸었다는 역사 관찰입니다.

따라서 백제의 문화와 신라의 화랑도정신을 남기긴 했지만, 신라가 외세인 당나라를 끌어들여 삼국을 통일한 것을 장공은 매우 부정적으로 평가했습니다. 그 뒤로 고려와 조선 그리고 일제 강점과 그 이후 미국 지배 등 일련의 역사는 민족의 자주성과 민족정기의 위축일로였다는 것이 장공 선생님의 역사 관찰입니다.

특히 일본은 침략 근성이 깊이 박힌 민족이라며, 그러니 배일하자는 말과 함께, 동지로 여기기보다는 엄히 경계해야 할 면을 교훈하셨습니다. 한반도 주변의 강대국에 대한 이해관계에서도 항상 소용돌이로 변해 왔던 역사 교훈을 말합니다. 아울러 우수한 우리 민족의 문화는 민족의 생명이고, 민족정기, 자주정신은 영존할 것이라는 장공의 뜨거운 민족애와 혜지가 들어나고 있습니다(《김재준 전집 18》, 380-383 참조).

장공 선생님은 인권, 민주화, 반독재운동의 뿌리는 진리 운동에서 비롯된다고 강조하셨습니다. 진리 운동은 사회와 역사 참여에 필수적이며, 남북통일을 앞당길 것이라고 했습니다. 이어지는 장공의 남북통일 전망에 대해서도 미국과 중국이 민주적으로 합작하는 날에는 가능하게 될 것이라고 보았습니다. 아마도 미국이 자유, 평등, 민권과 인권의 나라로서 메시아 왕국의 비전을 역사 안에 실현하려는 기독교정신을 발휘해야 할 것이라고 장공의 서거 반 년 전(1986. 7. 19)에 전한 유언 같은 예언적 말씀을 했습니다(《김재준 전집 18》, 458-466 참조).

4

장공 선생님은 교회 개혁의 당위성과 그 결과를 꿰뚫어보고 계속적인 교회 개혁을 강조하신 개혁의 선구자였습니다. 종교개혁자들이 교회 개혁을 이루어 놓았지만 자유무역, 상공 계급의 종교, 중산층 상공인의 종교로 정립되었듯이, 한국개신교 1백 년 역사도 비슷한 기록을 남겼다는 것입니다. 그러나 그리스도는 기구 조직보다 인간 존엄을, 폭력보다 사랑을, 처벌보다 평등을, 전쟁보다 평화를, 정죄보다 용서를, 지배보다 봉사를 택했습니다. 그리스도는 진정 약속의 참 메시아로 고난 받는 종의 길을 자취하신다는 것입니다. 그래서 그리스도는 '범우주적 사랑의 공동체'를 이 땅 위에 심었습니다. 그것이 교회라는 이름으로 2천 년을 내려 자라고 있습니다(《김재준 전집 17》, 367-379 참조). 장공 선생님은 이렇게 교회의 존재이유와 개혁적 사명을 특별히 강조하셨습니다.

장공 선생님은 그리스도의 정신을 민족혼에 불어넣는 것을 "그리스도의 성육신 사건의 누룩화"라고 묘사합니다. 작은 누룩이 많은 양의 밀가루에 들어가 그 전체를 변화시켜 부풀게 하듯이, 예수의 자유정신이 한민족 속에서 새로운 자유혼으로 갱생시킨다는 신념입니다.

장공 선생님은 해방 이후 분단된 조국과 이어지는 군사독재 속에서, 정치적 억압의 상황 속에서 민족의 자주와 특히 교회갱신을 그리스도의 자유, 자주정신을 통해서 실현해야 한다는 예언자적 사명감으로 역사의 현장에 뛰어드셨습니다. 장공 선생님의 그 용기와 혜지에 뜻있는 허다한 군중들과 우리 기장교회들은 그 뒤를 따라나섰던 것을 기억합니다. 장공 선생님은 교회와 민족의 위대한 스승이요 지도자였습니다. 장공 선생님은 인간 구원의 역사는 개인부터 가정과 사회 구원, 역사 구원, 종교로부터의 구원, 자연과 환경의 구원으로 완성된다고 하셨습니다.

장공 선생님은 "분단의 한과 한풀이"에서 한반도 분단의 역사적 의미를 찾고 있습니다. 전 세계가 두 진영으로 갈라져 38선에서 딱 부딪쳤는데 그 운명에서 새로운 사명을 발견함이 38선이 창조할 소명이라 했습니다. 장공은 제3의 나라를, 그리스도적 복지사회건설을 주창했습니다. 이것은 예수의 생애와 사상, 공관복음서의 원형적 예수상이 똑똑히 부각될 것을 주창합니다. 제3의 종교개혁이랄 수 있는 세계교회협의회(WCC) 정신의 '전 우주적 사랑의 공동체' 완성도 한반도에서 일어날 것을 꿈꾸셨습니다(《김재준 전집 18》, 332-340 참조).

5

오늘날 장공 선생님의 신학을 배척한 보수적 근본주의적인 장로교단을 비롯한 한국교회는 어떤 형태를 보여 주고 있습니까? 지난

60년 동안 바리새적 율법주의와 사두개적 교권주의에다 헤롯 당의 정치 지원에 안주하고 농성하면서 맘몬 왕의 노릇을 하는 자본주의 경제성장 원리에 기초한 '교회 성장 신화'를 내세우면서 자기 몸 불리기에 여념이 없습니다. 교회 팽창주의에 따르는 대교회주의, 개교회 이기주의, 사회 관심의 둔화, 시대감각의 마비 등을 보이고 있고, 한국 기독교 2세기에 민족주체성과 역사의식이 없습니다. 반면에 영세적인 자리에서 안간힘으로 버티며 기다리는 교회들도 있습니다. 사회문제와 역사참여 문제는 포기해 버린 채 예언자적 증인으로서의 삶은 사그라지고, 교회 바벨론 시대를 보내고 있습니다. 그러나 다행히도 범종교적으로 뜻있고 양심적인 종교인들의 사회와 역사 참여적인 증언들이 나타나고 있는데, 이는 매우 희망적입니다.

장공 선생님이 유산으로 주신 예수의 역사적인 삶을 통해 보여주신 새로운 복음 이해와 개혁적인 진리와 정의, 사랑과 심판의 말씀을 바르게 선포해야 할 때입니다. 우리는 장공 선생님의 〈십자군〉과 〈제3일〉을 통해 들려주시던 메시지가 또다시 그리워지고 필요한 시대에 살고 있는 것입니다.

오늘의 어두운 불통과 역사 왜곡의 현실에서 우리는 장공 선생님이 가르쳐 주신 복음의 새 이해와 민족에 대한 자주정신과 사랑, 진리 운동 그리고 그의 청빈한 삶의 자세를 새롭게 되새기며 배우고 실천할 때입니다. 우리 모두의 참 스승님, 장공 선생님을 그리워하며 존경하면서 추모합니다.

(《장공기념사업회 회보》 제8호, 2014. 3. 15)

# 장공 김재준 목사님에 대한 회상

장공 김재준 목사님은 한국교회사에서 선교사들의 유산인 근본주의적 교리, 성서문자주의적 해석을 지양하고, 서구 기독교 국가주의를 배격해야 함을 직시하고, 해방적이고 자유의 복음을 이 땅의 역사 속에 심고 실현하려는 개혁자적 의지를 가지셨던 분입니다. 그는 성육신적 신앙과 영성으로 그리스도를 본받아 겸손과 사랑, 청빈과 진리의 순례자적 삶을 본보여 주신 스승님이셨고, 역사의 현장에서 그리스도의 진리를 증거하였습니다. 그의 신앙적 성격은 예언자적이었고, 우리 민족의 살길은 민주주의의 실현에 있다고 여겨 그 소신에 마지막까지 신실하셨던 분입니다.

내가 장공 김재준 목사님을 만난 것은 1961년 봄이었습니다. 그러니까 꼭 반세기, 50년 전인 내가 20대 중반 때, 폐결핵 치료를 받고 요양하던 때였습니다. 당시 수유리 한신대학교에서 복잡한 일이 생겨서 장공 선생님은 광주에 내려오셨는데, 백영흠 목사님(광주동부교회)과 여성숙 의사선생님(광주제중병원)의 안내로 심산계곡(전북 순창군과 전남 담양) 군계지점 '가막골'(6·25전쟁 후 빨치산 본부였던 곳)에 요양원, 평심원(장공 선생님이 이름을 지어 주시고 현판을 써 주셨다)에 오셔서 한 주간 동안 지내셨던 때였습니다.

　나의 신앙 형성 순례 과정은 세 단계를 거쳐 왔습니다. 처음 단계는 부흥회와 사경회 등에 열심히 참여하여 배우고 받은 신앙으로서, 열심히 성경 읽고 확신하는 신앙 양식이었습니다. 둘째는 은둔형의 신앙인들과 독서를 통해서 받은 내향적인 수도승 같은 영성 신앙으로, 청빈·겸비·진실·사랑 등의 중요 강령을 확인한 것으로 오늘까지도 이 점에는 변함이 없습니다. 셋째는 신학 수업과 인격 변화 과정을 겪었는데, 그리스도와 새로운 만남을 가지게 되었고, 지성적 계몽을 받으며 신학적 목회를 해야 한다는 확신을 가졌습니다. 바르고 성실히 배워 가며 목회의 길을 가리라고 다짐하며 목회를 하였습니다. 이리저리 무엇에, 발길에 치여서 고비를 넘나들며 고단한 목회여정을 걸었습니다. 그러나 사람들과의 관계는 바르게 정직히 해야 한다는 소신을 지켜 왔다고 여기며 자부하고 있습니다.

　한신대학교의 교수님들은 모두 훌륭하셨고, 당대 일급의 신학자들이셨으며, 그 분들로부터 배우고 영향 받은 바가 지대하다고 회상합니다. 솔직히 고백하자면, 장공 선생님의 고매한 인격과 학문의 글을 읽고 배우며, 영향 받게 해주신 것을 하나님의 인도로 믿고 감사하는 바입니다. 내가 대학원을 졸업했을 때는 장공 선생님이 〈제3일〉지를 창간하시던 때여서 상당기간 동안 내게 편집과 보급판로를 마련하는 일에 참여하도록 해 주셨습니다. 〈제3일〉지는 〈십자군〉지와는 다른 의미와 성격으로 사회참여와 민주화 회복을 하는 데 주력하였습니다. 〈십자군〉지에서 당시 한국교회의 근본주의 보수신앙과 교권주의자들의 무지와 시대착오적인 점을 지적하고 선도하며 교회에 계몽적인 역할을 하였습니다. 장공 선생님은 하나님의 구원의 역사적 계시로서의 성서에 대한 바른 이해가 없이 한국교회는 민족 역사의 한복판에서 살아 있는 하나님의 말씀을 선포할 수 없다고 확신한 때문이었을 것입니다.

〈제3일〉지는 양심과 의를 위해 고난과 억압, 역사 참여, 민주화 회복을 위한 사명 의식을 가지고 진실한 투쟁을 하는 사람들에게, 또 어둠의 현실에 묵시적 미래를 바라보면서 희망의 메시지를 갈망하는 사람들, 한국의 민주주의를 갈망하는 사람들을 위해서 외치신 말씀이고 위로와 격려의 메시지였습니다. 〈제3일〉지가 창간되던 1970년대 초, 장공 선생님에게 한국 그리스도교의 사명은 인간 존엄성의 회복인 인간화와 사랑의 인간관계였습니다. 다시 말하면 참된 민주화인 사회화였다고 할 수 있습니다. 장공 선생님의 사회참여, 역사참여 신학은 한국의 민주화와 통일운동, 평화통일로 그 맥을 이어 오고 있는 것입니다.

장공 선생님은 탈이념적인 자유를 기초로 해서 권력의 독재에 대해서는 남과 북, 좌우를 막론하고 모두 비판합니다. 장공 선생님은 공산주의의 무신론적 유물사관에 대하여 비판하고 그 독재와 실태를 비판합니다. 한국의 독재의 성격을 악마적 절대권력으로 비판합니다. 민족통일의 문제에서, 우리가 남북 간에 함께 풀어야 할 과제가 있습니다. 장공 선생님은 평화통일의 문제 역시 민주주의적 지평의 연장선상에서 다루어야 한다고 생각했습니다. 민주주의를 희생한 민족통일이나 인간화되지 아니한 민족주의, 그리고 국민의 사회적 권리가 보장되지 않는 통일을 지향할 수는 없는 일이기 때문입니다. 통일문제에 있어서 물론 국제관계도 중요하겠지만 한미공조보다는 남북공조의 원칙을 회복하고 국제공조를 슬기롭게 해야 한다고 말씀하셨고, 상생원리에 근거한 평화공존, 평화통일로 가는 길에 민족과 교회의 슬기와 예지가 모아지기를 희망하셨습니다.

1970년대 초반과 중반에, 나는 목요 기도회에 줄곧 참여하였습니다. 당시 용기 있고 뜻있는 민주인사들이 감옥을 드나드는 일과 가족들의 울부짖는 행보는 감동적이었고, 역사의 한복판에서 일하시는 성령의 역사를 목격하였습니다. 나는 가난한 지역의 천은교회에서 목회를 하였습니다. 장공 선생님은 나의 담임목사 취임 때 설교를 해 주시고 격려해 주셨던 일, 감사히 회상하고 있습니다. 나는 목포중앙교회(1985-1999)에 부임하게 되었는데, 그때 시편 27:1-6의 휘호를 위임기념으로 보내 주셨습니다. 목회 재임기간 동안 나는 이 말씀의 휘호를 당회장실에 걸어 놓고 항상 귀한 보고로 보존해 오다가 최근에 장공기념사업회 유품전시관에 내놓게 되었습니다. 또 하나의 휘호 유품은 여성숙 의사선생님께 써 주신 마태복음 13:1-9의 씨 뿌리는 비유, 결실에 대한 말씀입니다. 이 휘호는 여성숙 님이 내게 전해 주셔서 보관하던 것인데 이번 기회에 함께 내놓게 되었습니다. 목포중앙교회는 목포의 중심지에 위치해 있어서 자연히 당시 민주화운동 대열의 중심 역할을 하였고, 지금은 목포시

문화재로 지정되었지만, 그 자리에는 목포 민주화운동기념비가 세워져 있습니다.

그동안 나는 미국에 나가 프린스턴 신학교 도서관에서 2년을 보내며 청강을 하였고, 2001년부터는 뉴욕 주 롬(Rome) 시에서 미국 장로교(PCUSA) 소속 교회에서 다문화가정 목회를 하였습니다. 유티카 대학(Utica College of Syracuse University)에서 역사학을 공부(BA)하였고, 뉴욕 유니온 신학교에서 1년간 객원으로 교회사를 공부하였습니다. 미국 생활 12년여를 마치고 귀국하였습니다. 순탄치만은 않은 나그네 여정이었지만 은혜로 인도함 받았다고 자위하고 있습니다. 이런 지난날 나의 생활을 장공 선생님께 아뢰기도 할 겸, 한신 동문 제위께 인사도 드리며 이 원고를 부탁 받고 쓰고 있습니다. 회고하면 장공 선생님은 나를 수호하시는 스승님으로 항상 함께 해 오셨던 것이라 회상하고 감사와 존경을 드립니다. 앞으로 쉼 없이 많은 한신인들과 민족의 스승님으로서 이 땅의 사람들에게 영향과 가르침 존경과 귀감이 되어 갈 수 있기를 소망해 봅니다.

(〈장공기념사업회 회보〉 제13호, 2011. 11. 15)

# 사랑을 받는 의사 누가

마태복음 5:13-14, 골로새서 4:14

## 1. 누가에 대한 신약성서의 증언

누가는 사랑을 받는 사람인 동시에 숭배를 받을 수 있는 인물입니다. 실로 누가는 여러 면에서 훌륭한 자질을 갖추었고, 또 여러 면에서 큰 공적을 남긴 인물입니다. 그는 누가복음과 사도행전의 저자입니다. 두 책을 합하면 양적으로 신약성서의 4분의 1에 해당합니다. 두 책은 신약성서에서도 가장 역사적인 기록으로 정평이 나 있습니다. 즉 누가는 그리스도의 탄생에서 시작하여 복음이 로마에 전해질 때까지 그리스도교의 기원을 밝혀 주는 역사가입니다. 누가는 또한 대 여행가요 전도자입니다. 사도행전에는 종종 "우리가…"라는 부분이 나옵니다. 이는 저자인 누가가 바울과 더불어 동행한 것을 표현한 것입니다.

또한 사도행전에서 누가가 바울과 함께 여행을 하고 같이 전도한 지역을 찾을 수 있습니다. 사도행전에는 "우리 부분"이 네 번 나옵니다. 1) 16:10-18절에 제2차 선교여행 때 드로아에서 빌립보까지, 2) 20:5-16절에 제3차 선교여행 때 빌립보에서 밀레도까지, 3) 21:1-18절에 밀레도에서 예루살렘까지, 4) 27:1-28:16에 로마로 호송되는 길에 가이사랴에서 바다를 거쳐 로마까지 등입니다. 이 부분들을 통해 누가가 여행한 넓은 자취를 알 수 있으며 더구나 바울이 로마로 가는 도중 바다에서 당한 난파의 체험에도 누가가 동참한 것을 알 수 있습니다.

## 2. 누가의 인물됨 이야기

누가는 어떤 사람이었을까요? 누가는 큰 문학가입니다. 그의 복음서와 사도행전은 신약성서 중에서도 미려한 헬라어 문장으로 알려져 있습니다. 그리고 6세기 이후의 전설에는 누가가 화가였다고 하며, 그가 그린 성모 마리아의 상이 콘스탄틴노플(Constantinople)에 보전되었다고 합니다. 누가에 대한 전설은 여러 가지로 남아 있지만 2세기 말의 반-말키온론(Anti-Marcionite)의 서문에는 그가 수리아 안디옥 사람이며, 84세 때에 성령이 충만하여 보에오리아에서 잠들었다고 합니다. 바울이 드로아에서 마게도냐 사람이 그를 초청하는 환상을 보고 여정을 돌려 마게도냐로 건너갔습니다만(행 16:9-10), 그때 환상에서 본 마게도냐인이 바로 누가였다는 설도 있습니다. 누가는 이와 같이 아름다운 일생을 보냈고 다재다능한 인물입니다. 그가 의사였다는 것은 본문에 밝혀져 있지만 누가복음이나 사도행전 중에서 특히 의학용어가 많은 것으로도 입증됩니다.

"사랑을 받는 의사 누가!" 이 별명에서 누가의 아름다운 인격과 생애를 엿볼 수 있습니다. 그의 생애에서 그리스도인들이 실제 생활에서 본받아야 할 여건들을 찾아보겠습니다.

1) 누가는 겸손한 인격자입니다. 위에서 언급한 바와 같이 누가는 여러 면에서 불멸의 공을 쌓았지만, 그 자신에 대하여는 일체 말이 없습니다. 그의 복음서와 사도행전은 신약성서 4분의 1이나 되는 분량과 처음 그리스도교 역사를 밝혀 주는 책들임에도 거기에는 저자의 이름조차 밝혀지지 않습니다. 바울의 충실한 조력자였음에도 바울서신에는 그의 이름이 단 세 번 나타날 뿐입니다. 골로새서 4장 14절에서 "사랑을 받는 의사 누가가 문안하고…", 빌레몬서 1장 24절에 "나의 동료 누가도 문안합니다", 그리고 디모데후서 4장 11절에서 "누가만이 나와 함께 있습니다."

요한복음에는 사건의 소재보다도 그 사건을 설명하는 저자의 주가 큰 부분을 차지하고 있지만, 누가의 저작에는 주님과 사도들의 행적 및 말씀을 충실히 전하고 있을 뿐, 저자의 말은 전혀 찾아볼 수 없습니다. 과연 누가는 겸손한 인격자입니다. 그리고 이와 같은 겸손이 사랑을 받는 첫째 여건입니다. '말없이 자기를 드러내지 않고 주어진 일을 책임감 있게 성실히 실천하는 것'은 '하나님의 본성'에서 받은 것입니다.

2) 누가는 고난을 분담한 봉사자입니다. 누가는 바울의 전도여행 중에서도 어려운 부분에 참여하여 고난을 분담하였습니다. 누가는 바울의 가이사랴 옥중생활 때도 같이 있었고, 로마행 배를 타고 있을 때, 14일간이나 아무것도 먹지 못하고(금식) 거의 죽게 된 아드리아 바다의 난파 때에도 같이 있었습니다.

신약학자 중에는 바울이 로마 감옥에 투옥된 것을 두 번으로 보고, 첫 번째 옥중생활 때 기록한 서신이 에베소서, 빌립보서, 골로새서, 빌레몬서 등이고, 두 번째 옥중생활 때 디모데전·후서와 디도서를 기록했다고 합니다. 만일 그렇다면 누가는 첫 번째와 두 번째의 옥중생활을 통해 바울과 같이 있었다는 것입니다. 외롭고 쓸쓸한 순교자 바울을 마지막까지 지키고 있는 누가의 충성된 모습을 보여 줍니다. 이와 같이 누가는 마지막까지 충성하였고, 혼연히 고난을 분담한 봉사자입니다. 누가의 수고는 자기를 위한 것이 아니고, 직접적으로는 바울을 위해서였고, 나아가 주 예수님을 위해서입니다. 주님을 위해서 수고를 분담하며, 그 수고를 끝까지 하는 사람이 사랑을 받는 사람입니다.

3) 누가는 기도와 성령의 인도를 받은 전도자입니다. 누가복음은 '성령의 복음' 또는 '기도의 복음'이라고 불립니다. 누가복음에는 특히 성령과 기도에 관한 기사가 현저합니다. 예수께서는 성령을 받아 기쁨에 넘쳐서 "하늘과 땅의 주님이신 아버지, 지혜롭다는 사람들과 똑똑하다는 사람들에게는 이 모든 것을 감추시고 오히려 철부지 어린이들에게 나타내 보이시니 감사합니다. 아버지! 이것이 아버지

의 원하신 뜻이었습니다"(눅 10:21, 공동번역). 세례 요한은 말하기를 "나는 너희에게 물로 세례를 베풀지만 이제 멀지 않아 성령과 불로 세례를 베푸실 분이 오신다"(눅 3:16, 공동번역)고 하셨고, 또한 세례 요한에 대하여 증거하였으며(눅 1:15), 마리아에게 "성령이 너에게 내려오시고 지극히 높으신 분의 힘이 감싸 주실 것이다. 그러므로 태어나실 그 거룩한 아기를 하느님의 아들이라 부르게 될 것이다"(눅 1:35, 공동번역). 그리고 사가랴(눅 1:67), 엘리사벳(눅 1:42), 시므온(눅 2:27) 등도 모두 성령의 감동된 분들로 소개되고 있습니다.

성령과 더불어 기도의 기사도 현저합니다. 예수께서 친히 기도하신 경우가 복음서에 15차 있지만 그중 11차까지 누가복음에 나타납니다. 예수께서 기도를 권장하신 교훈도 본서에 가장 많습니다. "구하여라, 받을 것이다. 찾아라, 얻을 것이다. 문을 두드려라, 열릴 것이다." 밤에 찾아온 친구에게 기도에 대하여 가르칠 때, "너희가 악하면서도 자녀에게 좋은 것을 줄 줄 알거든 하늘에 계신 아버지께서야 구하는 사람에게 더 좋은 것 곧 성령을 주시지 않겠느냐?"(눅 11:9-13, 공동번역). 또 과부와 불의한 법관의 기도의 비유(눅 18:1-8) 등도 간곡한 기도를 권장하신 교훈들입니다.

누가복음 후편인 사도행전에서도 꼭 같습니다. 사도행전은 '성령행전'이라 불리며, 오순절 성령강림절에(사도행전 2장) 시작하여 사도들이 성령으로 역사한 것으로 일관되고 있습니다. 그리고 그 성령의 역사의 대응으로 사도들의 쉬지 않는 기도도 같이 밝히고 있습니다. 이와 같이 누가복음과 사도행전에 성령과 기도에 관한 기사가 빈번한 것은 두 책의 저자인 누가 자신이 성령의 사람이요, 기도의 사람이었음을 말하고 있는 것입니다. 이와 같이 성령과 기도로 인도를 받은 누가는 바울과 모든 교회로부터 사랑을 받는 삶입니다.

## 3. 복음의 독립 전도자 혜인 국희종 선생

예수께서는 사랑과 희생의 도를 가장 심오한 이상과 진리로 가르쳤고, 구약과 신약성서를 통하여 이 귀한 도리가 일관하여 흐르고, 예수의 사랑은 가장 실제적이요 몸소 자기희생으로 구현한 역사적 사실이었음을 증거해 줍니다. 그런데 여기에 예수 그리스도를 따라 살고 이웃 사랑에 특별한 본을 보여 주면서 살았던 분이 있습니다. 그는 진실로 예수님 산상설교 중에 있는 빛과 소금이 되어 살았던 분인데, 오늘 여기 모여서 그를 추모하는 여러분들이 친히 그의 증인들입니다.

혜인 선생의 복흥 지역에서의 그의 젊음을 예수정신으로 복음의 독립 전도생활을 한 일에 대하여는 분명히 오랜 유산으로 기억되어야 합니다. 꿈이 많았을 시절에, 그가 의사의 신분으로 무의촌에 자원하여 와서 혜인의원을 열고 의사로써의 한몫을 담당하면서, 또 한편으로는 복음을 위한 독립 전도자로써 삶과 어려운 이웃사랑의 실천을 하였습니다. 회상하면 1950년대 중반부터 1970년대까지의 우리나라의 생활상은 가난했고, 병든 자들이 많았고, 도움의 대상이 너무나 많은 어려운 시기였습니다. 특히 복흥 지역은 더욱 예외가 아니었습니다. 그런데 그분이 어떻게 그 많은 삶의 길 중에서 예수의 뜨거운 이웃사랑에 붙잡혀 복흥 지역에 오셨는지 매우 신비스러울 정도입니다.

기억되는 몇 가지로 혜인 선생의 삶을 회상해 보지요. 그는 정말로 진실했고 겸손하였습니다. 마치 이미 언급한 사랑을 받는 의사 누가와 같이, 만나는 모든 이들에게 겸손한 자세로 대했습니다. 그의 다재다능한 삶은 그의 가정과 교육과정에서 이루어졌지만, 그러한 좋은 삶의 자질들을 가난한 어린이들과 이 지역의 많은 이웃들을 위하여 활용하였던 것은 분명히 하나님의 은혜였습니다. 특별히 어린이를 좋아하고 사랑하고 함께 잘 놀아 주었고, 그의 음악적인 소양은 어린이 찬송을 비롯한 찬송을 음악적으로 멜로디를 맞추고 힘있고 재미있게 은혜롭게 부르며 인도하였습니다. 많은 사람들로부터 사랑을 받았습니다.

새벽기도회 후에는 신앙적 담화를 하다가 함께 지내던 식구들과 함께 근처 개천까지 걸어가서 세수하고 왔습니다. 요즘의 아침걷기 운동일 것입니다.

그는 환자를 대할 때는 진지한 자세와 웃음을 띤 얼굴, 겸손한 자세의 말로 어디가 아프신가요? 진료 후에는 환자가 지켜야 할 일들을 정성껏 알려주었습니다. 가정 사정을 살피고 어려운 환경의 경우나 병의 경중을 보살펴 환자의 입장에서 진료를 해 주었던 것을 회상합니다. 경우에 따라서는 다른 병원에 안내도 해 주었습니다. 어려운 가난한 환자들에게는 치료비를 받지 않았고, 반드시 잊을 수 없는 마지막 당부에는 꼭 의지할 분은 하나님, 예수 그리스도라고 하며 예수님 꼭 믿으세요! 하고 진료를 끝내셨습니다.

사랑을 받는 의사 누가와 같이 그는 복음의 독립 전도자요, 기도와 성서 읽기, 성령 충만한 분이었고, 언제나 성서와 신앙생활에 대한 이야기를 대화로 이끌고 갔습니다. 그리고 여기 회관을 처음 건립할 때는 어린이 주일학생들과 이웃의 많은 남녀 분들이 자원하여 일을 해 주어서 합심해서 회관건축을 완료하였습니다. 이 회관에서 주일학교와 어른들과 함께 예배를 드렸습니다. 모두 즐겁고 화기애애한 모습이었고 우리 회중들에게는 무엇인가 성령의 역사하심과 사랑이 흘렀습니다. 사도행전의 처음교회 모습을 분명히 연상할 수 있었음을 회상합니다. 여기 계신 당시의 참여하신 몇몇 분들은 모두 이 역사에 대한 증인들이십니다.

혜인 선생은 충성된 주님이 종이었고 이웃들을 위한 곡 필요한 조력자로서 일꾼 된 모습을 본보여 주었습니다. 복흥을 중심하고 답동 지역, 정읍 쪽에 가는 마을들, 담양 쪽에 위치한 마을들을 자주 친히 걸어서 환자 집들을 찾아서 진료를 해 주었습니다. 혜인 선생은 분명히 어린이와 청소년들을 귀여워했고, 사랑하였습니다. 가난하고 연약한 분들을 더욱 관심을 표명해 주었습니다. 그는 복흥 지역을 거닐고 다니는 무명의 성자였습니다. 어느 기관, 관청에서 시상을 하겠다는 소식을 받으면 거절하였습니다. 찾기 드문 분을, 혜인 국희종 선생의 15주기를 즈음하여 진심한 정성으로 그를 그리며 추모합니다.

그리고 희망하는 것은 사랑하는 가족 분들과 그의 문하생들 가운데서 이 귀한 분의 유지를 계승하여 가시길 희망합니다. 서울 지역에서 박동래 형제를 비롯한 여러 복흥 출신 형제분들의 귀한 신앙의 삶을 격려와 희망을 갖고 기대를 합니다. 그리고 다소간에 의견의 차이가 있더라도 그것을 뛰어넘는 신앙과 인내심을 발휘한다면 분명히 하나님의 본성을 받아 나누는 큰 은혜의 생활의 축복을 받을 것을 확신합니다. 그리고 '예와 아니요'가 분명한 정의롭고 이웃을 위한 보람 찬 삶을 엮어 가는 '천우회' 형제단이 되어 주시기를 바랍니다.

## 6. 마치며

오늘날 한국사회는 고은 시인의 시구대로 온 나라가 상중입니다. 수백 명의 어린 생명을 눈앞에서 잃어버렸습니다. 가슴을 치며 통곡해도 바다는 단 하나의 목숨도 돌려주지 않습니다. 실종자 가족들의 고통은 몇 배이겠고 피가 말라붙는 그들의 아픔은 온 국민의 아픔이 됐습니다. 전남 진도 팽목항과 경기 안산엔 자원봉사자들이 줄을 잇고 합동분향소엔 추모객들의 발길이 끊이지 않는다는 소식입니다. 희생자, 실종자 가족들이 절망에 꺾이지 않도록 작은 힘이라도 모아 서로 돕는 모습에서 어둠 속의 희망의 빛을 보는 듯합니다. 시민들의 자발적 참여로 이루어진 노란 리본 달기에는 기적을 바라는 모든 이의 마음이 담겼습니다. 노란 리본 캠페인은 전쟁터에 나간 사람들의 무사귀환을 바라며 노란 리본을 나무에 매단 데서 유래했다고 합니다. 지금 노란 리본은 단 한 사람이라도 살아 돌아와 주기를 바라는 온 국민의 기도를 상징합니다. "돌아와 주렴… 제발 우리 품으로 돌아 오렴…." 슬픔을 안고만 있으면 병이 됩니다. 시민들의 슬픔을 표출하고 서로를 위로할 수 있도록 돕는 것이 정부와 온 국민이 해야 할 일입니다. 자비하신 주여! 어서 이 어두운 상황이 바꾸어지기를 소망하며 기도드립니다.

한국의 애국시인 윤동주가 1941년 11월 20일에 그의 〈서시〉를 쓰고 후쿠오카 형무소에서 숨을 거둘 때에 인간성 깊은 곳을 통달하고 그 비밀을 알고 있었기에 어느 누구도 미워할 수 없었습니다. 그의 〈십자가〉라는 시가 있습니다. "쫓아오던 햇빛이 교회당의 꼭대기에 있는 십자가에 걸렸습니다. 그러나 햇빛을 따라 십자가가 있는 곳까지 올라갈 수 있는 인간은 없습니다. 휘파람이라도 불면서 그 자리를 떠나는 길밖에는 없겠지요. 그러나 괴로웠던 사나이, 예수 그리스도에게처럼 십자가가 허용된다면, 모가지를 드리우고 꽃처럼 피어나는 피를 어두워가는 하늘밑에 조용히 흘리리라"고 윤동주는 노래하였습니다.

십자가는 높아서 도저히 인간의 재주로는 그 높이에 도달할 수 없음을 시인은 잘 알고 있었겠지요. 그럼에도 '그리스도를 본받아'(Imitatio Christi), 그리스도처럼, 어두운 시대, 어두워 가는 하늘 밑에 조용히 고난을 받아들이고 '꽃처럼 피어나는 피'를 흘리려 하는 수난의 십자가를 지겠다는 시인의 결의가 전달됩니다.―윤동주는 후쿠오카 형무소에서 학대받고 숨을 거두기 직전, 큰 소리로 무엇이라 외쳤다고 전해집니다. 일본인 간수로서는 무엇이라고 외쳤는지 알 수 없다고 합니다.

끝으로 고린도전서 3:12-13절에 "이 기초 위에다가 어떤 사람은 금으로, 어떤 사람은 마른 풀로, 어떤 사람은 짚으로 집을 짓는다고 합시다. 이제 심판 날이 오면 모든 것이 드러나서 각자가 한 일이 명백하게 될 것입니다"(공동번역). 우리가 장차 최후의 심판대 앞에 설 때에 자기 자신을 위한 모든 수고와 특히 탐욕을 위한 수고는 사라져 찾을 길이 없으나, 남을 위하고 주님의 거룩한 뜻을 이 어두운 땅에 이루려는 노력과 수고는 보석처럼 남아 빛날 것입니다. 우리 주 예수님이 무한한 위로의 은총이 여기 모인 우리 모두와 특별히 가족들에게 함께 하옵기를 바랍니다.

(혜인 국희종 선생 15주기 추모예배, 2014. 5. 5)

# 주 안에 감추어진 생명

골로새서 3:1-4, 10-11

우리는 생명에 대한 여섯 가지 질문을 받고 또 이 질문에 대답하면서 살아갑니다. 여섯 가지 질문의 첫째는 'why of life'(왜 사느냐)입니다. 목적이 무엇인가, 그 의미는 어떤 것인가 하는 철학적 질문입니다. 둘째는 'who of life'(누구냐) 하는 정체에 대한 질문입니다. 셋째는 'what of life'(무엇이냐) 하는 특성, 성격, 질에 대한 질문입니다. 삶이 무엇인지 끊임없이 물어야 할 것입니다. 넷째는 'where of life'(어디서 사느냐) 하는 생태학적 환경을 묻는 것입니다. 생명이 어디에 놓여 있는가, 그리고 그 생명은 환경에 어떤 영향을 주고 있는가 하는 것입니다. 주변과의 관계로 볼 때에 그 존재는 어떤 의미를 가지고 있는가 하는 것입니다. 다섯째는 'when of life'(언제 사느냐), 도대체 어느 때에 존재하는 생명인지, 시점을 묻는 것입니다. 생명의 주기와 리듬을 묻는 것입니다. 또는 얼마나 살아 갈 것이냐 하는 질문입니다. 여섯째는 'how of life'(어떻게 사느냐), 존재양식을 묻는 것입니다. 생명이 어떻게 존재하고 있느냐 하는 질문입니다. 이상의 여섯 가지 질문보다 더 중요한 질문이 하나 있습니다. 바로 'whose of life'(누구의 삶이냐)입니다. 내 생명은 누구의 것이냐, 어디에 속한 것이냐 하는 속성을 묻는 근본적인 질문입니다.

성 어거스틴이 완숙한 신앙의 경지에 들어가기 이전에 있었던 일입니다. 하루는 희귀한 꿈을 꾸었습니다. 그가 하늘나라에 갔는데, 첫 국문에서 천사가 그를 심문합니다. "너는 누구냐?" 어거스틴은 대답합니다. "일개 그리스도인입니다." 그러자 천사가 그를 자세히 들여다봅니다. 그러더니 "아니다, 너는 그리스도인이 아니야, 너의 머리와 생각은 예수 그리스도의 말씀과 교훈으로 차 있는 것이 아니라 철학자 키케로의 사상과 생각으로 가득 차 있구나. 그러므로 너는 그리스도인이 아니다." 어거스틴은 깜짝 놀라 꿈에서 깨어났습니다. 통곡을 하면서 철저하게 회개를 했습니다. 마침내 그는 그리스도의 말씀과 교훈으로 가슴을 가득 채움으로 비로소 참 그리스도인이 될 수 있었다고 합니다.

우리의 생명은 누구의 소속인가, 정말로 그리스도인이라면 그리스도에게 속하였는가, 물어야 합니다. 본문 말씀은 생명 문제에 대한 중요한 설명을 해줍니다. 그리스도인이란 무엇입니까?

첫째, 그리스도인이란 이미 죽었다는 것을 의미합니다. 벌써 죽었다는 데서부터 출발합니다. 우리는 걱정, 근심 복잡한 문제를 겪으며 삽니다. 그런데 알고 보면 특별한 이야기가 아닙니다. 다만 우리 자신이 그리스도 안에서 철저히 죽지 못해서 일어나는 일입니다. 아직도 설 죽어서 그렇게 빈둥거리고 생각도 많고 복잡한 것입니다. 이미 죽었다면 아무 문제가 없습니다. 우리가 잊지 말아야 할 것은, '과거를 얼마나 깨끗이 묻어 버리느냐', '깨끗이 십자가에 못 박아 버리느냐'입니다. 깨끗이 끊어 버려야 앞으로 나아가는 추진력이 생깁니다.

그리스도인은 철저히 회개를 해야 합니다. 회개(repentance)가 무엇입니까? 회개는 완전한 방향 전환과 미래에 대한 신중한 방향 수정을 뜻하는 것입니다. 히브리어 '슈브'(돌아가다, 돌이키다), 헬라어 '메타노에오'(마음을 고치다, 회개하다)입니다. 회개에 대한 요청은 예수님의 하나님 나라 선포에서 하셨습니다. 어린아이와 같이 되라는 명령, 또는 자신이 가진 모든 것을 포기하라는 요청입니다. 바울은 믿는 자들이 회개하고 그리스도께로 나온다는 사실을 의도할 때 '믿음'(피스티스)이라는 말을 사용했습니다(롬 11:20, 갈 3:25-26, 엡 4:5). 참된 회개는 하나님의 통치의 요구에 의해 결정되는 완전하고 돌이킬 수 없는 과거로부터 미래에로의 전향을 의미합니다.

그리스도인은 과거를 완전히 십자가 밑에 묻어 버리고, 과거를 떠나고, 과거와 관련을 끊고, 주 예수를 믿는다는 뜻입니다. 율법 앞에서 죽었고, 은혜 앞에서 죽었습니다. 큰 은혜 가운데 '나'라는 존재는 작아지고 마지막에는 없어지고 맙니다. 이루 말할 수 없이 크고 놀라운 하나님의 은혜에 내가 감격하는 순간 내 모든 것, 내 욕심, 내 자기중심적인 교만, 내 세속적인 욕망과 고집은 다 사라지고 맙니다. 봄날에 눈 녹듯이 다 없어지고 맙니다. 그래야 그리스도인입니다. 이것은 은혜 안에서 사라지는 자기를 말하는 것입니다. 이것은 부정을 위한 부정이 아닙니다. 은혜에 대한 긍정 앞에 자기를 부정하는 자연적 현상입니다. 큰 은혜 앞에서 '나'는 사라지고 맙니다.

여러분, 그리스도 안에 죽은 사람은 반응이 없습니다. 칭찬해도 교만할 것 없습니다. 모략중상을 당해도 말이 없습니다. 말로 변명할 필요가 없습니다. 빌라도 앞에 서신 예수님의 모습을 보십시오. 갖은 모략중상을 당합니다만 한 마디 말씀이 없으십니다. 왜입니까? 대답할 가치도 없으니까요. 세상에 대해서 이미 죽었습니다. 깨끗이 죽었기 때문에 상관하지 않습니다. 이런 사람이 그리스도인이라는 것입니다. 바울은 "그리스도 예수의 사람들은 육체와 함께 그 정욕과 탐심을 십자가에 못 박았다"(갈 5:24)고 합니다. 십자가를 보고 그 의미를 찾아야 합니다. 이미 그 옛날 바로 거기 골고다 언덕에서 내 정과 욕심도 저 십자가에 다 못 박아 버렸습니다. 이런 사람이 진정한 그리스도인이라는 것입니다.

둘째, 그리스도인은 다시 살아난 사람입니다. 그리스도와 함께 다시 살리심을 받았습니다. 율법 앞에 죽고 다시 은혜로, 그리스도의 은혜로 다시 살아났습니다. 이제는 나의 나 된 의미, 나의 나 된 목적 전부가 그리스도의 것입니다. 이제는 내가 나를 위하여 사는 것이 아니고 나를 위하여 죽으신 바로 그분을 위하여 삽니다. 그분을 위하여 사는 것이 내 생애의 목적인 것입니다. 바울은 "오직 내가 그리스도 예수께 잡힌바 된 그것을 잡으려고 좇아가노라"(빌 3: 12)고 했습니다. 이것이 나의 이상이요 비전입니다. 나의 기쁨도 그리스도요 나의 영광도 그리스도요, 사는 것이 그리스도니 죽는 것도 유익합니다. 이것이 그리스도인의 진정한 모습입니다.

그리스도가 생의 목적이요, 생의 의미요, 생의 기쁨이요, 삶의 영광이요, 생명 그 자체입니다. 사는 것 자체가 그리스도입니다. 본문, 골로새서 3: 1-2절에 "… 그리스도와 함께 다시 살리심을 받았으면 위엣 것을 찾으라… 위엣 것을 생각하고 땅엣 것을 생각지 말라"고 합니다. 돌아온 탕자의 모습처럼 과거를 잊고 오직 은혜로 삽니다. 할 말이 전혀 없고 어떤 일을 당하든지 무슨 일이 있든지 오직 돌아온 감격과 감사 그것만으로 살아갑니다. 그것이 그리스도인입니다.

셋째, 그리스도인은 감추어져 있다는 사실입니다. 내 생명이 그리스도 안에 감추어져 있습니다. "감추어져 있다"는 이 말은 헬라어 '케크뤼프타이'(has been hidden)라는 현재완료형입니다. 그리스도인은 현재완료형의 생명을 살아가는 것입니다. 생명 변화를 묘사해 주는 씨앗 하나는 참으로 신비로운 것입니다. 생명은 신비 그것이고, 이 씨앗 하나는 현재완료형입니다. 그리스도인은 이 오묘한 신비 속에서 살아갑니다. 이것은 본질적인 것입니다. 벌써 그리스도와 함께 신비롭게 감추어져 있습니다. 이제 주님께서 오실 때에 나타날 것입니다. 그 나타날 때의 모습을, 이미 가 있는 감추어진 생명을 생각해 봅시다. 구속함을 받은 것입니다. 오직 사랑과 은혜만이 있을 뿐입니다. 그리고 이 큰 사랑에 시간시간 감격하고 있습니다.

그뿐 아니라 생을 돌이켜 볼 때에, 지난날에 왜 내가 고독해야 했던가, 이제 돌아보니 그것도 은혜입니다. 실패도, 고통도, 병고도 이제 와서 돌아보니 그것도 은혜입니다. 감추어진 신비로운 세계에서 회고할 때에는, 그 차원에서 볼 때에는 모든 것이 은혜인 것입니다. 이 신비로운 생명이 오메가 포인트(Omega Point)입니다. 이 감추어진 생명을 아는 사람은 오늘 이 땅에 살면서도 낙심이 없습니다. 스데반은 가혹하고 엄청나게도 돌에 맞아 죽는 순교를 하면서 그의 얼굴이 천사의 얼굴과 같았고 돌을 던진 자들을 위하여 기도하였습니다. 왜입니까? 생명의 신비를 알았기 때문입니다. 그의 생명이 그리스도 안에 감추어져 있음을 보았기 때문입니다. 그래서 그의 얼굴이 천사의 얼굴과 같았습니다.

죽음 후에는 무엇이 오는가요? 영혼은 그 깊은 곳에서 죽음으로 모든 것이 끝나는 것이 아니라 시간과 공간의 범주에 매여 있지 않은 다른 형태의 삶, 곧 '영원'과 같은 어떤 것이 있음을 느낍니다. 요한복음의 라사로 이야기에서, 예수님은 "나를 믿는 사람은 죽더라도 살리라"고 하셨습니다. 부활이 세상 마치는 날의 일이 아니라 믿음을 통해 지금 일어나는 일이며, 누구나 믿는 사람은 지금 이 순간 이 생명이며 죽음을 초월하는 하나님과 대화를 나누는 것이라는 관점입니다. 예수님은 죽음을 앞둔 고별사를 통해 죽음에서 우리가 무엇을 기다려야 하는지 말씀하십니다. "하나님을 믿고 또 나를 믿어라. 내 아버지의 집에는 거처할 곳이 많다"(요 14:2)고 했습니다.

로마의 카타콤은 그리스도교의 순교지입니다. 그리스도인의 박해가 시작되며 신앙을 지키기 위해 땅속으로 들어갔던 그리스도인들, 그 지하 동굴 안에는 벽화와 여러 생활도구들이 남아 있습니다. 벽화 중에 가장 많은 주제가 예수님이 제자들과 나누었던 마지막 만찬의 그림입니다. 예수님은 마지막 만찬석상에서 손수 제자들의 발을 씻고 닦아 주시며 섬김이 무엇인지, 사랑이 무엇인지 본을 보이시며 서로 사랑하라는 새 계명을 주셨습니다.

향나무는 몸체에 상처가 날수록 향이 짙게 난다고 합니다. 그리스도인은 향나무처럼 고난당할 때에 진짜 아름다운 신앙의 향기가 나는 게 아닐까 생각합니다. 옛 신앙의 선배들처럼 우리도 우리의 신앙생활 속에 믿음, 소망, 사랑의 향나무를 키워 가기를 소원해 봅니다. 이제부터 우리는 주께로부터 받은 새 생명, 새 사람을 입었으니 그의 형상을 따라 새롭게 살아야 합니다.

성 어거스틴의 참회록은 그의 전 생애의 내면생활의 변화 과정을 적나라하게 파헤쳐 묘사한 영혼의 자서전입니다. 회심 초기의 플라톤주의적 낙관적 이상주의에서 바울적 실재주의로 변화된 어거스틴의 성숙한 신앙의 모습이 나타납니다. 그는 참회합니다. 갓난아기 때 어머니의 젖을 게걸스럽게 빨던 탐욕과 시기가 가득 찬 자기의 모습을 비롯하여, 십대 소년으로 남의 집 배나무에서 배를 몽땅 털어 돼지에게 던지며 좋아하던 장난꾸러기의 모습, 그리고 정부와 동거하다가 그녀를 차 버리는 육욕에 얽매여 살던 청년시절의 방탕한 모습을 적나라하게 묘사했으며, 마니교, 신플라톤주의 등을 추구하다가 결국 로마서 13장 13절을 읽고 극적 회심을 경험한 회심사건과 회심 후 카시키아쿰에서 은거생활을 할 때의 자신의 내면생활 등을 솔직하게 묘사했습니다.

그의 참회록은 인간을 상대로 쓴 글이라기보다는 하나님을 상대로 쓴 글입니다. 참회록은 단순한 한 인간의 자기고백이 아니라 하나님 앞에 모든 것을 아뢰며 감사와 찬양과 회개를 하나님께 드린

"신앙고백서"입니다. 그는 자기의 일생을 간섭하신 하나님의 섭리의 손길을 가까이 느끼며 하나님께 감사하며 하나님께로 더욱 가까이 달려갔습니다. 결국 어거스틴은 바울처럼 죄성으로 인한 고민 가운데서 그리스도의 구원의 은혜를 의지하며 하나님을 찬양했습니다.

오늘 본문에는 "그리스도와 함께"라는 말씀이 세 번 나옵니다. 그리스도와 함께 다시 살리심을 받았고, 너희 생명이 그리스도와 함께 하나님 안에 감추어져 있으며, 그리스도와 함께 나타날 바로 그 영광의 날을 바란다고 했습니다. 성도 여러분, 주안에 감추어진 신비롭고 경이로운 생명을 확인하며, 생명 위주로, 영원한 생명 지향적으로 살아가야 하겠습니다. 예수 그리스도는 새로운 생명을 가져왔습니다. 생명의 주, 오직 그리스도는 만유시오, 만유 안에 계십니다. 생명의 주님께 영광을 돌리시는 참 생명의 생활을 누리시기를 바랍니다.

예수님은 요한복음에서 "내가 곧 길이요 진리요 생명이다"(14:6)란 말씀을 하시고, 고별 담화(14-16장)에서 몇 가지 주제를 전개합니다. 주요 강조점은 예수님은 아버지와의 연합, 그리고 하나님과 예수와 그 제자들과의 연합에 있습니다. 예수께서는 자기 대신 안내자이며 조력자로서 성령을 보낼 것인데, 성령은 그들 가운데 예수의 사역을 계속하게 할 것입니다. 어려운 시간이 앞에 놓여 있지만 성령은 제자들이 예수를 선포하는 그들의 사명을 계속할 수 있도록 할 것입니다.

우리가 유념해야 할 말씀은 "내가 곧 길이요 진리요 생명이다"라고 하신 내용입니다. 예수는 우리에게 존재의 근거인 하나님의 심장 속으로 인도하는 길입니다. 예수는 우리에게 신학적 및 인간적 성실성을 지니고 우리의 삶을 살 수 있게 하는 진리입니다. 예수는 우리에게 인생의 의미가 무엇인지를 알게 하신 생명입니다. 그래서 우리는 예수를 "주님"이라 부르며, "그리스도"라 부르며, 우리에게 하나님을 보여 준 분이라고 주장합니다.

죽음 이후는, 그러므로 창조주 자신이 긍휼/자비 때문에 우리를 다시 만드시는 것, 재창조와 새 창조를 자신의 통치영역(자신의 집=우주) 안에서 이루시는 것입니다. 끝없는 안식 가운데 있는 고 박정자 사모의 10주기에 평화와 위로의 하나님의 은총의 손길을 기다리며….

겸허와 경건히 어머니 추모를 하는 우리 딸들과 가정들 위에 하나님 위로와 새 은혜가 가득하기를 바랍니다.

(고 박정자 사모 10주기, 2013. 9. 6)